Avec une centaine d'ouvrages publiés en France et 800 millions d'exemplaires vendus à travers le monde, Danielle Steel est un auteur dont le succès ne se dément pas depuis ses débuts. Une catégorie en soi. Un véritable phénomène d'édition. Elle a été promue au grade de chevalier de l'ordre de la Légion d'honneur.

Retrouvez toute l'actualité de l'auteur sur :
www.danielle-steel.fr

PRISONNIÈRE

DU MÊME AUTEUR
CHEZ POCKET

. Coups de cœur
. Joyaux
. Naissances
. Disparu
. Le Cadeau
. Accident
. Cinq jours à Paris
. La Maison des jours heureux
. Au nom du cœur
. Honneur et courage
. Le Ranch
. Renaissance
. Le Fantôme
. Le Klone et moi
. Un si long chemin
. Douce amère
. Forces irrésistibles
. Le Mariage
. Mamie Dan
. Voyage
. Le Baiser
. Rue de l'Espoir
. L'Aigle solitaire
. Le Cottage
. Courage
. Vœux secrets
. Coucher de soleil à Saint-Tropez
. Rendez-vous
. À bon port
. L'Ange gardien
. Rançon
. Les Échos du passé
. Impossible
. Éternels célibataires
. La Clé du bonheur
. Miracle
. Princesse
. Sœurs et amies
. Le Bal
. Villa numéro 2
. Une grâce infinie
. Paris retrouvé
. Irrésistible
. Une femme libre
. Au jour le jour
. Affaire de cœur
. Double reflet
. Maintenant et pour toujours
. Album de famille
. Cher Daddy
. Les Lueurs du Sud
. Une grande fille
. Liens familiaux
. La Vagabonde
. Il était une fois l'amour
. Une autre vie
. Colocataires
. En héritage
. Joyeux anniversaire
. Traversées
. Un monde de rêve
. Les Promesses de la passion
. Hôtel Vendôme
. Trahie
. Secrets
. La Belle Vie
. Souvenirs d'amour
. Zoya
. Des amis si proches
. La Fin de l'été
. L'Anneau de Cassandra
. Le Pardon
. Seconde chance
. Jusqu'à la fin des temps
. Star
. Plein ciel
. Souvenirs du Viêtnam
. Un pur bonheur
. Victoires
. Loving
. Coup de foudre
. Palomino
. Ambitions
. La Ronde des souvenirs
. Kaléidoscope
. Une vie parfaite
. Bravoure
. Un si grand amour
. Malveillance
. Un parfait inconnu
. Le Fils prodigue
. Musique
. Cadeaux inestimables
. Agent secret
. L'Enfant aux yeux bleus
. Collection privée
. L'Appartement
. Ouragan
. Magique
. La Médaille
. Prisonnière

. Offrir l'espoir

DANIELLE STEEL

PRISONNIÈRE

ROMAN

Traduit de l'anglais (États-Unis)
par Francine Deroyan

PRESSES DE LA CITÉ

Titre original :
THE MISTRESS
L'édition originale de cet ouvrage a paru chez Delacorte Press,
Penguin Random House, New York, en 2017.

Ce livre est une œuvre de fiction. Les noms, les personnages, les lieux et les événements sont le fruit de l'imagination de l'auteur ou sont utilisés fictivement. Toute ressemblance avec des personnes réelles, vivantes ou mortes, serait pure coïncidence.

FSC
www.fsc.org
MIXTE
Papier issu de
sources responsables
FSC® C003309

Pocket, une marque d'Univers Poche,
est un éditeur qui s'engage pour la préservation
de l'environnement et qui utilise du papier fabriqué
à partir de bois provenant de forêts gérées
de manière responsable.

ISBN 978-2-266-29971-8
Dépôt légal : mai 2020

À Beatie, Trevor, Todd, Nick, Sam,
Victoria, Vanessa, Maxx, et Zara,
mes chers et merveilleux enfants.
Que vos choix soient les bons,
et, dans le cas contraire,
puissiez-vous avoir la sagesse
et le courage de les modifier.
Puissiez-vous être heureux et sereins,
entourés de bonnes personnes
qui vous aiment et vous traitent bien.
Que vos trajectoires soient aisées,
vos vies emplies de grâces...
Et, surtout, rappelez-vous toujours,
toujours, à quel point je vous aime.

Maman/DS

1

Au crépuscule d'une chaude journée de juin, le *Princess Marina*, un gigantesque yacht, était à l'ancre à la pointe du cap d'Antibes, non loin du mythique Hôtel du Cap. Long de cent cinquante mètres, il trônait à la vue de tous, tandis que les nombreux matelots d'un équipage de soixante-quinze personnes arrosaient et astiquaient ses ponts… Il suffisait aux observateurs de remarquer à quel point les hommes semblaient petits, vus de loin, pour prendre la mesure de l'impressionnante taille du bateau, dont la coque était illuminée de l'intérieur. Les habitués de la Riviera connaissaient tous le nom de ce fabuleux yacht et l'identité de son propriétaire. D'autres bâtiments, également trop massifs pour être amarrés au port, étaient ancrés à proximité. Il n'était en effet pas aisé de manœuvrer ces géants, quelles que soient l'importance de l'équipage ou son habileté.

Le propriétaire du *Princess Marina*, Vladimir Stanislas, possédait trois autres yachts de tailles comparables ancrés en divers endroits du globe, ainsi qu'un magnifique voilier de cent mètres, acheté à un Américain, mais rarement utilisé. Cependant, le

Princess Marina, baptisé ainsi en l'honneur de sa mère, décédée alors qu'il n'avait que quatorze ans, était son bateau préféré, une exquise île flottante au luxe inouï, dont la construction lui avait coûté une fortune. Quoique Vladimir Stanislas possédât aussi à Saint-Jean-Cap-Ferrat l'une des plus légendaires villas de la Côte d'Azur, rachetée à une célèbre vedette de cinéma, il ne se sentait jamais autant en sécurité qu'en mer… Les cambriolages et attaques à main armée des villas de luxe étaient monnaie courante dans le sud de la France.

Au large, entouré d'un équipage dont les membres étaient formés à la protection rapprochée de haute sécurité et aux pratiques antiterroristes, il était parfaitement serein. Sans compter qu'il disposait de tout un arsenal à bord et d'un système de missiles dernier cri. De plus, il avait la possibilité de se déplacer rapidement, à n'importe quel moment.

Fort des excellentes relations qu'il entretenait depuis son adolescence avec les hommes clés de son pays, Vladimir Stanislas était parvenu, voilà une vingtaine d'années, à la tête du monopole de l'industrie sidérurgique russe. Il avait pour amis les membres les plus éminents du gouvernement, jusqu'au Président lui-même, et fréquentait nombre de chefs d'État. Il avait également investi dans le pétrole et dans d'autres industries. Bref, il était reconnu comme l'un des hommes les plus riches de Russie et même du monde. On estimait sa fortune à quarante ou cinquante milliards de dollars, et, ce, sur la seule base de ses investissements connus.

Vladimir n'avait que quarante-neuf ans. Ce fabuleux yacht qui étincelait dans le crépuscule comme un joyau n'était donc qu'un symbole parmi d'autres de ses puissantes relations et de son habileté en affaires.

L'homme était à la fois admiré et craint. Ce qu'il avait accompli au cours des dix-neuf dernières années lui avait valu la considération et l'envie des hommes d'affaires du monde entier. Il contrôlait aujourd'hui la majeure partie des nouvelles richesses de la Russie. Ceux qui le connaissaient bien et qui avaient conclu des contrats avec lui étaient conscients que l'histoire ne s'arrêterait pas là. L'homme avait la réputation d'être impitoyable et de ne jamais rien pardonner à ses ennemis. Il avait aussi la réputation de toujours obtenir ce qu'il voulait…

Néanmoins, il avait d'autres facettes plus douces : sa récente passion pour l'art et la littérature, son amour de la beauté et sa fidélité envers ses compatriotes. Ses amis, de puissants industriels comme lui, ainsi que ses maîtresses étaient tous russes. Partout, que ce soit dans son somptueux hôtel particulier à Londres, dans sa villa du sud de la France ou dans son appartement spectaculaire à Moscou, il s'entourait de gens originaires de son pays natal.

Étrangement, malgré sa richesse et son influence, Vladimir Stanislas préférait passer inaperçu dans la foule. Vêtu sans ostentation, il allait et venait discrètement. Ce n'était que lorsque vous le regardiez dans les yeux que vous réalisiez qui se trouvait en face de vous : un homme au pouvoir infini, un homme dont la ligne ferme de la mâchoire et la prestance indiquaient qu'il n'accepterait aucun refus, aucune contradiction.

Vladimir plaisait aux femmes depuis son plus jeune âge. Ses pommettes hautes et ses traits mongols finement ciselés, héritage de ses ancêtres, donnaient une touche d'exotisme à son charme sauvage. Grand, musclé, blond aux yeux bleus, il n'était pas beau au sens classique du terme, mais son physique attirait inexorablement la gent féminine. Et dans les rares moments où il s'autorisait à se laisser aller et à sourire, on soupçonnait chez lui une certaine chaleur. La sentimentalité typique des Russes affleurait.

Cependant, jamais Vladimir ne se plaçait en position de vulnérabilité vis-à-vis des femmes. Il tenait à être le seul maître de son destin, à garder toute sa liberté. Rien dans sa vie n'arrivait par hasard ou par accident. Chaque événement était soigneusement planifié, organisé. Il avait eu de nombreuses maîtresses depuis son accession au sommet de la hiérarchie sociale, mais, contrairement à ses pairs et à ses homologues, il ne voulait pas d'enfants d'elles. Il clarifiait ce point dès le début de la relation. En réalité, il ne tolérait aucune entrave, rien qui puisse le rendre vulnérable. Pour ces raisons, il n'avait pas de famille.

La plupart de ses connaissances avaient eu des enfants avec leurs maîtresses, généralement sur l'insistance de celles-ci, désireuses d'assurer leur avenir financier. Vladimir refusait ce genre d'obligation. Les enfants ne faisaient pas partie de ses projets. C'était une décision qu'il avait prise sans regret, bien des années auparavant. Il était très généreux avec ses maîtresses tant que durait leur liaison, mais cela s'arrêtait là : il ne leur faisait aucune promesse d'avenir. Et d'ailleurs, aucune de ses conquêtes n'aurait insisté sur le sujet. Car Vladimir était comme un serpent enroulé prêt à frapper à tout moment, potentiellement impitoyable si on le mettait en colère. Il ne faisait quasiment jamais preuve de cruauté, mais sa réputation le précédait : il pouvait se révéler dangereux s'il était trahi ou provoqué. Rares étaient ceux qui avaient tenté de le défier, et parmi eux aucune femme.

Natasha, sa compagne actuelle, savait parfaitement que le refus d'enfant était une clause non négociable. De même que celui du mariage. Vladimir imposait ses conditions dès le départ et ne revenait plus sur le sujet, qui ne devait plus être abordé une seule fois, précisait-il. Il s'était vite débarrassé de celles qui avaient tenté de le convaincre, ou de le circonvenir. Au besoin, il leur avait versé une somme rondelette, néanmoins dérisoire par rapport à ce qu'un contrat de mariage aurait pu leur rapporter. Vladimir Stanislas ne faisait jamais de compromis, sauf quand cela lui était bénéfique en affaires. Dans tous les domaines, le magnat russe écoutait sa tête et non son cœur, et c'était ce choix qui l'avait mené à la position qu'il occupait aujourd'hui. Enfin, il ne faisait confiance à personne, ayant appris très jeune à ne croire qu'en lui-même.

Depuis qu'il s'était élevé au sommet, Vladimir avait gagné en puissance et accumulé des richesses à un rythme fulgurant. Il vivait quelque part dans la stratosphère avec un pouvoir quasi illimité et une fortune dont personne ne soupçonnait l'importance. Il jouissait comme un enfant des fruits de sa réussite et ne regardait pas à la dépense quand il s'agissait d'acheter des villas, des bateaux ou des voitures de sport, sans compter un avion et deux hélicoptères qu'il utilisait fréquemment pour se déplacer autour du monde. Il y avait aussi sa collection d'œuvres d'art, véritable passion.

S'entourer de beauté lui était vital et il aimait posséder le meilleur en tout.

Il consacrait peu de temps à l'oisiveté, mais n'hésitait pas à s'amuser quand il le pouvait. Bien entendu, les affaires occupaient la première place dans son esprit et il réfléchissait toujours au prochain contrat. Néanmoins, à l'occasion, il prenait le temps de se distraire avec ses rares amis, principalement des hommes d'influence avec lesquels il entretenait également des relations professionnelles ou des politiciens qui lui étaient redevables. Il n'avait jamais eu peur du risque et ne supportait pas de s'ennuyer. Son esprit était aussi vif que l'éclair.

Cela faisait sept ans qu'il vivait avec sa compagne actuelle, et, à quelques exceptions près, ce qui était inhabituel pour les hommes de sa trempe, il lui était fidèle. Il n'avait ni le temps de batifoler, ni l'envie de la tromper, pas même de flirter avec une autre femme. Inutile d'aller chercher ailleurs ce qu'il avait à portée de main.

Natasha Leonova était sans aucun doute la plus belle femme qu'il eût jamais rencontrée. La première fois qu'il l'avait aperçue, c'était dans une rue de Moscou, où elle frissonnait sous les rigueurs de l'hiver russe. Il avait été conquis dès le premier instant de leur rencontre, mais, jeune et fière, elle avait refusé toute proposition d'aide de sa part. Il l'avait poursuivie de ses assiduités pendant un an avant qu'elle ne succombe enfin à son offensive. À dix-neuf ans, elle était devenue sa maîtresse. Elle en avait aujourd'hui vingt-six.

Quand les circonstances le demandaient, Natasha remplissait à ses côtés le rôle d'hôtesse dans les limites qu'il lui imposait. Elle avait le bon goût de ne jamais se mettre trop en avant. Bien qu'elle fût aussi intelligente que belle, il n'attendait rien de plus d'elle que sa présence et sa disponibilité en toute occasion. Fine mouche, elle se contentait des rares informations qu'il consentait à lui donner. Elle l'attendait là où il l'exigeait, dans la ville, la demeure ou le yacht de son choix, patientant jusqu'à son retour. Elle ne l'avait jamais trompé. Dans le cas contraire, il l'aurait aussitôt rayée de sa vie.

Cet arrangement leur convenait à tous les deux. Et Vladimir récompensait généreusement sa fidélité. Ils étaient ensemble depuis maintenant sept ans, un temps bien plus long que ce qu'ils auraient pu prévoir. Natasha faisait partie intégrante du mécanisme parfaitement réglé qui régissait la vie de Vladimir, et, par là même, elle était importante pour lui. Chacun avait conscience du rôle qu'il jouait dans la vie de l'autre.

Dans la somptueuse cabine du yacht qui leur servait de résidence principale durant plusieurs mois de l'année, Natasha se déplaçait avec la grâce d'une danseuse. Elle aimait vivre ainsi sur les flots, appréciant la liberté de changer de lieu à tout moment, au rythme de leurs envies. Que son amant restât à bord pour travailler dans son spacieux bureau, en contact permanent par vidéoconférence avec ses collaborateurs de Moscou et de Londres, ou qu'il s'envolât vers l'une ou l'autre métropole pour tenir ses réunions, elle passait ses journées comme bon lui semblait. Parfois, elle allait à terre se promener ou faire du shopping, ou bien elle restait à bord et se prélassait au soleil près de la piscine.

Natasha avait parfaitement intégré les paramètres de leur vie commune. Elle avait appris à satisfaire les attentes de Vladimir ; elle savait qu'il appréciait sa beauté inégalée et l'exhibait tel un bijou rare ou une Ferrari. Contrairement à d'autres femmes dans sa position, Natasha ne se montrait jamais difficile, exigeante ou irritable et elle était, pour cette raison même, un véritable objet d'envie pour les amis de Vladimir. Elle savait instinctivement à quel moment se taire ou parler, quand garder ses distances ou se rapprocher. Elle devinait parfaitement les humeurs de son amant, elle était flexible et facile à vivre. N'avait pas de projets personnels ou d'ambition particulière. Et comme elle n'exigeait rien de Vladimir, il se montrait fort généreux. D'ailleurs, bien qu'elle appréciât tout ce qu'il lui offrait, elle se serait contentée de moins, chose inédite pour une femme dans sa situation.

Natasha avait en outre compris qu'elle ne devait jamais interroger son amant sur ses fréquentations professionnelles ni sur les accords qu'il passait. Vladimir appréciait sa discrétion, ses manières douces, sa compagnie et sa beauté renversante. Parfois, il l'exhibait comme une œuvre d'art, car sa présence à ses côtés témoignait de son bon goût et le posait auprès des autres hommes.

Vladimir aimait sa beauté naturelle, qu'il était inutile de chercher à rehausser par des artifices. Natasha lui rappelait certains modèles de ses tableaux préférés de maîtres italiens, et il pouvait contempler sans se lasser sa gracieuse silhouette, ses traits parfaits, ses cheveux soyeux d'un blond délicat, et ses grands yeux bleus de la couleur d'un ciel d'été. Surtout, il prenait autant de plaisir à discuter avec elle qu'à la regarder. Il appréciait son intelligence. Il détestait les femmes vulgaires, cupides et stupides. Natasha était différente. Il émanait d'elle une grâce et une distinction sans égales.

Natasha appréciait la gentillesse et la générosité de Vladimir à son égard, elle pressentait cependant qu'il pouvait se révéler dangereux. Elle l'avait déjà vu changer d'humeur en un instant. Elle voulait croire qu'il était une bonne personne sous la façade dure qu'il affichait, mais jamais elle n'avait cherché à tester ses limites.

Elle avait dix-neuf ans quand Vladimir l'avait sauvée de la pauvreté dans les rues de Moscou, et elle n'oubliait pas combien la vie avait été dure pour elle jusque-là. Pour rien au monde elle n'aurait voulu se voir obligée de retourner à ces conditions précaires, et elle faisait tout son possible pour ne pas mettre en péril l'existence confortable qu'il lui avait offerte. Elle aimait être sa compagne, appréciait son personnage et l'admirait pour tout ce qu'il avait accompli. Sous sa protection, elle se sentait en sécurité.

En raison de la nature de leur vie commune, Natasha vivait dans un isolement relatif et n'avait pas d'amis. Dans son monde, il n'y avait de la place que pour Vladimir, car c'était ce qu'il souhaitait. Elle jouait donc selon les règles qu'il avait établies, sans regrets ni jérémiades. Elle était suffisamment intelligente pour comprendre la place qui lui revenait dans l'esprit de son amant. Totalement satisfaite de son sort, elle savait apprécier cette vie et n'envisageait même pas de gagner plus d'importance à ses yeux. Elle était sa maîtresse, un point c'est tout. Il lui donnait plus qu'elle n'avait jamais espéré. Et tant pis si elle n'avait pas d'enfant, ni même d'amis ; tant pis s'il ne l'épousait pas. Elle ne regrettait rien. Ce qu'ils partageaient lui suffisait amplement.

Natasha sortait de la douche quand elle entendit l'hélicoptère approcher. Elle enfila une combinaison de satin blanc qui moulait parfaitement les courbes de son corps, brossa rapidement ses longs cheveux blonds ondulés, appliqua un léger maquillage, mit les clips d'oreilles en diamant que Vladimir lui avait offerts, puis glissa à ses pieds des sandales argentées à talons hauts.

Émergeant de leur suite, elle se précipita vers l'un des deux héliports du pont supérieur et s'avança parmi la douzaine de membres d'équipage et d'agents de sécurité qui attendaient Vladimir. L'hélicoptère se posait. Un sourire aux lèvres, le vent fouettant ses longs cheveux, elle tenta d'apercevoir son amant à travers les vitres de l'appareil. Le pilote coupa le moteur, la porte s'ouvrit, et Vladimir descendit de l'engin, saluant le pilote d'un signe de tête, tandis qu'un garde du corps saisissait sa mallette. Vladimir aperçut Natasha et lui sourit. Après deux jours d'absence, il était impatient de la revoir.

Ils passaient parfois des mois d'affilée sur le yacht, que Vladimir ne quittait que pour se rendre à des réunions. Ravi du déroulement de celle à laquelle il venait d'assister, il passa un bras autour des épaules de Natasha, puis ils descendirent la volée de marches qui menait jusqu'à un vaste bar magnifiquement décoré sur le pont inférieur. Une hôtesse leur tendit à chacun une coupe de champagne. Vladimir contempla les flots un moment avant de reporter son attention sur Natasha. Elle ne lui posait jamais de questions sur son travail. Tout ce qu'elle savait se résumait à ce qu'elle avait fortuitement entendu, vu ou deviné, et elle le gardait pour elle. Cette discrétion était primordiale pour Vladimir.

Ils s'installèrent confortablement dans un canapé de cuir, sans prêter plus d'attention aux gardes du corps qui se tenaient à proximité. Ces hommes faisaient partie du paysage.

— Alors, qu'as-tu fait aujourd'hui ? demanda-t-il avec douceur, admirant la façon dont la combinaison de satin blanc moulait les formes de la jeune femme.

Elle était si sexy – ne se montrant jamais provocante, sauf dans l'intimité de leur chambre à coucher – que les hommes ne pouvaient s'empêcher d'envier Vladimir, ce qui l'emplissait d'orgueil. Tout comme le yacht était l'une des preuves de sa fabuleuse richesse, l'extrême beauté de Natasha était un symbole de sa virilité.

— J'ai nagé, je me suis fait manucurer, et je suis allée faire un peu de shopping à Cannes, répondit-elle d'un ton léger.

Elle profitait généralement de ses absences pour s'esquiver. Lorsqu'il était là, elle restait à bord pour être à sa disposition. S'il avait du temps libre, il aimait nager avec elle, prendre ses repas en sa compagnie et discuter quand l'envie l'en prenait.

Natasha avait étudié l'histoire de l'art toute seule, s'était formée en lisant des livres et des articles sur

Internet, tout en se tenant au courant de l'actualité du monde de l'art. Elle aurait aimé prendre des cours à la Tate Gallery de Londres quand ils y résidaient, ou à Paris lors de leurs séjours dans la capitale, mais ils ne demeuraient jamais assez longtemps au même endroit pour qu'elle s'inscrive à des cours. En outre, Vladimir voulait l'avoir en permanence à ses côtés. Cependant, quoiqu'elle n'eût pas suivi de cursus classique, elle avait énormément appris sur l'art ces dernières années, et Vladimir aimait discuter de ses récents achats de tableaux avec elle, ainsi que de ses projets d'acquisition. Elle étudiait longuement la biographie des artistes cités par lui et tentait de découvrir des anecdotes à leur sujet. Vladimir était fasciné par ses connaissances. Il en mesurait l'étendue quand elle discutait avec des experts en art lors des dîners qu'ils donnaient à bord du yacht. Oui, il était vraiment fier d'elle.

N'ayant pas d'amies, Natasha était habituée à faire du shopping seule. Vladimir la laissait acheter tout ce qui lui faisait plaisir et lui offrait quantité de cadeaux. Il aimait choisir pour elle des bijoux et la couvrait de sacs Hermès en alligator, de toutes les couleurs imaginables. Son modèle préféré était le *Birkin* avec fermoir en diamants, valant une fortune. Il l'habillait également lors des défilés de haute couture, ainsi la combinaison de satin Dior qu'elle portait ce soir. Lui, en revanche, s'habillait sobrement. D'ailleurs, il rentrait de Londres vêtu d'un jean, d'une chemise bleue, d'un blazer à la coupe parfaite et de mocassins Hermès en daim brun. Malgré leurs vingt-trois ans de différence d'âge, ils formaient un beau couple. De temps en temps, il lui faisait remarquer que, même s'il n'en avait pas l'air, il était assez vieux pour être son père.

Bien qu'elle n'eût pas vraiment de vie personnelle, Natasha ne se sentait pas seule. Quant à Vladimir, il ne se lassait pas de l'admirer. Durant ces sept dernières années, il n'avait rencontré aucune femme capable de le séduire davantage. Il n'avait trompé Natasha qu'en de rares occasions, quand les hommes avec lesquels il signait des contrats lui proposaient les services de prostituées après une réunion importante. Il ne voulait pas se montrer grossier en refusant. Heureusement, en général, à ce moment de la soirée, les hommes avaient déjà beaucoup bu, et il en profitait pour s'éclipser.

Quand ils eurent fini leur champagne, les étoiles étaient déjà hautes dans le ciel. Vladimir annonça qu'il voulait descendre se doucher et enfiler une tenue plus décontractée pour le dîner. Elle le suivit jusqu'à leur cabine et s'allongea sur leur vaste lit, tandis qu'il se déshabillait et traversait son dressing pour gagner sa salle de bains en marbre noir. De l'autre côté de la suite, Natasha disposait de son propre dressing et de sa salle de bains en marbre rose, spécialement conçus pour elle.

En entrant dans la cabine, Vladimir avait allumé une lumière dans le hall, indiquant qu'il ne voulait pas être dérangé. En l'attendant, Natasha mit de la musique. Soudain, entendant un bruit, elle se retourna vivement. Vladimir était là, nu, tout juste sorti de la douche, les cheveux encore mouillés. Il lui souriait.

— Tu m'as manqué à Londres, Tasha. Je n'aime pas voyager sans toi.

Elle savait qu'il disait vrai, mais il ne lui avait pas demandé de l'accompagner, ce qui signifiait qu'il avait dû être occupé jusque tard dans la nuit par ses réunions…

— Tu m'as manqué aussi, répondit-elle avec douceur.

Pieds nus, la fine combinaison de satin blanc moulant ses formes sensuelles, ses cheveux d'or en éventail sur l'oreiller, elle était divine. Il s'assit sur le lit à côté d'elle, abaissa avec une lenteur extrême les fines bretelles de la combinaison sur ses épaules, fit glisser le tissu soyeux le long de son corps, et bientôt Natasha ne porta plus que son délicat string, de satin blanc, lui aussi. Il lui murmura des mots doux dans le cou, puis, se collant à elle dans toute la splendeur de sa virilité, il lui retira son string et le jeta au loin. Toute la journée, il avait attendu avec impatience le délicieux moment où il pourrait enfin s'unir à elle. Et, comme toujours au moment de la jouissance, il poussa un rugissement de victoire. On aurait dit un lion affamé…

Après quoi, Natasha se blottit dans ses bras. Poussant un soupir de contentement, elle lui sourit. Leur union était parfaite et leur apportait à chacun la sérénité et la paix bienvenues dans ce monde agité.

Ils se douchèrent ensemble. Une heure plus tard, quand ils montèrent dans la salle à manger extérieure, Natasha portait un caftan de soie blanche. Tous deux affichaient un air détendu. Ils s'installèrent pour dîner. Il était déjà vingt-deux heures passées, mais ils appréciaient de dîner tard. Au moins, Vladimir n'était plus dérangé par des coups de téléphone professionnels et n'avait plus à répondre aux courriels envoyés par ses secrétaires depuis Londres ou Moscou. La nuit était à eux.

— Pourquoi ne pas dîner à Saint-Paul-de-Vence, demain soir ? proposa Vladimir en allumant un cigare cubain dont elle huma avec plaisir la senteur âcre.

— À la Colombe d'Or ?

Ils avaient déjà pris de délicieux repas dans le célèbre établissement, dont les murs étaient couverts d'œuvres de Picasso, Léger, Calder et bien d'autres artistes qui y avaient réglé leurs notes de bar et de restaurant en nature, autrement dit avec des tableaux, à l'époque de leur vie de bohème… Et aujourd'hui, fréquenter les lieux était un véritable régal pour l'œil…

— En fait, j'aimerais essayer un nouvel endroit dont je n'arrête pas d'entendre parler, dit Vladimir tout en contemplant les flots et la nuit étoilée. Il s'appelle Da Lorenzo. C'est lui aussi un lieu de prédilection des amateurs d'art : il est décoré uniquement de toiles de Lorenzo Luca.

Tel un sanctuaire, le restaurant consacré au célèbre artiste avait été ouvert par sa veuve dans la maison où ils avaient vécu. Au-dessus du restaurant, des salles d'exposition attendaient les collectionneurs, les marchands de tableaux et les conservateurs de musée. Ce devait être une expérience d'immersion totale dans l'œuvre du peintre. Vladimir voulait visiter ce lieu depuis des années, mais les réservations pour le restaurant étaient si difficiles à obtenir qu'ils finissaient toujours par dîner à la Colombe d'Or, ce qui était très agréable aussi.

— Un marchand d'art de Londres m'avait dit d'appeler Mme Luca en se recommandant de lui, poursuivit-il. Ma secrétaire l'a fait, et ça a marché. Nous avons une réservation pour demain. J'ai hâte d'y aller enfin, déclara-t-il d'un air radieux.

— Moi aussi. J'adore l'œuvre de Lorenzo Luca. Son travail est un peu similaire à celui de Picasso, mais il a son propre style, très reconnaissable. Il y a très peu d'œuvres de lui sur le marché. À sa mort, il a laissé à sa veuve la majorité de ses toiles, qu'elle refuse de vendre. Elle en cède une aux enchères de temps en temps, mais c'est extrêmement rare. Lorenzo n'était pas aussi prolifique que Picasso ; ses œuvres sont donc beaucoup moins nombreuses. De plus, il n'a réussi que très tard dans la vie, et le refus de vendre de la part de sa veuve a fait grimper le prix des toiles, qui valent désormais presque aussi cher que celles de Picasso. Le dernier tableau vendu chez Christie's il y a plusieurs années a atteint une somme record, affirma Natasha.

— On ne pourra donc rien acheter durant le dîner ! plaisanta Vladimir. Apparemment, aller là-bas, c'est plutôt comme visiter un musée. Mme Luca garde le meilleur travail de son mari dans son ancien atelier. J'aimerais bien le visiter un jour. Qui sait, peut-être pourrons-nous l'en convaincre demain ?

Après le dîner, ils retrouvèrent le profond canapé de cuir, et le personnel de bord leur apporta tout ce qu'ils désiraient. Natasha dégusta une dernière coupe de champagne tandis qu'ils regardaient les étoiles. La mer était calme, la nuit paisible.

Avant de se coucher, Vladimir abandonna Natasha un petit moment pour répondre à ses courriels. Même à minuit passé, il pensait à ses affaires et se tenait informé. Le travail était sa priorité. Une terreur silencieuse l'emplissait, ce que Natasha comprenait bien. C'était l'un des liens les plus forts qu'ils partageaient, même s'ils n'en parlaient jamais. Tous deux avaient connu la pauvreté la plus abjecte. Une rage de s'en sortir l'avait conduit, lui, à un succès étourdissant, et cette même pauvreté avait guidé Natasha – qui vivait dans les rues de Moscou depuis l'adolescence – jusque dans ses bras.

Né dans une famille extrêmement pauvre, Vladimir avait, à trois ans, vu son père mourir d'alcoolisme. Quand il avait eu quatorze ans, c'était sa mère, Marina, qui était décédée de la tuberculose et de malnutrition. Sa famille n'avait pas d'argent pour les soins médicaux. Sa sœur avait succombé à une pneumonie à l'âge de sept ans.

Jeté à la rue après le décès de sa mère, Vladimir survécut comme il le put, se fiant à son instinct et se jurant de ne plus jamais être pauvre. À quinze ans, il devint le coursier de certains personnages les moins recommandables de Moscou. À dix-sept ans, il était un sous-fifre de confiance et il accomplissait pour eux des tâches parfois douteuses, mais il les menait avec courage et efficacité. Il était intrépide et intelligent. L'un de ses employeurs vit son potentiel et devint son mentor. Vladimir prit son enseignement à cœur. À vingt et un ans, il avait déjà gagné plus d'argent qu'il n'avait jamais osé en rêver et il était déterminé à grimper les échelons jusqu'au sommet. À vingt-cinq ans, il était un homme riche selon la plupart des normes, et à trente ans, ayant pleinement utilisé ses relations, il était à la tête de plusieurs millions. Dix-neuf ans plus tard, rien ne pouvait plus l'arrêter, et il se dresserait avec virulence contre le moindre ennemi qui voudrait s'en prendre à sa fortune.

Natasha éprouvait la même terreur de retomber dans la pauvreté. Fille de père inconnu et d'une prostituée qui l'avait abandonnée, elle n'avait jamais été adoptée et était restée à l'orphelinat jusqu'à ses seize ans. Elle avait ensuite travaillé trois ans en usine, avait vécu dans des dortoirs non chauffés, sans aucune perspective d'avenir. Elle avait refusé les avances d'hommes qui voulaient payer pour avoir des rapports sexuels avec elle. Pas question de devenir comme sa mère, laquelle était morte d'alcoolisme peu de temps après l'avoir abandonnée.

Un jour, Vladimir avait remarqué Natasha qui marchait péniblement dans la neige, vêtue d'un mince manteau, beaucoup trop léger pour le froid qui régnait alors. Elle avait dix-huit ans, et il avait été frappé par sa beauté. Quelque chose en elle lui rappelait sa mère, Marina. Il lui avait offert de la conduire en voiture à l'endroit de son choix, afin de lui épargner le froid glacial et la neige. À sa stupéfaction, elle avait refusé. Ayant néanmoins réussi à savoir où elle vivait, il lui avait, pendant des mois, envoyé des vêtements chauds et de la nourriture. Mais elle refusait systématiquement les colis, qui lui revenaient. Finalement, près d'un an après leur rencontre, un jour où elle était malade et fiévreuse, elle avait accepté qu'il prenne soin d'elle jusqu'à sa guérison. Probablement avait-elle échappé à la mort grâce à lui.

Natasha s'attacha peu à peu à lui. Non seulement Vladimir lui avait-il sauvé la vie, mais encore l'avait-il délivrée d'une existence de dur labeur à l'usine. Ils n'évoquaient jamais leurs passés respectifs, mais la misère et la solitude restaient des craintes ancrées dans l'esprit de Natasha. Elle faisait encore des cauchemars relatifs à l'orphelinat, à l'usine, aux dortoirs, aux femmes qu'elle avait vues mourir dans son ancienne vie. Elle aurait préféré mourir elle aussi plutôt que d'y retourner.

Et pour Vladimir, c'était pareil. Le passé n'était jamais bien loin. C'était comme si le démon de la pauvreté dans laquelle il avait grandi le poursuivait. Il ne cessait jamais de regarder par-dessus son épaule pour s'assurer que le spectre avait disparu. Peu importe combien de milliards il avait gagnés, ce n'était jamais assez…

Ainsi, en dépit de l'immense chemin parcouru, de l'opulence et de la sécurité que Vladimir et Natasha connaissaient désormais, ils savaient tous les deux que leurs vieilles terreurs feraient toujours partie d'eux. À cet égard et à bien d'autres, ils étaient parfaitement assortis. Ils venaient d'horizons similaires, éprouvaient un profond respect mutuel et un besoin réciproque l'un de l'autre que leur pudeur gardait secret.

Cette nuit-là, Natasha s'endormit en attendant Vladimir, comme cela arrivait souvent. Quand il la rejoignit dans le lit, il la réveilla et lui fit à nouveau l'amour. Il était le sauveur qui l'avait délivrée de l'enfer, et, si dangereux qu'il puisse être pour les autres, elle savait qu'elle était en sécurité avec lui.

2

À soixante-trois ans, Maylis Luca était toujours une femme séduisante. Ses cheveux, devenus prématurément blancs bien des années auparavant, formaient une crinière de neige autour de son ravissant visage. Le jour, elle les portait détachés ou tressés dans le dos et, le soir, lorsqu'elle travaillait au restaurant, elle les nouait en chignon. À vingt ans, quand elle était arrivée de Bretagne à Saint-Paul-de-Vence pour un été, ses yeux bleu myosotis et sa silhouette pulpeuse avaient séduit plusieurs artistes. Ils l'avaient accueillie avec chaleur et l'avaient prise comme modèle. Au grand dam de sa famille conservatrice, elle se plaisait en leur compagnie. Elle avait abandonné ses études à l'université, était restée à Saint-Paul-de-Vence pour y passer l'hiver, et, dès l'instant où elle avait posé les yeux sur lui, elle était tombée follement amoureuse de Lorenzo Luca.

L'année suivante, à vingt et un ans, elle était devenue la maîtresse de Lorenzo. Lui avait déjà soixante ans ; il la surnommait « sa petite fleur de printemps ». Très vite, elle ne posa plus que pour lui. À l'époque, Lorenzo n'avait pas d'argent et la famille de Maylis déplorait qu'elle eût négligé les chances qui s'offraient à elle pour choisir une telle voie. À leurs yeux, elle était sur le chemin de la perdition. Cependant, malgré le manque d'argent, elle était heureuse avec Lorenzo, même si, pour tout repas, ils se contentaient souvent de pain, de fromage, de pommes et de vin, et vivaient dans une petite pièce au-dessus de son atelier. Elle aimait l'observer pendant des heures tandis qu'il peignait ou qu'elle posait pour lui. Elle n'avait jamais regretté un seul instant de ces moments partagés.

Il avait été honnête dès le début, lui expliquant avoir épousé une jeune fille en Italie quand il avait vingt ans. Ils n'avaient pas eu d'enfant, et il n'avait pas revu cette femme depuis près de quarante ans. Il était cependant toujours marié avec elle, car, selon lui, il était trop compliqué et trop coûteux de divorcer.

Lorenzo avait cependant eu d'autres aventures au cours de sa vie : quatre liaisons sérieuses, qui l'avaient laissé sept fois père. Il aimait ses enfants, mais il était franc et n'avait pas honte de dire qu'il ne vivait que pour son travail, que rien d'autre ne lui importait. C'était un artiste farouchement dévoué à son art. En privé, il avait reconnu ses enfants, sans jamais les légitimer, pas plus qu'il n'avait participé financièrement à leur éducation. D'ailleurs, il n'avait jamais eu d'argent quand ses enfants étaient jeunes, et leurs mères n'avaient rien exigé de lui, sachant qu'il n'avait rien à offrir.

À l'époque de sa rencontre avec Maylis, tous les enfants de Lorenzo étaient déjà grands, et même plus âgés qu'elle. Certains étaient mariés et avaient déjà fondé une famille. Ils lui rendaient visite de temps en temps, le considéraient davantage comme un ami que comme un père. Aucun n'était devenu artiste, aucun ne possédait son talent, et ils avaient peu de choses en commun avec lui.

Maylis n'était nullement pressée d'avoir d'enfant de Lorenzo. Il lui suffisait d'être avec lui chaque jour. De son côté, Lorenzo n'éprouvait aucune envie de se marier ou d'être père une fois de plus.

Maylis était heureuse de découvrir le travail d'autres artistes, mais le seul qui l'intéressait vraiment était celui de Lorenzo. De son côté, il était fasciné par le visage de la jeune femme. Durant les premières années de leur relation, il réalisa bien un millier de croquis d'elle dans des poses différentes et de très beaux tableaux.

Lorenzo était d'humeur changeante, alternativement merveilleux, adorable, puis se montrant difficile avec elle, instable et capricieux. Au début, ils eurent des disputes mémorables auxquelles ils mettaient un terme en laissant éclater leur passion au lit. Maylis ne douta jamais que Lorenzo l'aimait autant qu'elle l'aimait. Il était l'amour de sa vie, elle était la lumière de la sienne, lui assurait-il.

Il avait un tempérament d'artiste, et elle le considérait comme un génie. Lorenzo était également admiré par ses pairs, lesquels étaient conscients de son immense talent. Cependant, en dehors du milieu de l'art, il n'avait aucune notoriété. Ils vivaient dans le dénuement, et Maylis travaillait comme serveuse dans un restaurant du coin quelques soirs par semaine. Et tant pis si les parents de Maylis désapprouvaient tout cela.

Cependant, Lorenzo vieillissait, et il devenait de plus en plus grincheux. Il se disputait souvent avec ses amis, surtout lorsqu'il considérait qu'ils sacrifiaient leur talent à l'argent. Pour sa part, il était aussi heureux de donner une de ses œuvres que de la vendre.

Le jour où un jeune marchand d'art venu de Paris réussit enfin à le rencontrer, Lorenzo adopta une attitude hostile et suspicieuse. Gabriel Ferrand avait vu ses toiles et avait aussitôt reconnu son génie. Il supplia l'artiste de le laisser le représenter dans sa galerie parisienne, mais Lorenzo refusa. Certains de ses amis essayèrent de le raisonner, d'autant que Ferrand avait une excellente réputation, mais il était hors de question pour Lorenzo qu'il soit représenté par un « escroc parisien avide d'argent ». Trois ans d'efforts furent nécessaires à Gabriel Ferrand pour le convaincre de lui confier un de ses tableaux, qu'il vendit d'ailleurs rapidement à un prix très honorable.

Ce fut Maylis qui persuada finalement Lorenzo de laisser Gabriel le représenter. Le premier continuait à traiter le second « d'escroc parisien », mais cela faisait sourire Gabriel. Le marchand d'art en était venu à éprouver de l'affection pour le génie excessivement difficile qu'il avait découvert. Heureusement, Maylis était là. C'était avec elle qu'il complotait pour défendre les intérêts de Lorenzo.

À cette époque, Maylis vivait avec Lorenzo depuis dix ans. L'artiste avait atteint soixante-dix ans ; ses difficultés financières étaient désormais derrière lui, mais il prétendait ne pas vouloir connaître le montant de son compte en banque. Il ne cessait de répéter qu'il refusait de « prostituer » son art, ou d'être corrompu par les « intentions vénales » de Gabriel, et il laissait Maylis et le marchand d'art s'occuper de son argent.

Il n'était pas riche, mais il n'était plus pauvre comme Job. Pour ne pas bouleverser Lorenzo, Maylis décida de ne rien changer à ses habitudes, partageant sa vie entre les séances de pose et son travail de serveuse au restaurant.

Lorenzo, cependant, avait refusé d'exposer ses œuvres dans la galerie parisienne de Gabriel. Le jeune marchand devait donc attendre que l'artiste daigne lui envoyer une de ses toiles. Parfois, l'attente se prolongeait… Tout dépendait de l'humeur de Lorenzo. Mais ses peintures étaient tellement stupéfiantes que les collectionneurs les achetaient à peine posaient-ils les yeux dessus.

Maylis faisait de son mieux pour arrondir les angles entre les deux hommes tout en évitant de contrarier son amant. Elle possédait déjà une vaste collection de ses œuvres, mais Lorenzo persistait, la plupart du temps, à vouloir lui offrir ses nouvelles toiles plutôt que de les vendre. Gabriel n'avait donc pas grand-chose à se mettre sous la dent, mais il restait fidèle à sa cause, convaincu que Lorenzo serait un jour un artiste de grande envergure. Il venait souvent à Saint-Paul-de-Vence pour les voir, à la fois pour le plaisir d'admirer la dernière œuvre en cours de Lorenzo et pour discuter avec Maylis, qu'il adorait. À ses yeux, elle était la femme la plus remarquable qu'il eût jamais rencontrée.

Gabriel était marié et avait une fille, Marie-Claude. Hélas, cinq ans après sa première rencontre avec Lorenzo, il perdit sa femme, qui souffrait d'un cancer. Par la suite, il amena souvent Marie-Claude à Saint-Paul-de-Vence. Maylis jouait avec elle tandis que les deux hommes discutaient. C'était une enfant douce, radieuse. Gabriel l'aimait profondément et semblait être un bon père. Il l'emmenait partout avec lui, aussi bien pour rendre visite aux artistes dans leurs ateliers parisiens que dans ses voyages. Lorenzo ne s'intéressait plus aux enfants, pas même aux siens, et il refusait toujours d'en avoir avec Maylis. Il voulait la jeune femme pour lui seul.

Aussi cela fut-il un choc pour eux deux quand Maylis découvrit qu'elle était enceinte. Cela faisait désormais douze ans qu'ils étaient ensemble, et ils n'avaient jamais rien planifié de tel. Maylis avait trente-trois ans, lui soixante-douze, et il était plus que jamais concentré sur son travail. Cette grossesse non désirée le mit en colère durant des jours et des jours, mais finalement, à contrecœur, il accepta que Maylis la mène à terme…

Maylis n'était pas vraiment sereine non plus. Elle ne s'habitua à l'idée que lentement, au fur et à mesure que le bébé grandissait en elle, et elle comprit alors à quel point il lui tenait à cœur de porter l'enfant de Lorenzo. Il n'était pas question que ce dernier l'épouse, puisqu'il était encore marié et que sa femme était toujours en vie (de lointains cousins le lui confirmaient de temps à autre).

Alors que la grossesse de Maylis avançait, Lorenzo se mit à la peindre sans relâche, soudain plus amoureux que jamais de son corps changeant, ce corps au sein duquel était niché son enfant. Gabriel était d'accord avec lui : Maylis n'avait jamais été aussi belle, et les nouveaux portraits peints par Lorenzo étaient parmi ses meilleurs.

Leur fils naquit un soir, tandis que Lorenzo dînait avec ses amis à l'atelier. Maylis leur avait préparé un bon repas, et les hommes buvaient beaucoup de vin. Elle ne dit rien, mais soupçonna que le travail avait commencé avant le dîner. Finalement, elle se retira à l'étage et appela le médecin. En bas, les hommes continuaient à boire et à discourir. Lorenzo et ses comparses remarquèrent à peine l'arrivée du médecin. L'accouchement fut aisé et rapide. Deux heures plus tard, Maylis se tenait en haut des marches, rayonnante de fierté, leur fils enveloppé d'une couverture dans les bras. Aussitôt Lorenzo bondit et se précipita dans l'escalier pour l'embrasser, titubant légèrement à cause de la quantité de vin ingurgitée. Dès qu'il posa les yeux sur lui, il tomba amoureux de leur fils.

Ils l'appelèrent Théophile, du nom du grand-père de Maylis, et Théo – comme ils le surnommèrent – devint la joie de vivre de son père.

Certains des plus beaux tableaux de Lorenzo étaient ceux représentant Maylis serrant Théo contre elle et l'allaitant. Quand le petit garçon grandit, Lorenzo fit de lui des portraits époustouflants. De tous ses enfants, Théo fut le seul à hériter de son talent. Il commença à griffonner aux côtés de son père dès qu'il fut en mesure de tenir un crayon entre ses petites mains potelées.

À cette époque, Gabriel avait réussi à convaincre Lorenzo d'acheter une maison décente à Saint-Paul-de-Vence. Toutefois, il peignait encore dans son vieil atelier, où Théo le rejoignait chaque jour après l'école. Lorenzo était déterminé à lui enseigner tout ce qu'il savait. Quand le garçon eut dix ans – Lorenzo en avait alors quatre-vingt-trois –, il était déjà évident qu'un jour le fils serait aussi talentueux que le père, même si son style était très différent. Tous deux dessinaient et peignaient des heures côte à côte. Maylis les regardait avec tendresse et admiration. Elle devait presque les traîner à la maison pour la nuit. Elle s'inquiétait cependant pour Lorenzo. Il avait toujours eu une santé de fer, mais les derniers temps, il s'affaiblissait. Une vilaine toux le saisit et persista tout l'hiver. Maylis avait beau lui déposer de bons petits plats à l'atelier, Lorenzo oubliait souvent de se nourrir si elle n'était pas là pour le lui rappeler.

Lorenzo apprit cet hiver-là que sa femme était décédée ; à la grande surprise de Maylis, il insista pour l'épouser. La cérémonie se déroula dans la petite église sur la colline, et Gabriel fut leur témoin. Théo avait dix ans.

Après cela, le marchand d'art parvint à convaincre Lorenzo d'accepter une nouvelle avancée pour promouvoir son travail. Il voulait proposer un de ses tableaux lors d'une importante vente aux enchères, afin d'établir sa cote sur le marché. Une fois de plus, Lorenzo rechigna, mais Gabriel finit par le persuader de participer à cette vente pour Théo, arguant que l'argent gagné servirait un jour à son fils.

Ce fut une décision qui, en fin de compte, changea radicalement leur vie. Le tableau fut vendu par Christie's lors d'une importante vente aux enchères en mai, pour un montant colossal, représentant bien plus d'argent que Lorenzo n'en avait gagné tout au long de sa vie.

Même Gabriel fut stupéfié par le résultat de la vente. Certes, il avait espéré qu'au fil des ans les œuvres de Lorenzo atteignent une belle cote. Mais il ne s'attendait pas à ce que cela arrive si vite. Après cette vente chez Christie's, tout s'emballa à un point inimaginable. Au cours des huit années suivantes, les tableaux de Lorenzo, lorsqu'il acceptait de les vendre, atteignirent des prix astronomiques. Ils étaient désormais très demandés par les collectionneurs et les musées. S'il avait été cupide, Lorenzo aurait pu amasser une immense fortune.

Cela arriva quand même, malgré lui. Car sa mauvaise grâce à vendre ses œuvres et le refus de Maylis de vendre celles qu'il lui avait offertes firent grimper les prix encore plus haut. À sa mort, à quatre-vingt-onze ans, Lorenzo était un homme très riche. Théo avait alors dix-huit ans. Il était en deuxième année aux Beaux-Arts de Paris, où son père l'avait encouragé à s'inscrire.

La mort de Lorenzo fut un choc dévastateur pour tous, pour Maylis et Théo, bien sûr, mais aussi pour Gabriel, qui le connaissait depuis plus de vingt ans à présent et le considérait comme un ami proche. Jusqu'à la fin, Lorenzo l'avait traité « d'escroc parisien », mais c'était devenu un jeu entre eux. Compte tenu de son âge, Lorenzo avait joui d'une exceptionnelle bonne santé jusqu'à ses derniers jours, et il avait travaillé plus dur que jamais la dernière année de sa vie, comme s'il savait instinctivement que le temps allait lui manquer.

Il laissait à Maylis et Théo une fortune considérable, à la fois en tableaux mais aussi en investissements que Gabriel avait faits pour eux. Quand Gabriel lui annonça le montant de la succession, Maylis en resta bouche bée. La cote de Lorenzo sur le marché de l'art avait grimpé si vite qu'elle ne s'en était pas rendu compte. Surtout, elle y avait prêté peu d'attention. Tout ce qui l'intéressait alors, c'était de vivre avec un homme qu'elle aimait passionnément.

Malgré les supplications de Gabriel, Lorenzo était mort sans laisser de testament. Selon la loi, les deux tiers de la succession revenaient à Théo en tant que seul enfant légitime, et le tiers restant était pour Maylis, son épouse. Du jour au lendemain, ils devinrent tous deux très riches, à la fois en liquidités, mais aussi en tableaux, puisqu'ils possédaient d'innombrables toiles de Lorenzo. Leur collection était immense. En revanche, pas un seul centime n'était prévu pour les sept autres enfants du peintre, ceux qu'il n'avait jamais reconnus légitimement. Après une longue discussion avec Gabriel, Maylis lui demanda de réduire la partie financière de son propre héritage de moitié et de la donner aux enfants. Ceux-ci en furent fort surpris, et très reconnaissants. Même Gabriel fut étonné par la générosité de son geste. Maylis déclara qu'elle avait déjà bien assez d'argent. Elle et Théo étaient suffisamment armés pour la vie. Ils n'avaient plus à se soucier de l'avenir.

Théo poursuivit ses études aux Beaux-Arts de Paris encore deux ans après le décès de son père, puis il rentra chez lui, à Saint-Paul-de-Vence, pour y vivre et y travailler. Il acheta une maison, de superficie modeste, mais pourvue d'un bel atelier baigné de lumière naturelle. Pour sa part, Maylis se réinstalla dans l'ancien atelier de Lorenzo. Elle ne voulait plus habiter dans la maison où Lorenzo était mort. Elle se sentait plus proche de lui dans l'atelier. Et elle passait beaucoup de temps dans la chambre à l'étage, où son fils était né. Gabriel doutait que ce soit une bonne décision :

il la jugeait malsaine pour son équilibre, mais il fut incapable de la faire changer d'avis.

L'avenir lui donna raison. Deux ans après la mort de Lorenzo, Maylis était toujours inconsolable et elle refusait de passer à autre chose. Gabriel venait la voir chaque semaine. Elle n'avait alors que cinquante-quatre ans, mais son seul désir était de contempler indéfiniment les tableaux de Lorenzo, notamment ceux où elle était jeune, ou enceinte. Théo s'inquiétait de l'état dépressif de sa mère, dont il discutait souvent avec Gabriel quand il dînait avec lui. En tant qu'ami de longue date de la famille, Gabriel était comme un père pour lui.

Cinq ans après la mort de Lorenzo, Maylis commença enfin à aller mieux. Un beau jour, une idée lui traversa l'esprit. Durant sa jeunesse, elle avait aimé travailler à la Colombe d'Or. Elle décida donc de transformer la maison que Lorenzo avait achetée pour eux en restaurant, et d'y exposer ses œuvres. Elle n'avait vendu qu'un seul de ses tableaux depuis sa mort, et avait refusé toutes les autres demandes d'acquisition. Tout comme elle refusait les propositions de Gabriel de vendre l'œuvre de Lorenzo aux enchères. Elle n'avait pas besoin d'argent, et il était hors de question pour elle de se séparer d'une seule toile. Théo non plus n'avait pas besoin de vendre les œuvres de son père. Le marché des peintures de Lorenzo Luca était donc gelé, ce qui n'empêchait pas leur valeur d'augmenter d'année en année.

La maison comportait six chambres, qu'elle pourrait louer si l'envie lui en prenait. Quand elle fit part de ses intentions à Théo, il s'étonna, mais Gabriel lui assura que ce serait une bonne chose pour sa mère. Il était impensable qu'elle passe le reste de sa vie à pleurer Lorenzo.

Le restaurant donna à Maylis une raison de vivre. Il fallut un an pour faire les changements nécessaires dans la maison, construire une cuisine professionnelle et créer un beau jardin où les clients pourraient déjeuner ou dîner durant l'été. Elle passa une annonce pour trouver un chef, reçut les candidats et engagea l'une des meilleures toques de Paris. Ne s'étant pas rendue dans la capitale depuis plus de trente ans, elle ne connaissait pas la galerie de Gabriel. Sa vie à Saint-Paul la satisfaisait pleinement, et elle n'avait aucune envie d'aller où que ce soit. Lorsque Gabriel séjournait chez elle, à Saint-Paul, il ne manquait pas de lui prodiguer des conseils pour le restaurant qu'elle avait choisi de nommer « Da Lorenzo », en l'honneur du seul homme qu'elle eût jamais aimé.

La première année, Da Lorenzo connut un succès étonnant. Les clients réservaient jusqu'à trois mois à l'avance. Les amateurs d'art venaient de partout pour admirer l'œuvre de Lorenzo et savourer un repas trois-étoiles. Maylis engagea un excellent maître d'hôtel et un sommelier de premier ordre, lequel remplit la cave de vins remarquables. Da Lorenzo devint l'un des meilleurs restaurants du sud de la France, fréquenté par les amateurs d'art et de gastronomie. Maylis présidait à tout, évoquant la vie et l'œuvre de Lorenzo avec ses clients, pour leur plus grand plaisir. Elle était la gardienne de la flamme en même temps qu'une hôtesse adorable et raffinée. Elle possédait un indéniable talent pour recevoir.

Depuis le décès de Lorenzo, Gabriel et Maylis s'étaient rapprochés. Lui séjournait de plus en plus souvent à Saint-Paul-de-Vence, a priori pour la conseiller sur le restaurant ou sur la gestion de ses capitaux, mais aussi et avant tout pour passer du temps avec elle. Il pouvait facilement s'absenter de Paris, car sa fille, Marie-Claude, travaillait désormais à la galerie. Même si elle se plaignait de ses absences et des responsabilités qui lui incombaient, gérer la galerie lui plaisait beaucoup. Elle avait un très bon œil et, tout comme son père, elle aimait découvrir de nouveaux artistes, de nouveaux talents, et les représenter.

C'est dans le jardin du restaurant, après la fermeture de l'établissement et dans le calme de la nuit que Gabriel ouvrit son cœur à Maylis. Il était amoureux d'elle depuis leur première rencontre. Seuls sa profonde amitié pour le vieux peintre et son respect pour l'amour qui unissait Lorenzo et Maylis l'avaient empêché de lui confier ses sentiments plus tôt. À présent, il estimait que le moment était venu, même s'il était terrifié à l'idée de détruire leur amitié. C'était maintenant ou jamais.

La confession de Gabriel fut un choc pour Maylis. Dès le lendemain, elle en discuta avec son fils. Théo se montra ravi. Il savait à quel point son père et sa mère s'étaient aimés, et quel artiste brillant Lorenzo avait été, mais il n'était en aucun cas le saint homme que Maylis décrivait depuis sa mort. Théo avait une vision beaucoup plus réaliste du tempérament de son père : irascible, grincheux, difficile, égoïste, parfois même tyrannique et possessif envers sa mère. Et cela ne s'était pas amélioré avec l'âge ! Mais elle lui avait consacré toute sa vie et lui avait pardonné tous ses défauts.

Gabriel était un homme beaucoup plus doux, plus généreux, qui se souciait sincèrement de Maylis et la faisait toujours passer en premier. Depuis le décès de Lorenzo, Théo soupçonnait bien que Gabriel était amoureux de Maylis. Il l'espérait même ! Il ne pouvait pas imaginer meilleur compagnon pour elle. Aussi l'encouragea-t-il à réfléchir à l'aveu de Gabriel.

— Mais que penserait ton père ? Ne serait-ce pas une trahison ? Ils étaient de bons amis, après tout. Même si ton père était parfois dur avec lui.

— Dur avec lui ? C'est un euphémisme… Il l'a traité d'escroc pendant des années ! « Mon escroc parisien », disait-il. Je ne connais personne d'autre qui aurait supporté papa aussi longtemps, sauf toi, maman. Gabriel est toujours resté à nos côtés, et il l'est encore aujourd'hui. Et s'il est amoureux de toi depuis tant d'années, il a eu l'élégance de n'en rien laisser paraître du vivant de papa. Votre liaison ne sera pas une trahison, mais une bénédiction pour vous deux. Tu es trop jeune pour rester seule. Et Gabriel est un homme bon. Je suis content pour toi, maman. Tu mérites d'être heureuse, et lui aussi.

Quelques jours plus tard, Maylis confia à Gabriel qu'elle ne pourrait jamais aimer un homme comme elle avait aimé Lorenzo. Elle avait toutefois une profonde affection pour lui, et maintenant qu'il lui avait avoué ses sentiments, elle reconnaissait que les siens pouvaient aussi évoluer avec le temps. Cependant, Gabriel devrait être prêt à tenir un rôle moins important que Lorenzo dans sa vie, ce qui, selon elle, n'était pas juste pour lui.

Mais Gabriel était si amoureux qu'il était prêt à se satisfaire de la situation. Il espérait seulement que Maylis lui ouvrirait son cœur un jour. Oui, il était prêt à prendre le risque. Il la courtisa en prenant son temps, sans la brusquer. Finalement, il l'invita pour un week-end à Venise. Là, les choses suivirent leur cours naturel, et ils devinrent amants. Ils n'affichèrent pas tout de suite leur liaison. Gabriel gardait sa chambre au-dessus du restaurant et y laissait des affaires, mais il dormait dans l'ancien atelier avec elle. Le temps passa, et bientôt Maylis s'aperçut qu'elle était imperceptiblement tombée amoureuse de lui. Quatre ans s'écoulèrent. Gabriel s'intéressait beaucoup à l'œuvre de Théo, lequel avait déjà exposé ses œuvres dans plusieurs foires artistiques. Gabriel ne lui avait toutefois jamais proposé de le représenter, car il estimait que le jeune homme devait trouver une autre galerie afin de ne pas vivre dans l'ombre de son père.

À trente ans, Théo était entièrement dévoué à son art. Les seules occasions qui l'éloignaient de ses pinceaux étaient les demandes de sa mère d'aide au restaurant – quand ils avaient trop de réservations ou se retrouvaient à court de personnel. Contrairement à Maylis, Théo n'aimait pas y travailler. Saluer les invités, écouter sa mère vanter les vertus de son père, tout cela ne l'enchantait pas…

Gabriel avait suggéré à Théo des noms de galeries où il pourrait présenter sa peinture, mais le jeune artiste ne s'estimait pas encore prêt. Certain de son talent,

Gabriel insistait, l'encourageant à viser haut. L'ancien ami de son père était un véritable soutien pour Théo, heureux qu'il fasse partie de la vie de sa mère. Chacun de leur côté, les deux hommes espéraient que cette relation serait un jour couronnée par un mariage, ce qui ne semblait pas du tout dans les priorités de Maylis.

Le mariage ne faisait pas non plus partie des priorités de Théo. Il avait eu plusieurs relations qui avaient duré quelques mois ou un an, certaines beaucoup moins. Il était trop accaparé par son travail d'artiste pour s'investir dans des relations amoureuses. Ses compagnes s'en plaignaient et finissaient par le quitter. Par ailleurs, il fuyait les femmes vénales qui ne s'intéressaient à lui que pour son patronyme. Il sortait avec Chloé, sa petite amie actuelle, depuis six mois. C'était aussi une artiste, mais elle réalisait des peintures commerciales destinées aux touristes et exposées dans une galerie de Saint-Tropez, aux antipodes de ce que faisait Théo. Le seul but de la jeune femme était de gagner assez d'argent pour payer son loyer. Théo n'était pas amoureux de Chloé, mais ils s'entendaient bien au lit, et elle avait un corps superbe.

Depuis peu, cependant, elle lui reprochait de ne pas passer plus de temps avec elle. Ils ne sortaient jamais ! se lamentait-elle de manière récurrente. Théo reconnaissait là les signes avant-coureurs de la fin. C'était ainsi que la plupart de ses relations se terminaient... Il est vrai qu'il se trouvait dans une phase de création particulièrement intense, développant de nouvelles techniques qu'il avait hâte de perfectionner.

Lorsque Chloé avait commencé à évoquer le mariage, cela avait sonné pour lui le glas de leur liaison. Il n'était pas prêt à s'installer dans une vie de famille. Dans la bataille entre les femmes et son œuvre, cette dernière l'emportait toujours.

*

Maylis vérifiait les tables dans le jardin, s'assurant qu'il y avait des fleurs et des bougies sur chaque table, que les nappes étaient impeccables et que l'argenterie brillait. C'était une perfectionniste en toutes choses. Dans son restaurant tout était exquis, de la splendeur du jardin aux mets servis, jusqu'aux vins les plus fins. Comme d'habitude, ils avaient accepté un maximum de réservations pour le dîner, et ils ouvriraient dans deux heures à peine. Pour le moment, elle était toujours vêtue d'un jean et d'un simple chemisier blanc. Elle s'habillerait pour la soirée dans une heure. Elle portait habituellement une robe en soie noire, des escarpins à talons hauts et un collier de perles, et elle coifferait ses longs cheveux en un chignon bas sur la nuque. À soixante-trois ans, c'était une très jolie femme.

Un serveur s'approcha.

— Madame Luca, Jean-Pierre est au téléphone.

Jean-Pierre était son maître d'hôtel, un exemple de perfection. Un appel de sa part avant le service n'était pas de bon augure. Elle prit le combiné que lui tendait le jeune homme.

— Tout va bien, Jean-Pierre ?

— J'ai peur que non, répondit celui-ci d'une voix faible. J'ai déjeuné à Antibes et je suis malade comme un chien. J'ai dû manger des moules pas très fraîches.

— Flûte ! lâcha Maylis en consultant sa montre.

Elle avait encore le temps d'appeler Théo à la rescousse. Il ne refusait jamais de l'aider, quand bien même cela ne l'enchantait pas.

— Je suis vraiment désolé, poursuivit Jean-Pierre. Mais je suis cloué au lit.

— Ne t'inquiète pas, j'appelle Théo. Je suis sûr qu'il me dépannera.

Jean-Pierre renouvela ses excuses et raccrocha. Une minute plus tard, Maylis appelait son fils. Le téléphone sonna un bon moment, puis Théo répondit, semblant distrait.

— Bonsoir, maman. Qu'est-ce qu'il y a ? s'enquit-il tout en scrutant sa toile en cours.

Quelque chose dans cette œuvre lui déplaisait, mais il ne parvenait pas à savoir quoi. Il était très critique à l'égard de son propre travail, comme son père l'avait été jadis vis-à-vis du sien.

Sa mère alla droit au but.

— Jean-Pierre est malade. Peux-tu venir m'aider ?

Théo poussa un gémissement.

— Je suis en plein travail, là, maman, et je déteste m'arrêter en cours. En plus, j'ai promis à Chloé de sortir avec elle ce soir.

— On peut lui servir un repas ici, si cela ne la dérange pas de dîner tard.

Il savait que cela signifierait un dîner entre vingt-trois heures et minuit, après le départ de la plupart des clients. Et, de toute la soirée, il n'aurait pas une minute pour s'asseoir avec elle. Il devrait en effet superviser les serveurs et passer du temps avec leurs clients les plus importants pour s'assurer que tout se déroulait bien pour eux. La seule chose dont il pouvait s'affranchir était de reconnaître sa filiation avec Lorenzo Luca. Il préférait rester anonyme lorsqu'il travaillait au restaurant. Sa mère respectait ce désir, même si elle pensait en son for intérieur qu'il aurait dû être fier de porter un tel patronyme.

— À quelle heure dois-je venir ?

— À dix-neuf heures trente. Nos premiers clients seront là à vingt heures.

Ce soir-là, le nom de Vladimir Stanislas, le grand collectionneur d'art figurait sur la liste des réservations. C'était la première fois qu'il venait dîner chez eux, et Maylis désirait que tout se passe à la perfection.

— Chloé va me tuer, lâcha Théo, se demandant déjà quel prétexte inventer.

La meilleure solution était de lui dire la vérité : sa mère avait besoin de lui pour l'aider au restaurant. Mais Chloé penserait probablement qu'il s'agissait d'une excuse pour éviter de l'emmener dîner.

— Tu te rattraperas demain soir, répondit sa mère avec entrain.

— Peut-être pas. J'ai du travail.

Son tableau lui donnait du fil à retordre, et il détestait l'idée de sortir deux nuits de suite avant d'avoir résolu les problèmes qui le ralentissaient. Son père réagissait ainsi, lui aussi. Rien n'existait dans son univers, si ce n'est la toile qu'il était en train de peindre.

— Bah ! Peu importe, poursuivit-il. Ne t'inquiète pas, je serai là à l'heure.

Il ne la laissait jamais tomber.

— Merci, mon chéri. Si tu viens à dix-neuf heures, tu pourras dîner avec les serveurs. Il y a de la bouillabaisse ce soir.

C'était l'un des plats préférés de Théo.

— Raison de plus pour venir t'aider, alors, plaisanta-t-il.

Lorsqu'il appela Chloé pour la prévenir, la jeune femme manifesta son mécontentement.

— Je suis vraiment désolé, Chloé. Le maître d'hôtel est malade. Ma mère ne peut pas s'en sortir toute seule. Bien sûr, tu es la bienvenue, si ça ne te dérange pas de dîner après vingt-trois heures.

— J'espérais plutôt être au lit avec toi à cette heure-là, rétorqua Chloé d'un ton acerbe. Je ne t'ai pas vu depuis une semaine. Nous avons des câlins à rattraper !

— Pardonne-moi, j'ai beaucoup travaillé, argua-t-il, se sentant un peu idiot.

Pourquoi son travail lui servait-il toujours d'excuse ?

— Je me demande bien pourquoi tu ne peux pas t'arrêter de peindre à une heure décente. Je quitte mon atelier à dix-huit heures tous les jours.

— Mes horaires sont différents des tiens, voilà tout. Mais de toute façon, je suis coincé ce soir. Tu veux venir au restaurant, alors ?

— Non, merci bien ! Aucune envie de devoir me mettre sur mon trente et un pour aller dîner ! Le programme que nous avions prévu me plaisait plus.

— À moi aussi, mais je ne peux pas laisser tomber ma mère.

Cette remarque ne fit qu'attiser l'énervement de Chloé. À ses yeux, la mère de Théo était bien trop possessive envers son fils unique. Et, Dieu du ciel, elle n'avait aucune envie de l'entendre déclamer une énième fois les louanges du grand Lorenzo Luca. Au début de leur relation, elle trouvait Théo beau, amusant et sexy.

Et, cerise sur le gâteau, c'était un amant formidable. Mais aujourd'hui, il ne songeait plus qu'à son travail. Elle avait l'horrible sensation d'être toujours la cinquième roue du carrosse.

— Je t'appellerai quand j'aurai fini, promit-il. Je pourrai peut-être passer chez toi.

Tout d'abord, elle ne répondit rien, mais, quelques instants plus tard, irritée, elle raccrocha.

Théo alla prendre une douche, enfila une chemise blanche et un costume sombre, puis, au volant de sa vieille 2 CV, il se dirigea vers le restaurant. Chloé n'aimait pas sa voiture et ne comprenait pas pourquoi il n'en achetait pas une plus élégante. Il en avait pourtant largement les moyens !

Sa mère se trouvait dans la cuisine. Passant soigneusement le menu en revue chaque jour, elle venait de goûter quelques amuse-bouches et complimentait son chef. Quand elle vit son fils, elle le remercia une nouvelle fois de venir à sa rescousse. Puis elle se hâta d'aller procéder à des vérifications sur les tables dressées dans le jardin, tandis que Théo et les autres serveurs prenaient place. Les premiers clients arrivèrent à vingt heures. Une autre nuit de dîners inoubliables à Da Lorenzo avait commencé.

*

L'annexe attendait Vladimir et Natasha vers le pont arrière inférieur pour les emmener à terre. C'était un bateau extrêmement puissant dont la construction avait coûté trois millions de dollars à Vladimir, et qu'il appréciait particulièrement pour sa capacité à distancer n'importe qui sur l'eau. Ils atteignirent le quai de l'Hôtel du Cap en quelques minutes. Là, l'un des membres de l'équipage avança la Ferrari de Vladimir. Pas de garde du corps, ce soir, avait-il décidé. Il n'en éprouvait pas le besoin, ses affaires ne lui causant aucun problème ces temps-ci. Aussi se glissa-t-il derrière le volant du bolide, Natasha à ses côtés.

Il alluma le lecteur de CD qui contenait l'un des disques favoris de la jeune femme. Il était d'humeur festive, avait hâte de dîner et de voir les œuvres d'art exposées dans le restaurant. Natasha était exceptionnellement jolie dans une courte robe rose pâle qu'elle n'avait jamais portée auparavant. Un modèle haute couture de la maison Chanel, un fourreau dos nu, avec un petit col en dentelle, et des sandales assorties. Elle était vraiment exquise. Quant à lui, il portait un costume de lin blanc, qui mettait son bronzage en valeur.

Il n'avait travaillé que quelques heures ce matin-là, puis il s'était prélassé toute la journée avec sa compagne au bord de la piscine inondée de soleil.

— J'ai hâte de voir les tableaux, dit-il.

— Moi aussi, répondit Natasha, savourant l'air tendre sur son visage.

Avec un tel bolide, le trajet fut très court. Lorsqu'ils arrivèrent devant le restaurant, un valet de parking alla garer la Ferrari tandis qu'une femme vêtue d'une robe noire, ses cheveux de neige noués en un élégant chignon, s'avançait vers eux, sourire aux lèvres.

— Bienvenue au Da Lorenzo. Votre table sera prête dans cinq minutes. Aimeriez-vous vous promener à l'intérieur de la maison et voir d'abord le travail de mon mari ?

Elle avait immédiatement reconnu Vladimir qui acquiesça d'un signe de tête, ravi d'avoir le temps de jeter un coup d'œil aux peintures avant le dîner.

À l'intérieur, les murs étaient blancs afin de mettre l'œuvre de Lorenzo Luca en valeur. Les tableaux étaient si nombreux qu'il n'y avait que peu d'espace entre eux. Les subtilités de la palette et la qualité magistrale des coups de pinceau du maître étaient saisissantes. Vladimir s'arrêta longuement devant le tableau d'une belle jeune femme ; ils reconnurent tous les deux en elle la personne qui les avait accueillis. Et sous le tableau trônait une petite plaque de bronze qui mentionnait « ce tableau n'est pas à vendre ». Vladimir était hypnotisé par la toile. Il avait du mal à s'en détacher pour passer au tableau suivant. Natasha, quant à elle, était impressionnée par chacun d'eux. Elle remarqua avec étonnement la même plaque de bronze sous chacun.

Ils firent le tour de la salle, puis d'une autre et d'une autre encore. C'était stupéfiant. Toutes ces plaques annonçaient la même chose : il n'y avait pas un seul tableau en vente !

— Eh bien, cela n'a rien à voir avec une galerie, lâcha Vladimir, irrité. C'est un musée, ici !

— Oui, j'ai lu ça en ligne aujourd'hui, déclara Natasha. C'est la collection de la femme de Lorenzo Luca ; il paraît qu'elle en a beaucoup, beaucoup d'autres dans son atelier.

— C'est ridicule de ne pas les vendre, murmura Vladimir tandis qu'ils regagnaient la première pièce.

Natasha prit conscience de la présence d'un jeune homme en costume foncé. Cheveux et yeux sombres, il les observait en silence. Natasha sentait son regard peser sur elle. Un regard intense… Quelques instants plus tard, il s'éclipsa. Mais elle l'aperçut de nouveau alors qu'ils pénétraient dans le jardin, où Maylis Luca les attendait pour les escorter à leur table.

— Avez-vous apprécié la visite ? demanda-t-elle en se tournant vers Vladimir.

— J'ai surtout remarqué que rien n'était à vendre, répliqua-t-il d'un ton acerbe.

Maylis hocha la tête.

— C'est exact. Ici, nous ne vendons pas le travail de Lorenzo. Mon mari était représenté par une galerie à Paris. Bovigny-Ferrand.

Gabriel avait eu au début un associé à qui il avait racheté ses parts des années auparavant, mais il avait gardé l'ancien nom pour la galerie, car elle était déjà bien connue à l'époque dans le milieu de l'art.

— Malheureusement, ils n'ont aucun tableau de lui à vendre non plus, ajouta-t-elle.

S'étant renseigné, Vladimir le savait déjà.

— Si je comprends bien, il n'y a plus aucune œuvre de Lorenzo Luca sur le marché, lâcha-t-il avec dépit.

— Pas depuis sa mort il y a douze ans, répondit Maylis avec une infinie politesse.

— Vous avez beaucoup de chance d'avoir autant de ses œuvres !

— C'est vrai. J'espère que vous apprécierez votre dîner, conclut-elle en leur souriant à tous les deux.

Sur ces mots, elle gagna l'entrée, où elle se tenait habituellement pour accueillir les clients. Elle y trouva Théo qui fixait la table de Vladimir.

— Oui, nous avons un invité de la plus grande importance ce soir, annonça-t-elle.

Mais Théo ne sembla pas l'entendre. Il observait Natasha tandis qu'elle discutait du menu avec Vladimir.

— Pourquoi les femmes sont-elles avec des hommes comme lui ? Il est assez vieux pour être son père, lança-t-il d'un air dégoûté et oubliant que son propre père avait près de quarante ans de plus que sa mère.

— Dans leur cas, c'est une question d'argent, répliqua Maylis.

Le commentaire de sa mère l'irrita.

— Il ne s'agit pas seulement de ça. Ce n'est pas une prostituée. Cette femme est elle-même aussi belle qu'une œuvre d'art. Elle n'est pas avec lui juste pour l'argent.

Il était incapable de la quitter des yeux. Quelle beauté ! Il avait même remarqué à quel point ses mains étaient gracieuses, à quel point était fin son poignet, où brillait un mince bracelet de diamants à la lumière des bougies.

— Ne perds pas ton temps à fantasmer sur elle, Théo ! l'avertit sa mère. Ce genre de femme est d'une race spéciale. Et quand ce sera fini avec lui, elle trouvera un autre protecteur capable de lui offrir le même train de vie, encore que des hommes aussi riches et puissants que Stanislas ne courent pas les rues.

Théo ne répondit rien, se contentant de continuer à regarder Natasha, puis, sortant de sa rêverie, il alla vérifier plusieurs tables, avant de passer devant la leur sur le chemin du retour. L'éclair d'un instant, le regard de Natasha croisa le sien.

— Tout va bien, madame ? s'enquit-il.

Ce fut Vladimir qui répondit :

— Nous sommes prêts à commander, dit-il du ton de l'homme habitué à donner des ordres.

Théo hocha la tête, ne se formalisant nullement. Rien n'indiquait qu'il était l'un des propriétaires du restaurant. À leurs yeux, il n'était qu'un maître d'hôtel qui faisait son travail.

— Je vous envoie votre serveur tout de suite.

Il s'éloigna, fit signe au serveur et continua à observer Natasha de loin. Tout en elle n'était que délicatesse et grâce.

Le sommelier annonça que M. Stanislas avait commandé la bouteille de vin la plus chère. Au milieu du dîner, Théo vit Vladimir sortir son téléphone portable de sa poche et répondre à un appel. Le milliardaire se leva de table et s'éloigna dans le patio pour continuer la conversation. Comme il passait près de lui, Théo l'entendit parler russe.

Visiblement mal à l'aise de se retrouver seule à table, Natasha avala quelques bouchées, puis se leva et pénétra dans la maison pour revoir la collection de Lorenzo Luca. Elle s'arrêta devant le tableau que Vladimir avait admiré, et le contempla longuement. De l'autre côté de la pièce, Théo lui sourit.

— Magnifique, n'est-ce pas ? lança-t-il.

— C'est sa femme ? demanda Natasha.

Son accent russe était irrésistible. Sa voix douce et sexy le fit frémir.

— Oui, mais ils n'étaient pas encore mariés, à l'époque.

— Et ce petit garçon que l'on voit sur plusieurs tableaux, c'est leur fils ?

Théo acquiesça, souriant en son for intérieur. C'était curieux d'évoquer les liens familiaux de Lorenzo sans avouer que le garçonnet sur le tableau… c'était lui.

Mais il préférait rester anonyme. Cela lui donnait l'impression d'être invisible, et lui assurait que le regard des autres sur lui ne dépendait pas de son patronyme.

— Elle a raison de ne pas les vendre, poursuivit Natasha avec douceur. Ce doit être difficile de s'en séparer.

Il aimait le son de sa voix. Une voix innocente et timide, comme si la belle Russe ne parlait pas très souvent à des inconnus.

— Oui. Elle tient à les garder tous, même si elle en possède beaucoup. De son vivant, Luca en offrait à des amis ou à des collectionneurs. Il n'a jamais été intéressé par l'argent ; la qualité de son travail était son unique préoccupation. Aucun des tableaux ici n'est à vendre.

— Tout a un prix !

Théo et Natasha sursautèrent à l'unisson et pivotèrent sur leurs talons. Vladimir était sur le seuil. L'homme d'affaires affichait un air renfrogné.

— On retourne à table ? suggéra-t-il d'un ton qui évoquait plutôt un ordre qu'une question.

Natasha adressa un sourire à Théo et suivit Vladimir. En fin de soirée, quand Maylis remarqua que son fils contemplait toujours la jeune femme russe, elle fronça les sourcils et se dirigea vers lui. La plupart des clients étaient partis, seules quelques tables étaient encore occupées.

— Ne t'inflige pas ça, Théo, lui dit-elle d'un air inquiet. Cette femme est comme un tableau dans un musée. Tu ne peux pas l'avoir. De plus, tu n'en as pas les moyens.

— Désolé, je ne peux pas m'empêcher de la regarder. Elle est si belle !

— Regarde-la de loin, alors. Les femmes comme elle sont dangereuses. Elles te brisent le cœur. Elles jouent un rôle. C'est un travail, pour elles.

— Tu penses que c'est une prostituée ?

Maylis secoua la tête.

— Loin de là. C'est sa maîtresse. C'est écrit partout sur elle. Sa robe vaut plus cher qu'un de tes tableaux. Son bracelet et ses boucles d'oreilles valent ceux de ton père. C'est un métier, d'appartenir à un homme aussi riche et puissant que Vladimir Stanislas.

— Je suppose, oui. J'ai vu son yacht. C'est difficile d'imaginer quelqu'un avec autant d'argent… et une femme comme elle ! déclara-t-il avec une envie non dissimulée.

— Je dois admettre qu'elle est vraiment très belle Mais quelle vie solitaire elle doit mener… En fait, elle lui appartient. C'est comme ça que ça marche.

Théo esquissa une grimace. Les propos de sa mère lui donnaient la nausée. Elle parlait de la jeune femme comme s'il s'agissait d'une esclave ou d'un objet précieux que se serait offert Vladimir Stanislas. « Tout a un prix », avait dit le Russe. Même la femme qui l'accompagnait.

Le couple quitta les lieux peu après. Vladimir régla la note en liquide et offrit un généreux pourboire au serveur. Maylis le remercia chaleureusement de sa venue. Théo était alors dans la cuisine, discutant avec le chef, essayant de ne pas penser à la belle Russe qui s'en allait. Sa mère avait-elle raison ? Stanislas considérait-il sa maîtresse comme sa propriété ? C'était effrayant de parler ainsi d'un autre être humain. Soudain, il sut : il devait absolument peindre le portrait de la jeune femme. C'était le seul moyen de se libérer de son obsession.

Il sortit dans la nuit et se dirigea vers sa voiture. Ayant jeté sa veste de costume sur le siège arrière et retiré sa cravate, il téléphona à Chloé. Il avait soudain très envie de la voir. Elle n'eut toutefois pas l'air heureuse de l'entendre. Il était presque une heure du matin, et elle dormait.

— Tu veux un peu de compagnie ? demanda-t-il d'une voix lourde de désir.

— Pour un plan cul ? rétorqua-t-elle, furieuse. Non, merci, Théo ! Tu veux juste t'envoyer en l'air avant de rentrer chez toi !

— Ne sois pas stupide, Chloé. C'est toi qui as dit que tu voulais me voir. Je viens de finir de bosser.

— Appelle-moi demain. On en parlera.

Là-dessus, elle raccrocha. Théo rentra chez lui. Sa mère avait raison : il était fou d'être ainsi fasciné par la superbe Russe. Elle était la maîtresse d'un homme puissant. Même s'il avait eu plaisir à bavarder quelques instants avec elle, leurs univers étaient à des années-lumière l'un de l'autre. Non, cette femme n'était pas pour lui. Mieux valait l'oublier aussi vite que possible.

Il jeta ses clés de voiture sur la table de la cuisine, dépité. Sans comprendre pourquoi, il éprouvait un sentiment de vive solitude. Il pénétra dans son atelier et attrapa l'une des toiles vierges qu'il rangeait contre un mur. Tout ce qu'il voyait en la contemplant, c'était le visage de la belle Russe.

Au même moment, Natasha et Vladimir atteignaient le quai d'Antibes, où leur luxueux hors-bord les attendait pour les ramener au yacht.

— J'ai un visiteur, ce soir, déclara Vladimir alors que l'annexe fendait l'eau à grande vitesse.

La mer était plate, et la lune haute inondait les flots de son reflet d'argent. Natasha ne lui posa aucune question. Étant donné l'heure tardive de la visite, elle savait qu'il s'agissait de quelqu'un d'important.

— Je dois lire quelques documents avant notre réunion, et je ne veux pas te tenir éveillée. Je resterai dans mon bureau jusqu'à son arrivée.

Elle comprit que cette rencontre devait rester secrète. Elle était habituée. D'influents hommes d'affaires ou politiciens venaient rendre visite à Vladimir sur l'un ou l'autre de ses yachts. Ils arrivaient en hélicoptère, puis repartaient avant l'aube.

Vladimir la conduisit à leur chambre à coucher, puis l'embrassa avec tendresse.

— Merci pour cette charmante soirée, susurra-t-elle.

— Quelle bêtise qu'aucun des tableaux de Luca ne soit à vendre !

Vladimir était déçu, mais ils avaient tout de même passé une bonne soirée. Il l'embrassa à nouveau, puis s'éclipsa. Le travail l'attendait. Natasha dormait profondément lorsque le président russe descendit de l'hélicoptère. Escorté de ses gardes du corps, il s'avança vers Vladimir, et les deux hommes gagnèrent le bureau, une pièce insonorisée et à l'épreuve des balles. Ils auraient du travail cette nuit, qui s'achèverait par la signature d'un fructueux contrat.

3

Le lendemain matin, quand Natasha s'éveilla, elle sentit le lit vide à côté d'elle. Ouvrant les yeux, elle vit Vladimir qui l'observait, un sourire aux lèvres. En tenue de ville, il avait déjà son attaché-case à la main. Il semblait fatigué, mais satisfait. Il avait ce regard acéré d'un animal sauvage, ce regard qui couronnait généralement une transaction réussie.

— Tu pars ? demanda-t-elle en s'étirant.

Vladimir s'assit à côté d'elle.

— Oui. À Moscou, pour quelques jours.

Il n'en dit pas plus. La veille au soir, le président russe et lui avaient conclu les accords préliminaires pour un contrat minier de grande envergure qui lui rapporterait des milliards. Ils devaient encore signer les documents finaux pour sceller le contrat. Cela valait la peine d'aller à Moscou. Vladimir avait été en compétition avec deux autres acteurs majeurs de la scène russe, mais, grâce à ses relations et à d'habiles manipulations, il l'avait emporté, comme bien souvent. Il savait exactement où exercer des pressions, dans quelle mesure et sur qui. Il connaissait les points faibles de ses ennemis et concurrents et n'hésitait pas à les utiliser.

— Je t'appelle bientôt, promit-il avant de se pencher pour déposer un rapide baiser sur ses lèvres. Fais du shopping pendant mon absence. Va chez Hermès, si tu veux. À Cannes.

— Ne t'inquiète pas. Je trouverai de quoi m'occuper

Elle comptait visiter la nouvelle boutique Dior. Il y avait suffisamment de boutiques de luxe sur la Croisette pour la divertir. C'est dans de tels moments qu'elle aurait aimé avoir une amie pour l'accompagner, mais les femmes dans sa situation n'avaient pas le temps d'entretenir des amitiés.

Alors qu'elle nouait ses bras autour de son cou, Vladimir sentit les pointes de ses seins frotter contre son torse. Il l'éloigna doucement de lui. Le désir l'avait saisi, puissant. Hélas, les affaires n'attendaient pas : son avion privé était prêt à décoller à destination de Moscou.

— Je pourrais t'emmener, mais je serai occupé, et tu t'ennuierais à Moscou. Reste sur le yacht. Et ne va pas à la villa sans moi.

Elle connaissait le risque de cambriolage, même en pleine journée…

— On fera quelque chose d'amusant à mon retour. Un petit tour à Saint-Tropez ou en Sardaigne, par exemple. D'accord ?

Elle se réjouit à l'idée et le suivit jusqu'au seuil de leur chambre pour un dernier baiser. Vladimir referma doucement la porte derrière lui, tandis que Natasha se dirigeait vers la salle de bains. Dix minutes plus tard, l'hélicoptère décollait du pont supérieur.

*

Ce matin-là, quand Gabriel l'appela de Paris, Maylis était en train de passer en revue les livres de comptes du restaurant. Elle surveillait tout, s'assurant de l'absence d'irrégularités dans les finances de son entreprise. Les factures de nourriture et de vin étaient astronomiques, mais les prix de la carte l'étaient tout autant… Il la trouva songeuse.

— Quelque chose ne va pas ? s'enquit-il.

Il était très sensible à ses humeurs et la protégeait presque comme une enfant, surtout depuis qu'ils étaient amants. Il n'avait que quatre ans de plus qu'elle, mais paraissait bien plus âgé. Son visage viril affichait des rides – ce qui était tout à fait normal à soixante-sept ans –, tandis que celui de Maylis était encore jeune et ferme. Même son corps était toujours aussi sensuel que lorsqu'elle posait comme modèle pour Lorenzo.

— Je passais juste les livres de comptes en revue. Tout semble en ordre. Quand rentres-tu ?

Il sourit.

— Je t'ai quittée il y a trois jours à peine. Marie-Claude va me gronder si je repars tout de suite.

Gabriel passait le plus de temps possible à Saint-Paul-de-Vence. Et pourtant, Maylis le traitait comme un amant illicite et gardait leur liaison secrète. Lui acceptait tous ses caprices et excentricités…

Depuis des années, la fille de Gabriel, Marie-Claude, dirigeait la galerie dont il était propriétaire. Elle venait d'avoir quarante ans, était mariée à un avocat prospère, et avait deux enfants déjà adolescents. Elle se plaignait que Gabriel ne les voyait pas assez, parce qu'il était toujours à Saint-Paul-de-Vence : il passait beaucoup plus de temps avec Maylis et Théo qu'avec sa propre famille ! Marie-Claude n'aimait pas être en compétition constante avec les Luca pour attirer l'attention de son père. Elle trouvait que son attachement à leur égard était malsain et estimait que ses propres efforts n'étaient pas appréciés. À ses yeux, Maylis était une femme égoïste, qui n'hésitait pas à monopoliser son père et à se servir de lui.

— Marie-Claude peut se débrouiller sans toi, répondit justement Maylis. Pas moi.

Il sourit.

— Je rentre bientôt, lui assura-t-il. Je vais rester une semaine à Paris et discuter travail avec Marie-Claude. Elle a signé des contrats avec de nouveaux artistes. Mais je t'appelle, là, car j'ai reçu ce matin un coup de fil qui te concerne.

— Ne me dis pas qu'ils augmentent encore mes impôts ! Ni surtout comment tu comptes gérer cela. Ça me donne toujours mal à la tête ! lâcha-t-elle avec nervosité. Tu ne peux pas t'en occuper pour moi ?

— Il ne s'agit pas d'impôts ; juste d'une décision à prendre. J'ai reçu un appel d'un avocat de Londres. Son client, un important collectionneur d'art, qui souhaite rester anonyme, voudrait acheter un tableau qu'il a vu au restaurant. Un portrait de toi, un des tout premiers.

— Ne te donne pas la peine d'aller plus loin, Gabriel, le coupa Maylis avec brusquerie. Tu sais bien que je ne vends pas. Les cartels l'indiquent clairement sur toutes les toiles du restaurant !

— Certes, mais il propose une somme fort élevée, Maylis. Il est de mon devoir de te transmettre l'offre. Je ne peux pas la refuser sans ton consentement.

— Tu as mon consentement, Gabriel. Dis-lui que l'œuvre de Lorenzo n'est pas à vendre.

Elle ne voulait même pas connaître le montant de l'offre. Gabriel insista :

— Il offre le même prix que les derniers tableaux de Lorenzo vendus chez Christie's. Un très bon prix, donc, et il ne s'agit que de sa première offre.

Gabriel avait deviné, au ton de l'avocat, que son client était prêt à aller plus haut.

— C'était il y a sept ans, objecta Maylis. Aujourd'hui, les toiles de Lorenzo valent bien plus cher. Mais je le répète : je ne vends pas. Dis-le-lui. Sais-tu de qui il s'agit, au fait ?

— Non. L'homme ne veut pas dévoiler son identité.

— Bah ! Peu importe… S'il te plaît, réponds-lui que rien n'est à vendre.

Gabriel hésita un instant.

— Je pense que tu devrais en discuter avec Théo…

Même si le tableau en question était la propriété de Maylis, Gabriel savait que Théo serait de bon conseil. Vendre une toile de Lorenzo de temps en temps était essentiel pour maintenir la demande et garantir que sa cote ne baisserait pas.

— Ce tableau n'appartient pas à Théo. Et il ne veut rien vendre non plus. Nous n'avons pas besoin d'argent. Il est hors de question que je me sépare des tableaux de Lorenzo.

— Parles-en quand même à Théo. Cela m'intéresserait de connaître son opinion.

— D'accord, je le lui dirai, lâcha-t-elle à contrecœur, avant de changer de sujet

Après quoi, elle préféra discuter de préoccupations plus importantes pour elle, comme leur marge sur les grands vins. Qu'en pensait Gabriel ? Devaient-ils augmenter leurs prix ? Ses conseils étaient très avisés, et elle suivait toutes ses suggestions… sauf celles concernant l'œuvre de son défunt mari. Cependant, avant qu'ils ne raccrochent, elle promit d'appeler Théo. Ce qu'elle fit dès qu'elle eut refermé les livres de comptes.

Son fils mit une éternité à répondre. Il devait être en train de peindre…

— Oui ? répondit-il enfin.

Théo avait vu sur l'écran de son téléphone que l'appel provenait de sa mère. Il pria pour que Jean-Pierre soit rétabli et qu'elle ne lui demande pas de travailler au restaurant.

— Désolée de te déranger, mon chéri. Gabriel m'a conseillé de t'appeler.

— Un problème ?

— Non, tout va bien, mais il a reçu un appel d'un avocat de Londres. Un collectionneur privé anonyme veut acheter un de mes tableaux.

Théo poussa un soupir. Gabriel savait pourtant que sa mère refusait de vendre la moindre toile. Quant à lui, il détestait perdre sa concentration quand il peignait. À quoi rimait donc cette conversation ?

— Tu lui as dit qu'il n'était pas à vendre ?

— Gabriel le sait très bien. Apparemment, cet acheteur s'aligne sur les prix de notre dernière vente chez Christie's. Mais Gabriel pense pouvoir négocier un prix plus élevé si je me décidais à vendre, ce que je ne veux pas, de toute façon.

Théo hésita un instant avant de répondre. C'était déjà une belle offre... Grâce à l'affrontement qui avait eu lieu entre les acheteurs chez Christie's, les prix des œuvres de son père avaient atteint des sommets, ce jour-là.

— Et cet acheteur anonyme est prêt à faire une offre similaire dès le début des négociations ?

Il semblait surpris.

— C'est ce que Gabriel m'a dit, oui. Je lui ai demandé de refuser, mais il tenait quand même à ce que je t'en parle.

Théo comprenait pourquoi. C'était un prix très élevé qui assiérait la valeur marchande du travail de son père.

— Peut-être devrions-nous y réfléchir, lâcha-t-il. Et voir combien Gabriel peut obtenir, et à quel point cet acheteur veut le tableau.

— Pas question de le vendre ! rétorqua sa mère d'un ton ferme. C'est l'une des premières toiles que ton père a peintes de moi !

À ces mots, Théo eut une illumination : ce devait être le tableau qui avait fasciné Vladimir Stanislas au restaurant, la veille au soir.

— Je pense savoir qui est l'acheteur, maman. Stanislas était fasciné par ce portrait, hier soir.

Théo se rappelait l'irritation du Russe quand il avait constaté que le tableau n'était pas à vendre, puis son commentaire acerbe : « Tout a un prix ! »

— Si c'est lui, tu peux négocier et demander beaucoup plus, suggéra-t-il. Je ne pense pas qu'il connaisse le mot « non », et s'il veut vraiment ce tableau, il paiera n'importe quel prix.

— Il. N'est. Pas. À. Vendre, martela Maylis. Je me fiche de ce qu'offre cet homme !

— Pourtant, cela pourrait établir une nouvelle référence pour les prix de l'œuvre de papa, et placer la barre encore plus haut.

— Quelle différence si aucune pièce de la collection n'est à vendre ?

— Tu changeras peut-être d'avis un jour… En plus, il est toujours bon de prendre la température du marché de l'art. Gabriel assure qu'il est nécessaire de vendre une œuvre de temps en temps, histoire d'attester la cote de l'artiste, justement. Et puis, papa a peint de meilleurs portraits de toi après celui-là.

— Je m'en fiche ! La réponse est non ! répéta Maylis.

— C'est à toi de décider, maman. Mais à ta place, je négocierais avec eux pour voir ce que je peux en obtenir.

— Non.

Elle rappela Gabriel un peu plus tard, lequel se montra déçu qu'elle s'entête et ne les écoute ni l'un ni l'autre.

— Bon… très bien, Maylis. J'appellerai l'avocat de cet acheteur pour lui faire part de ta réponse.

Il savait qu'il était inutile d'insister. Maylis pouvait se révéler bornée quand il s'agissait du travail de Lorenzo. Il téléphona donc à l'avocat, et déclina l'offre.

Dans l'après-midi, l'avocat de Londres rappela et offrit un prix considérablement plus élevé. Gabriel parvint à masquer sa stupéfaction. De toute évidence, l'acheteur anonyme était prêt à payer n'importe quel prix pour acquérir l'œuvre. Il offrait cinquante pour cent de plus que le prix atteint lors de la vente aux enchères de Christie's. Gabriel promit de transmettre l'offre à la veuve de l'artiste, mais Maylis s'entêta dans son refus.

— C'est un prix extraordinairement élevé, insista Gabriel, tentant de la raisonner. Tu devrais accepter. Cela établit un niveau astronomique pour l'œuvre de Lorenzo sur le marché de l'art.

— Je m'en fiche. Ce tableau n'est pas à vendre !

Gabriel soupira de façon audible. Quelque peu gêné, il rappela son interlocuteur à Londres.

Il n'était pas au bout de ses surprises, puisque l'avocat lui répondit, avec son irrésistible accent britannique :

— En ce cas, voici la dernière offre de mon client : il est prêt… à doubler sa proposition initiale.

Stupéfait, Gabriel resta un instant sans voix.

— Je transmettrai à Mme Luca, répondit-il enfin, fort impressionné.

Cette fois, il appela Théo directement et lui annonça le montant proposé. Le jeune homme ne put s'empêcher de pousser un long sifflement.

— Eh bien ! À mon avis, c'est Vladimir Stanislas, un milliardaire russe. Il est venu dîner hier au restaurant et il a contemplé longuement la toile. Personne d'autre ne paierait une telle somme !

— Je ne sais pas quoi dire à ta mère. Je pense qu'elle devrait le vendre, avoua Gabriel. Ce serait vraiment bien pour la cote de Lorenzo.

Théo savait que personne ne pouvait accuser Gabriel de raisonner en fonction de son propre intérêt financier, puisqu'il avait cessé de facturer à Maylis toute commission sur les ventes. Ainsi il se sentait plus à l'aise sur le sujet.

— Je suis d'accord avec toi, acquiesça Théo. S'il s'agit bien de Stanislas, j'avoue que je n'aime pas ce type, mais c'est un prix fabuleux. Elle ne peut pas refuser.

— Je pense malheureusement que c'est ce qu'elle fera, quoi qu'on lui dise, répliqua Gabriel, découragé.

— Il faut lui expliquer que cette vente serait une étape très importante pour la valorisation du travail de mon père. C'est le double de ce qu'on a eu pour le dernier chez Christie's. C'est un énorme bond en avant.

— Je le lui rappellerai, oui… Vois ce que tu peux faire de ton côté.

Théo ne se le fit pas dire deux fois et appela sa mère dès qu'il eut raccroché. Il lui assura que cette vente propulserait le nom de son père au firmament du marché de l'art. Comment pouvait-elle le priver de cela ? Devant une telle chance, son père lui-même aurait certainement accepté la vente du tableau. Théo connaissait bien sa mère. Il savait que, parfois, pour obtenir quelque chose d'elle, il était finalement plus simple d'évoquer les souhaits imaginaires de Lorenzo.

— Bon… J'y réfléchirai, répondit-elle d'un ton affligé.

Se séparer de l'un de ses tableaux lui donnait l'impression de perdre à nouveau une part de son mari.

À la grande surprise de Théo, elle le rappela une heure plus tard. Les paroles de son fils avaient trouvé un écho en elle.

— Si tu penses vraiment que c'est une étape importante pour son œuvre et qu'il donnerait son aval à cette vente, alors je suis d'accord, affirma-t-elle.

Sa voix avait tremblé. Théo savait à quel point c'était dur pour elle. Il sut trouver les mots magiques pour la réconforter.

— Je pense que tu prends la bonne décision, maman. C'est un bel hommage au travail de papa.

Théo l'exhorta à appeler Gabriel immédiatement avant que l'acheteur ne change d'avis… ou elle-même. Il resta un instant songeur après avoir raccroché, se remémorant le commentaire de Vladimir Stanislas la veille au soir, comme quoi tout avait un prix. Il détestait qu'il ait raison, mais, dans le cas présent, l'oligarque avait vu juste.

Gabriel fut aussi surpris et impressionné que Théo. Il transmit l'accord de Maylis à l'avocat londonien, lequel le rappela dix minutes plus tard pour lui dire que son client était ravi. L'argent serait viré sur le compte de leur choix dans l'heure. L'acheteur voulait que le tableau soit livré sur un yacht, le *Princess Marina*. Une navette les attendrait le lendemain, au quai de l'hôtel du Cap Eden-Roc, au cap d'Antibes, à dix-sept heures.

Ainsi, Théo avait raison. L'acheteur était bien Vladimir Stanislas. Dès qu'il eut terminé sa conversation avec l'avocat, Gabriel téléphona à Théo et l'en informa.

— Je le savais ! Si tu l'avais vu hier soir ! Il mourait d'envie de décrocher le tableau et de l'emporter. Je reconnais que ça ne me plaît pas spécialement que le tableau lui appartienne désormais mais, à ce prix-là, comment pouvions-nous refuser ?

— Non, tu as raison, nous ne pouvions pas… C'est un immense bond en avant pour le travail de ton père. Cela fixe un prix plancher pour la prochaine vente, et cela double la valeur de votre patrimoine. Ce n'est pas rien !

Soudain, Théo réalisa pleinement l'impact de cette transaction. Oui : sa fortune et celle de sa mère venaient de doubler grâce à une seule vente !

— Stanislas veut que le tableau soit livré sur son yacht à dix-sept heures demain, poursuivit Gabriel. Je suis désolé de te demander cela, mais pourrais-tu t'en charger ? Il me semble que ce serait trop difficile sur le plan émotionnel pour ta mère. Et avec son cadre la toile est trop lourde et encombrante pour qu'elle la porte seule, de toute façon.

— Bien sûr, pas de problème.

Théo ne put s'empêcher de s'interroger : verrait-il Natasha sur place ou seulement Stanislas ? Étant donné la somme dépensée, le Russe tiendrait sûrement à recevoir le tableau en personne.

— Ses matelots t'attendront sur le quai de l'Eden-Roc. Tout ce que tu as à faire est de monter à bord du yacht et de remettre le tableau à Stanislas. Ta mère recevra le virement dans une heure. Dès que j aurai vérifié que l'argent est bien sur son compte, tu pourras effectuer la livraison.

— Parfait.

Le lendemain, à l'heure dite, Théo était bien là où on l'attendait, le tableau entre ses mains. La navette s'approcha. Les matelots du *Princess Marina* chargèrent le précieux colis, puis aidèrent Théo à monter à bord. Le pilote remit les gaz et l'embarcation fendit l'eau à toute allure.

Quelques minutes plus tard, deux marins escortèrent Théo jusqu'à un ascenseur qui menait au pont supérieur du yacht. Vêtue simplement d'un short et d'un T-shirt, une femme était assise, seule, sur un large canapé en cuir blanc, près d'un somptueux bar en acajou. Ses longs cheveux blonds étaient noués en un chignon lâche, et Stanislas n'était nulle part en vue. Natasha se leva et s'avança vers lui, pieds nus.

— Merci d'avoir apporté le tableau. C'est très aimable de t'être déplacé, lui dit-elle, adoptant d'emblée le tutoiement.

Peut-être était-ce lié à son origine étrangère ou encore au fait qu'ils avaient à peu près le même âge. Quoi qu'il en soit, son français semblait excellent.

Elle lui prit la toile des mains et la remit à l'agent de sécurité en lui demandant de l'enfermer dans le bureau de M. Stanislas. Puis elle se tourna vers Théo, un chaleureux sourire aux lèvres.

— Finalement, Vladimir avait raison : il dit que tout a un prix…

— Je ne suis pas d'accord, ce n'est pas toujours comme ça. Mais dans ce cas-ci en effet, la vente satisfait toutes les parties, alors…

— Vladimir est ravi. Et le tableau est magnifique.

— Où allez-vous l'accrocher ?

L'emporteraient-ils en Russie, à Londres, ou ailleurs ?

— Probablement sur le yacht, répondit-elle. Nos œuvres préférées se trouvent ici. Notre appartement à Moscou est très moderne et austère, Nous y avons des œuvres de Jackson Pollock et de Calder. À Londres, ce sont plutôt les maîtres anciens. Quant à la villa de Saint-Jean-Cap-Ferrat, nous n'y allons pas souvent. C'est pourquoi nous préférons garder l'essentiel de la collection sur le yacht. Comme ça, nous en profitons plus…

Elle sembla réfléchir un instant, puis proposa :

— Aimerais-tu faire le tour du yacht, puisque tu t'es donné la peine de venir jusqu'ici ?

Théo n'avait aucune envie d'errer sur l'immense navire en compagnie d'un matelot ou même d'un officier. Il préférait continuer à bavarder avec elle… Il était sur le point de décliner son offre quand elle précisa qu'elle lui ferait visiter elle-même les lieux.

Théo la suivit, fasciné par sa beauté…

Elle commença par la salle des machines, puis lui fit découvrir les cuisines, le spa, l'immense salle de gymnastique équipée de toutes sortes d'appareils de musculation, et le studio de danse dont les murs étaient recouverts de miroirs et longés par une barre d'exercice. Le yacht comportait aussi un salon de coiffure, un terrain de squash, des piscines – extérieure et intérieure –, un énorme jacuzzi, un bar à chaque étage, une salle à manger pouvant accueillir quarante personnes et une autre, extérieure, aussi vaste et qu'ils utilisaient tous les jours. Il y avait de beaux parquets et des murs recouverts de cuir grainé de chez Hermès, des panneaux de bois précieux, des meubles magnifiques et des œuvres d'art époustouflantes. Théo remarqua des tableaux de Monet, Degas, Gauguin… et six Picasso. Désormais, l'œuvre de son père ferait partie de cette collection. Il ne put s'empêcher d'en éprouver une pointe de fierté.

Natasha lui expliqua que soixante-quinze membres d'équipage avaient leurs quartiers à bord, ainsi que quatre chefs à plein temps et vingt sous-chefs, et même un fleuriste qui composait des arrangements pour chaque pièce du bateau. Les employés portant tous des uniformes aux insignes brodés aux couleurs du yacht, il y avait également une gigantesque laverie et un pressing.

Elle lui fit ensuite visiter une salle de cinéma équipée d'une cinquantaine de confortables sièges pivotants, en cuir luxueux. Puis ils passèrent sans s'arrêter le long de plusieurs pièces fermées à clé situées près des quartiers des agents de sécurité. Des salles où étaient entreposées des armes ? s'interrogea Théo. À l'évidence, un homme aussi riche et puissant que Stanislas bénéficiait d'une protection rapprochée. Ils arrivèrent enfin à la timonerie, où le capitaine et des officiers bavardaient devant des écrans radar, des ordinateurs et du matériel électronique à la pointe de la technologie. Natasha salua l'équipage, qui la salua en retour avec tous les signes du plus profond respect. Ainsi, songea Théo, l'équipage ne la considérait pas du tout comme une simple bimbo, mais la traitait avec déférence.

Quand ils regagnèrent leur point de départ, Natasha lui offrit du champagne. Impressionné par la visite, le jeune homme accepta la coupe sans savoir quoi dire. Il n'avait jamais rien vu d'aussi vaste, d'aussi luxueux ! Dire qu'il leur avait fallu près d'une heure pour faire le tour du yacht !

À l'invitation de Natasha, il s'assit sur le canapé.

— Ce bateau est vraiment splendide, et encore plus grand qu'il n'y paraît depuis le rivage, dit-il enfin. Merci pour la visite.

Ils demeurèrent silencieux un moment, se contentant d'observer la côte. Théo était inexorablement attiré par Natasha. L'espace d'un instant, il se demanda ce qui se passerait s'il l'embrassait. À n'en pas douter, une douzaine de gardes du corps lui tomberaient dessus et le jetteraient par-dessus bord, ou pire ! Elle était si belle, si délicate ! Il brûlait d'envie de lui demander ce que l'on pouvait éprouver à vivre dans un tel luxe, mais il n'osa pas. Ils finirent de siroter leur champagne en silence, puis Natasha se leva. Elle semblait plus détendue que la veille. Visiblement, vivre sur le yacht avec à ses côtés toute une armée de membres d'équipage prêts à répondre au moindre de ses désirs lui convenait tout à fait.

Elle le raccompagna jusqu'au pont inférieur et le salua d'un petit signe de la main. Il grimpa dans l'annexe. Les marins à bord étaient déjà en train d'armer les moteurs. La reverrait-il un jour ? C'était très peu probable. Car même si elle revenait au restaurant, il serait sans nul doute chez lui, en train de peindre dans son atelier.

— Au fait, lança Natasha, semblant se remémorer un détail. J'ai oublié de te demander ton nom.

Incroyable… Ils venaient de passer près de deux heures ensemble sans s'être présentés. Il ne put s'empêcher de sourire.

— Je m'appelle Théo.

— Moi, c'est Natasha. Au revoir, Théo. Merci.

Il l'ignorait, mais elle le remerciait sincèrement pour ce moment qu'il lui avait permis de vivre comme une personne normale, discutant de choses ordinaires. Depuis qu'elle était devenue la maîtresse de Vladimir, elle avait en effet renoncé à toute possibilité de nouer des amitiés. Elle vivait dans une cage dorée, dans l'ombre de Vladimir, loin du cauchemar de sa jeunesse, mais aussi loin de la vie réelle.

Elle remonta d'un pied léger sur le pont supérieur tandis que l'annexe s'éloignait. Accoudée au bastingage, elle salua une dernière fois Théo. Ses cheveux voletaient dans la brise. Le jeune homme la contempla jusqu'à ce qu'elle ne soit plus qu'un point minuscule sur l'immense yacht. Tout ce qui lui restait, c'était le souvenir de deux heures passées en sa compagnie, un souvenir qu'il était sûr de chérir à jamais.

*

Sur le chemin du retour à son atelier, après avoir informé Gabriel et sa mère que le tableau avait bien été livré, Théo décida de rendre visite à Chloé. Une part de lui ne voulait voir personne afin de garder intact le souvenir de Natasha. Une autre part voulait reprendre pied dans la réalité. Sa mère avait raison – les femmes comme Natasha étaient inaccessibles.

— Qu'est-ce que tu fais ici ? lâcha Chloé d'un ton peu accueillant quand il pénétra dans son atelier.

À l'évidence, elle lui en voulait toujours.

— Je viens de livrer un tableau de mon père sur l'un de ces énormes yachts russes.

— Je croyais que ta mère ne les vendait pas, dit-elle en lui faisant signe de s'asseoir.

Elle ne l'embrassa pas pour autant…

— Elle a fait une exception.

Il était facile pour Chloé de deviner que le Russe en question avait dû payer une fortune, sans quoi Maylis n'aurait jamais vendu une œuvre de son bien-aimé et défunt mari. La jeune femme était souvent dépitée par le manque d'intérêt de Théo pour le confort matériel. Cependant, lui n'avait pas besoin de se battre pour gagner sa vie – son père lui avait laissé une énorme fortune. Pour sa part, cela faisait des années qu'elle tentait péniblement de joindre les deux bouts, et elle en avait plus qu'assez. Elle souhaitait désormais vivre avec un homme et le laisser payer ses factures. Le peu de cas que Théo semblait faire de leur relation l'irritait donc au plus haut point.

— Je suis fort impressionnée par les femmes qui traînent avec ces Russes, lâcha-t-elle d'un ton amer. Elles doivent être de vraies pros au lit pour que les hommes dépensent autant d'argent pour elles !

Théo fut écœuré par ses propos. Natasha était si loin de ce que Chloé décrivait.

— Je pense qu'il y a une grande différence entre les prostituées auxquelles ils ont parfois recours et les femmes avec qui ils vivent, leurs maîtresses officielles, rétorqua-t-il.

— Pas vraiment. Ces filles, elles savent comment faire payer leurs factures, elles !

Théo eut soudain l'horrible impression de se trouver face à une inconnue. C'était vraiment sa petite amie qui faisait ces remarques sordides ?

— C'est à cela que tu résumes une relation de couple ? Faire en sorte qu'un homme paie les factures ? Pardonne-moi, je suis peut-être un idéaliste, mais l'amour a-t-il sa place dans ce schéma ?

— Probablement pas pour ces filles… De toute façon, même le mariage n'est sûrement qu'une autre version de ce schéma, comme tu dis. Une femme renonce à vivre sa vie pour un homme, elle se dédie à lui et il prend soin d'elle jusqu'au jour où aucun des deux ne supporte plus le corps du partenaire. Après, ils se quittent. Où est le problème, d'ailleurs ? Autant voir les choses en face et être honnête avec soi-même et les autres ! En tout cas, moi, je préfère la franchise.

Écœuré, Théo refusa d'en entendre plus. Il était passé voir Chloé pour l'emmener dîner et ensuite faire l'amour avec elle, mais c'était soudain la dernière chose dont il avait envie. Il n'aspirait plus qu'à fuir.

Il se leva.

— Tu as une vision très matérialiste du mariage, Chloé.

Son amie avait un corps superbe, et savait comment l'utiliser. Maintenant, il comprenait pourquoi. Elle s'en servait comme d'un outil de négociation, espérant qu'il l'épouserait et paierait ses factures. Elle n'avait jamais été aussi claire.

— Mon père ne m'a pas laissé autant d'argent que le tien. Je ne peux pas rester enfermée dans ma tour d'ivoire, à perfectionner mes coups de pinceau. Je dois penser à mon avenir ! Et si nos nuits torrides te donnent envie de m'épouser et de payer mes factures, où est le mal ? lâcha-t-elle sans scrupule.

— Sache, Chloé, que l'amour physique ne suffit pas.

— Si, l'amour physique, c'est important ! C'est en tout cas ce que tu semblais penser, l'autre soir : tu avais bien envie de venir t'envoyer en l'air ici après avoir bossé au restaurant de ta mère !

— Peut-être. Mais j'ai toujours cette idée folle qu'un jour je tomberai amoureux d'une femme qui m'aimera pour moi-même et non pour mon portefeuille. Je n'avais pas réalisé à quel point l'argent avait de l'importance pour toi, Chloé.

— Tout cela va de pair ! répliqua la jeune femme avec cynisme.

— Alors pourquoi ne séduis-tu pas un de ces riches Russes ? lança-t-il avec colère. Il y en a plein dans le coin !

— Tu n'as pas remarqué qu'ils ne s'intéressent qu'aux femmes de chez eux ? Tu en as déjà vu un avec une Française ? Non ! Ils ne sortent qu'avec des Russes !

Théo n'y avait jamais pensé auparavant, mais Chloé avait raison. Les Russes qui venaient au restaurant de sa mère avaient toujours des femmes russes à leur bras. Ainsi en allait-il pour Natasha et Stanislas.

— Ces filles doivent savoir quelque chose que nous, les Européennes, nous ignorons, ricana Chloé.

— Peut-être pourrais-tu en tirer des leçons, répliqua-t-il, déçu par cette conversation.

Il avait beaucoup apprécié la jeune femme jusque-là, mais ce soir, il ne la supportait plus. Jamais elle ne s'était dévoilée ainsi.

— Je pense que nos chemins se séparent ici, conclut-il.

Avant qu'elle ait eu le temps de dire quoi que ce fût, il se dirigea vers la porte, puis se retourna un instant pour observer celle qui avait été sa petite amie durant de longs mois.

— Bonne chance, Chloé, je suis sûr que tu trouveras l'homme que tu cherches.

— Pendant un temps, j'ai cru que c'était toi, Théo.

Elle n'ajouta rien, se contentant de hausser les épaules. Le jeune homme referma la porte et s'en alla, tout à la fois dépité et soulagé.

Il rentra chez lui et se dirigea aussitôt vers son atelier. Même si c'était une mauvaise idée, il savait ce qu'il lui restait à faire. De toute façon, c'était plus fort que lui, il était incapable de s'en empêcher. Une force puissante, presque surnaturelle, s'était emparée de lui. Il saisit une toile vierge et la posa sur son chevalet. Son seul moyen de se libérer de son obsession pour Natasha était de peindre la jeune femme. Contrairement à ses habitudes, il n'esquissa aucun croquis préparatoire. C'était inutile. La belle Russe était gravée dans sa mémoire, et il voyait son visage aussi nettement que si elle se tenait devant lui. Il entendait son accent quand elle avait prononcé son prénom pour se présenter : Natasha… Natasha… Il voyait le balancement de ses hanches quand il l'avait suivie dans l'escalier, la façon dont ses cheveux volaient au vent quand elle s'était tenue debout devant le bastingage. Elle envahissait chaque cellule de son esprit et électrifiait son corps.

Il commença à la peindre, et, en peu de temps, son ravissant visage émergea du néant sur la toile. Jusqu'à l'aube, il continua son portrait avec frénésie, comme possédé. Natasha… elle l'avait ensorcelé, corps et âme. Et déjà, au-delà du tableau, les yeux de la jeune femme plongeaient dans les siens.

4

Vladimir fut de retour sur le yacht trois jours après la livraison du tableau. Dès son arrivée à bord, il envoya l'un de ses gardes le chercher dans son bureau. Il le déballa avec grand soin sous le regard de Natasha. Il n'avait pas demandé qui l'avait livré, aussi ne se sentit-elle pas obligée de l'informer que le serveur du Da Lorenzo s'en était chargé et qu'ils avaient passé du temps ensemble. Elle avait si peu de contacts avec qui que ce soit en dehors de Vladimir ! Comme il avait été divertissant de bavarder avec quelqu'un de son âge, quelqu'un qui n'attendait rien d'elle. Parler de tout, de rien et d'art, lui faire visiter le yacht, l'explorer avec un regard neuf comme une enfant faisant découvrir sa maison à un nouvel ami…

Où Théo vivait-il ? s'interrogeait-elle. Avec son salaire de serveur, il était certainement locataire d'un petit appartement, voire d'un studio. En fait, elle ignorait tout du mode de vie des gens comme lui. Théo était le premier homme à qui elle ait parlé depuis des années sans que Vladimir soit présent et la surveille de près. Et d'ailleurs, s'il apprenait tout ça, il n'apprécierait sûrement pas. Il ne voyait pas la nécessité pour elle de parler à d'autres que lui.

Le tableau était encore plus beau que dans leur souvenir, et Vladimir était ravi de son achat. Natasha n'était guère surprise qu'il ait réussi à l'acquérir. Déterminé comme il l'était, Vladimir était capable de convaincre n'importe qui de n'importe quoi. Jamais il ne cédait tant qu'il n'avait pas atteint son but.

Ce soir-là, ils dînèrent sur le pont. À son humeur festive, Natasha devina que Vladimir avait conclu de fructueux contrats. Ensemble, ils choisirent un emplacement dans leur chambre pour le tableau de Lorenzo, et un Picasso se trouva relégué dans le hall. Puis ils retournèrent sur le pont. Vladimir lui annonça alors qu'il avait donné instruction au capitaine de gagner Saint-Tropez.

— Tu auras toute une journée pour faire du shopping. Ensuite, nous irons en Sardaigne. Ça fait longtemps que nous n'y sommes pas allés. Il y a du mistral prévu pour la fin de la semaine. Nous partirons avant pour ne pas prendre de risques.

À Porto Cervo, il aimait jeter l'ancre juste à l'extérieur du port. Et il savait que Natasha adorait s'arrêter à Portofino en chemin. C'étaient des endroits familiers qu'ils appréciaient tous les deux. Ils étaient allés en Croatie, en Turquie ainsi qu'en Grèce et à Capri. Venise était l'une des villes préférées de Natasha, et l'endroit où ils jetaient l'ancre leur offrait une vue parfaite sur la place Saint-Marc.

La jeune femme sourit : elle était heureuse à l'idée d'aller à Saint-Tropez et en Sardaigne. Peu lui importait que la traversée fût mouvementée ou non. Elle avait le pied marin et était capable de supporter une forte houle.

Ils allèrent se coucher et firent l'amour. Le lendemain matin, quand ils se réveillèrent, le yacht était ancré à l'extérieur du port de Saint-Tropez. Natasha partit faire du shopping avec deux matelots de pont pour porter ses achats, puis retrouva Vladimir pour déjeuner au Club 55, un des restaurants qu'elle préférait. Elle avait acheté des maillots de bain chez Eres, et un sac en cuir blanc chez Hermès.

Il y avait déjà du monde dans les rues. C'était le week-end, et, même si l'on n'était que début juin, la saison avait commencé. En juillet et août, la foule rendrait la ville insupportable… Après le déjeuner, ils flânèrent dans le cœur de la cité, puis ils regagnèrent le yacht et firent quelques longueurs dans la piscine extérieure.

Au crépuscule, le *Princess Marina* fit route vers l'Italie. Ils s'arrêteraient à Portofino le lendemain matin, puis ils navigueraient en direction du sud, vers la Corse et la Sardaigne. Natasha observa le sillage du bateau, puis contempla Vladimir, endormi au soleil non loin d'elle. Quelle chance elle avait de vivre avec cet homme ! À ses côtés, elle se sentait parfaitement en sécurité, même si elle savait que son travail comportait des risques, d'où la présence de gardes du corps. Il la protégeait de tout, et elle vivait comme une enfant innocente, dans son ombre. La seule chose qui lui manquait vraiment, c'était l'occasion de se cultiver davantage. Elle aurait adoré pouvoir suivre des cours dans une école d'art. Hélas, c'était incompatible avec leur mode de vie. Ils voyageaient tant ! Et Vladimir l'emmenait quasiment partout, souvent au pied levé. Il lui disait de faire ses bagages et, voilà, ils partaient ici ou là. Quand elle évoquait son envie de suivre des cours, il s'y opposait toujours et prétendait qu'elle savait déjà tout ce qu'elle devait savoir. En plus, elle pouvait enrichir ses connaissances en lisant des livres ou en s'informant sur Internet… Lui n'avait pas de diplômes, était à peine allé à l'école, et pensait que l'éducation était superflue, surtout pour elle. Car sa vie n'était que divertissement. Elle vivait presque comme une geisha, sans les restrictions des traditions anciennes, mais le concept était le même. Et d'une certaine façon, elle était fière d'avoir réussi à lui plaire et à le satisfaire pendant si longtemps. Il avait raison : elle n'avait pas besoin de suivre des cours pour cela.

Ils dînaient sur le pont supérieur, bercés par une douce brise, quand Vladimir l'interrogea soudain, les yeux rivés aux siens.

— Pourquoi as-tu fait visiter le bateau au livreur quand il a apporté le tableau ?

Une pointe de culpabilité l'envahissant, Natasha se crispa légèrement, alors qu'elle n'avait rien fait de mal. Elle avait juste bavardé avec Théo… durant deux heures. Vladimir savait-il aussi qu'elle lui avait offert une coupe de champagne ?

— Ce n'était pas juste un livreur. C'est le maître d'hôtel du restaurant. Il était fasciné par le bateau, alors je lui en ai proposé la visite.

— Tu avais peur de me le dire ?

Ses yeux scrutèrent les siens, un peu plus profondément. Natasha demeura impassible, même si son cœur battait la chamade. Vladimir était le maître. Il venait de lui démontrer qu'il était au courant de tout ce qui se passait à bord. Il avait le contrôle ultime.

— Bien sûr que non. Je ne pensais pas que c'était important. Je voulais juste être polie. Je crois qu'il espérait te voir.

Natasha était maligne : elle savait comment prendre Vladimir. De plus, elle affichait un air détaché. Son visage ne laissait rien paraître du plaisir qu'elle avait pris à bavarder avec Théo.

— S'il voulait faire le tour du bateau, tu aurais dû le faire accompagner par le commissaire de bord.

— Il était à terre. Et puis, je n'avais rien d'autre à faire.

Vladimir se pencha alors vers elle et plaqua avec force ses lèvres sur les siennes. Il n'avait pas besoin d'ajouter quoi que ce soit. Ce baiser était pour lui rappeler qu'elle lui appartenait entièrement. Natasha reçut le message cinq sur cinq. Ces deux heures passées avec Théo constituaient une erreur à ne pas répéter. Elle avait tout à perdre à contrarier Vladimir.

*

Théo travaillait sur son tableau depuis des jours, prenant à peine le temps de manger ou de dormir. Le portrait de Natasha se révélait plus difficile qu'il ne l'avait imaginé. Il y avait quelque chose d'insaisissable chez elle. Était-ce dans son expression, ou dans ses yeux ? Il y avait tant de choses qu'il ignorait d'elle, et pourtant elle l'avait fasciné. Il n'osait l'avouer à personne : c'était totalement déraisonnable d'être obsédé par la maîtresse d'un homme tel que Vladimir

Stanislas. Il n'y avait aucun moyen de rivaliser avec lui. De plus, Natasha semblait fort satisfaite de leur vie.

Perdu dans ses pensées, il était assis dans sa cuisine et grignotait un sandwich rassis. C'était le premier repas qu'il avalait depuis deux jours. Les joues couvertes de barbe, les cheveux en bataille et les yeux dans le vague, obnubilé par son tableau, il avait l'air d'un fou. Il n'entendit pas son ami Marc entrer.

Les cheveux d'un roux flamboyant, Marc avait un visage couvert de taches de rousseur. Grand et mince, une allure d'éternel adolescent, il ne faisait pas ses trente et un ans, soit un an de plus que Théo. Ils avaient étudié aux Beaux-Arts ensemble, et se connaissaient depuis l'enfance. Sculpteur, Marc n'était rentré d'Italie que récemment. Il était parti travailler dans une carrière pour mieux comprendre le marbre. Constamment fauché, il ne semblait pas s'en soucier. En dépit de son talent d'artiste, il gagnait à peine sa vie. Lorsqu'il avait besoin de se renflouer pour payer son loyer ou simplement se nourrir, il travaillait pour un sculpteur de pierres tombales.

— Oh mon Dieu, qu'est-ce qui t'arrive ? Tu es malade ? s'écria-t-il.

— Oui, ce n'est pas impossible… Ou alors j'ai juste perdu la tête.

Marc s'assit à la table de la cuisine en face de Théo, prit une bouchée de son sandwich et fit une grimace.

— Où as-tu trouvé ça ? Dans une fouille archéologique ? Tu n'as pas quelque chose de décent à manger ici ?

Théo secoua la tête en souriant.

— Je n'ai rien mangé depuis des lustres.

— Pas étonnant que tu aies cet air de dingue ! Que se passe-t-il ? Tu n'as plus d'argent ? Tu as besoin d'un prêt ? plaisanta-t-il.

Bien qu'il soit le plus pauvre de ses amis, Marc était le seul à ne lui avoir jamais emprunté d'argent.

— Tu bosses sur quoi pour te mettre dans un tel état ?

— Le portrait d'une femme. Je n'arrive pas à me la sortir de la tête.

— Une nouvelle petite amie ? C'est fini, avec Chloé ?

— Oui, nous avons rompu. Elle cherche un homme pour payer ses factures… En gros, elle offre son corps en échange du montant de son loyer. C'est ça, son interprétation de la romance. C'est déprimant.

Marc demeura pensif un moment.

— Elle a un corps d'enfer, cette nana. Quel est le montant de son loyer ? ironisa-t-il.

— Peu importe. Je ne tiens pas à rester avec une femme qui a une calculatrice à la place du cœur. En plus, elle se plaint tout le temps.

Après leur rupture, Chloé ne lui avait pas manqué un seul instant. D'ailleurs, depuis ce soir-là, il travaillait sur le portrait de Natasha.

— Alors, qui est la nouvelle femme de ta vie ? demanda Marc d'un air intrigué.

— Ne cherche pas. Je n'ai pas de petite amie. C'est juste un fantasme qui m'entraîne vers l'enfer.

— Je comprends pourquoi tu as l'air d'une merde… Mais cette femme, c'est un produit de ton imagination ou quoi ?

— En quelque sorte. Elle existe, mais… c'est la maîtresse d'un autre. Un Russe que j'ai vu au restaurant de ma mère. Un type qui a deux fois son âge et la garde enfermée sur son yacht. Comme une esclave…

— Un Russe plein aux as ? demanda Marc avec intérêt.

— Oui. Un Russe hyperfortuné. Peut-être le plus riche, ou l'un des plus riches en tout cas. Il possède quasiment la Russie. Figure-toi qu'il a soixante-quinze membres d'équipage sur son yacht.

Marc poussa un long sifflement.

— Et tu couches avec elle ? Un type qui possède la Russie pourrait te tuer pour ça !

— Oh ! Je suis sûr qu'il en serait capable, ricana Théo. Mais non, rassure-toi : je n'ai pas couché avec elle. Je l'ai vue en tout et pour tout deux fois dans ma vie et je ne la reverrai probablement jamais. Tout ce que je connais d'elle, c'est son prénom.

— Tu es amoureux ?

— Je ne sais pas ce que je suis. Je suis obsédé. J'essaie de la peindre, et je n'y arrive pas.

— Quelle importance si ton tableau ne lui ressemble pas parfaitement ? Tu n'as qu'à lui créer un nouveau visage.

— Tu ne comprends pas. Je n'ai presque aucune chance de la revoir si ce n'est dans ce portrait. Il faut qu'il lui ressemble…

— Hum… Tu es mal barré, on dirait. Elle aussi, elle est obsédée par toi ?

— Bien sûr que non ! Elle a l'air parfaitement heureuse avec son Russe. Pourquoi en irait-il autrement ? Elle est russe aussi, au fait.

— Bon. Tu es foutu. D'après ce que tu me racontes, tu n'as aucune chance, en effet. À moins de t'embarquer clandestinement sur son yacht et d'essayer de la kidnapper.

Ils éclatèrent de rire à l'unisson.

— Qu'est-ce qui te plaît tant chez cette nana ?

— Je ne sais pas. Peut-être le fait qu'elle soit inaccessible, justement. Et si tu la voyais quand elle est avec lui : on dirait une prisonnière. Elle lui appartient, comme un objet qu'il utilise pour parader.

— Mais tu dis qu'elle a l'air parfaitement heureuse avec lui…

— C'est vrai, répondit Théo avec honnêteté. En réalité, c'est moi qui suis fou de penser à elle comme ça.

— Je peux regarder le tableau ?

— Il est nul, et j'ai complètement raté ses yeux. Je m'acharne dessus depuis deux jours.

Marc se leva et alla observer en silence le tableau qui trônait sur un chevalet.

— Qu'est-ce que je te disais ? lâcha Théo qui l'avait suivi. Il est naze.

— Tu plaisantes ? C'est bouleversant, ce que tu as fait. Pour moi, c'est ton meilleur tableau ! Et c'est la plus belle femme que j'aie jamais vue.

Le portrait était inachevé, mais les éléments les plus importants étaient en place. La femme sur la toile avait une belle âme, qu'il était impossible de ne pas remarquer.

— Tu es sûr que tu n'as aucun moyen de la revoir ? insista Marc. Peut-être qu'elle est obsédée par toi, elle aussi.

— Pourquoi le serait-elle ? Elle ignore tout de moi. Elle ne sait pas qui je suis, ni même que je suis un artiste. Elle pense que je suis maître d'hôtel au restaurant de ma mère, ou une sorte de livreur. Je lui ai déposé un tableau. On a parlé pendant deux heures, et je suis parti.

— Un de tes tableaux ? demanda Marc avec intérêt.

— Non, un de mon père. Ma mère l'a vendu au Russe. Il n'était pas là, alors on a eu l'occasion de parler un moment et de faire le tour du yacht.

— Je n'arrive pas à croire que ta mère ait vendu un de ses tableaux. Ce mec a dû payer une fortune.

— Exact.

— Bon. Je me fiche que tu revoies cette beauté ou pas, Théo. Mais tu dois absolument terminer ce tableau. C'est ton meilleur travail à ce jour. Continue à souffrir comme ça, ça vaut le coup.

— Merci. Tu es un vrai ami, toi…

— Tu veux qu'on aille chercher quelque chose à manger ? proposa Marc.

Théo secoua la tête.

— Non. Je crois que je vais suivre ton conseil et me remettre au travail. Merci pour tes encouragements.

Marc revint un peu plus tard avec du pain et du fromage, quelques pêches et des pommes. Théo peignit toute la nuit. Il s'endormit au lever du soleil, allongé sur le sol de son atelier, contemplant son œuvre, le sourire aux lèvres. Son pinceau avait enfin réussi à capturer le regard de Natasha, dont le doux visage lui souriait en retour.

*

Un violent mistral frappa le *Princess Marina* alors que le navire longeait la Corse puis traversait le détroit de Bonifacio. Malgré sa taille, le yacht tanguait sur la mer puissamment agitée, mais Natasha n'avait pas peur. Contrairement à certains membres de l'équipage qui étaient malades par gros temps, elle aimait voguer quelles que soient les conditions. Quand ils approchèrent de Porto Cervo, le mistral se calma. Ils jetèrent l'ancre aussi près du port que possible. Natasha savait par expérience que le mistral soufflerait encore plusieurs jours, mais peu lui importait. Cela ne l'empêcherait pas d'explorer les alentours. Elle aimait faire des achats sur l'île, se rendre chez les joailliers et dans les boutiques italiennes de prêt-à-porter de luxe. Il y avait aussi un fourreur où elle avait précédemment acheté de somptueuses pelisses, et de petites galeries d'art qu'elle avait hâte de visiter.

— Tu es sûre de vouloir y aller ? s'enquit Vladimir tandis qu'elle se préparait.

La mer étant agitée, le hors-bord risquait fort de tanguer tout au long du court trajet jusqu'au port, et elle serait trempée de la tête aux pieds. Mais Natasha ne redoutait ni le mauvais temps ni la houle, et elle savait qu'elle serait en sécurité dans l'annexe. Quelle importance si elle était un peu mouillée ?

— Tout ira bien, le rassura-t-elle avant d'embarquer, accompagnée de trois matelots.

Vladimir ne se joignit pas à elle. Il avait des dossiers à étudier. S'il l'accompagnait aux défilés haute couture afin de choisir lui-même ses tenues les plus sophistiquées, elle se rendait seule dans les magasins ordinaires. Il n'avait pas besoin de l'assister pour acheter une nouvelle paire de sandales ou un sac à main chez Prada, et elle avait une carte de crédit débitée sur l'un de ses comptes à lui. Peu lui importait le montant de ses achats. De toute façon, elle était bien plus raisonnable que lui, qui dépensait sans compter pour la gâter.

Natasha flâna dans diverses boutiques. Elle essayait un manteau de fourrure rose vif lorsque le premier officier du yacht surgit à ses côtés, accompagné de trois gardes du corps.

— M. Stanislas aimerait que vous retourniez sur le yacht, lâcha-t-il avec raideur.

— Maintenant ? demanda-t-elle, surprise. Que se passe-t-il ? Vladimir est malade ?

Elle n'avait aucune envie de regagner le *Princess Marina*. Elle s'amusait bien, là. Sur le bateau, elle n'aurait rien à faire, et ils ne pouvaient pas aller nager à cause du mistral et de la mer agitée.

— M. Stanislas va bien, répondit l'officier, toujours aussi raide.

Il avait reçu ses ordres directement de Vladimir et n'avait aucune envie d'annoncer à son patron que sa compagne avait refusé de rentrer. Mais Natasha ne comprenait pas pourquoi elle devait précipiter son retour à bord. Avec ce mistral, le yacht ne reprendrait pas sa route, de toute façon.

— Dites-lui que je rentrerai dans une heure, lâcha-t-elle, le manteau de fourrure rose toujours sur le dos.

Elle avait l'intention d'en essayer d'autres, même si elle savait déjà qu'elle porterait son choix sur celui-ci.

— M. Stanislas veut que vous reveniez tout de suite, rétorqua l'officier, l'air de plus en plus soucieux.

— Je ne serai pas longue, je vous promets.

Elle lui sourit et se tourna vers le miroir. Hum, peut-être ce manteau était-il un peu trop voyant, finalement… Et s'il n'était pas au goût de Vladimir ? Pourtant, il lui plaisait beaucoup, et il irait très bien avec un jean, ou même par-dessus une petite robe noire. Elle le retira et en essaya un autre, plus traditionnel.

L'officier était sorti avec les trois gardes. Par la vitrine, elle le vit communiquer par radio avec le yacht. Un moment plus tard, il entra à nouveau dans la boutique et lui tendit son téléphone portable, lui annonçant que Vladimir était en ligne. Elle s'en empara avec un sourire.

— Je te promets de ne pas dépenser tout ton argent, Vladimir, plaisanta-t-elle. Je suis juste en train de choisir un manteau. Les boutiques sont géniales, ici.

— Rentre tout de suite ! Quand je te donne un ordre, tu dois m'obéir !

Jamais il ne lui avait parlé ainsi auparavant.

— Que se passe-t-il ? Pourquoi es-tu contrarié ? demanda-t-elle, bouleversée.

— Je ne te dois pas d'explications. Rentre immédiatement, ou je te fais sortir de ce magasin de force !

Choquée par ses propos, elle remercia la vendeuse et quitta la boutique sur-le-champ. Une fois dans la rue, elle ne put s'empêcher de remarquer que les gardes de Vladimir marchaient anormalement près d'elle et que le premier officier se trouvait directement devant elle. À l'évidence, il se passait quelque chose d'inhabituel, mais quoi ?

Ils regagnèrent le quai où les attendaient l'annexe et quatre gardes supplémentaires. Le hors-bord fendit les flots agités, et, quelques minutes plus tard, Natasha montait à bord du *Princess Marina*. Cinq gardes la suivirent à l'intérieur du yacht et l'escortèrent jusqu'au bureau de Vladimir. Ce dernier mit fin à sa conversation téléphonique dès qu'elle pénétra dans les lieux. Ses longs cheveux trempés par la houle gouttaient sur les délicats tapis persans. Il hocha imperceptiblement la tête, et aussitôt les gardes quittèrent la pièce.

— Que se passe-t-il ? demanda Natasha, très inquiète.

Vladimir hésita un moment, puis plongea son regard dans le sien. Ses yeux étaient animés d'une fureur qu'elle n'avait jamais vue. Mais elle comprit aussitôt que sa colère ne lui était pas destinée.

— Moins tu en sauras, mieux ce sera pour toi. Mais j'ai conclu un gros contrat à Moscou la semaine dernière, et le Président m'a attribué un territoire très important pour l'exploitation de divers minéraux. Nous étions trois candidats. On m'a accordé les terres et les droits miniers de façon équitable, et j'ai payé une très grosse somme d'argent pour cela. Les deux hommes qui étaient en compétition avec moi ont été assassinés ce matin, ainsi que leurs compagnes et le fils aîné de l'un d'eux, qui travaillait avec lui. Et il y a eu une tentative d'assassinat sur le Président il y a une demi-heure. Nous pensons savoir qui est le commanditaire de tout ça. On pourrait croire à des actes de terrorisme, mais je suis persuadé que nous sommes visés à cause de ce contrat. Tu es en danger, Natasha.

Il lui avait expliqué la situation sans détour. Jamais il ne lui en avait autant dit sur ses affaires.

— Nous avons un système de protection sur le bateau et toutes les armes et les gardes dont nous avons besoin pour assurer notre sécurité, mais je ne veux pas te voir à l'extérieur en ce moment. Ni sur le pont, et encore moins à terre. Dès que le vent se calmera, nous lèverons l'ancre. Pour l'instant, je veux donc que tu fasses exactement ce que je te dis. Pas question que tu te fasses tuer ! Tu comprends ?!

— Bien sûr, répondit-elle d'une petite voix.

Elle était effrayée. Si les compagnes des deux autres hommes avaient été assassinées, les tueurs n'hésiteraient pas à tirer sur elle aussi. Oui, sa vie était en danger à cause de Vladimir.

— Il va falloir qu'on se cache durant les prochains jours, reprit-il. Inutile d'être des cibles vivantes. Nous allons nous installer dans une cabine sur le pont inférieur. Sans hublots, donc. Mais les appareils électroniques de nos ennemis sont si sophistiqués qu'ils peuvent nous retrouver n'importe où. Espérons que les services de renseignement russes mettront la main sur eux très vite.

Le regard de Vladimir était glacial. Craignait-il pour sa vie ? Non, en fait il semblait bien plus en colère qu'effrayé.

Les jours suivants, ils restèrent confinés dans leur cabine, se déplaçant très peu sur le bateau. Deux gardes du corps se tenaient en permanence à leurs côtés, d'autres stationnaient dans les couloirs, et une équipe complète de commandos officiait sur le pont. Les hélicoptères étaient protégés contre d'éventuels tirs, et Natasha entendit dire que leur système de missiles était armé et que tous les gardes portaient des mitrailleuses. Elle avait l'impression d'avoir été transportée dans une zone de guerre. Quelle terreur c'était que d'être devenue une cible !

Elle passait le plus clair de son temps assise dans un fauteuil de leur cabine, à lire un roman, et jetant de temps en temps un coup d'œil à Vladimir. Lui était en contact permanent avec les services de renseignement et les cellules antiterroristes. Finalement, trois jours plus tard, il reçut un appel à quatre heures du matin. Il écouta longuement son interlocuteur, puis s'exprima en russe, avec brusquerie.

— Combien ?… Tu crois qu'ils étaient tous là ?… La réponse est simple : les tuer. Maintenant. Sans attendre.

Il écouta encore un moment son interlocuteur, mit au point certains détails, puis raccrocha. Natasha l'observait : dans la faible lueur de la lampe de chevet, ses traits paraissaient aussi cruels que ceux d'un meurtrier. Quelques instants plus tard, cependant, elle se rendormit.

Le lendemain matin, quand elle s'éveilla, le mistral s'était calmé ; elle sentit que le yacht se déplaçait.

— Où allons-nous ? demanda-t-elle à Vladimir dès que celui-ci fit son apparition dans leur chambre.

Il s'était levé pendant qu'elle dormait encore, et avait l'air plus paisible que durant la nuit. Néanmoins, Natasha était incapable d'oublier la conversation qu'elle avait entendue. Son amant avait donné l'ordre de faire tuer des gens. Probablement les criminels qui voulaient attenter à leurs vies, mais ce n'en était pas moins un assassinat…

— Nous retournons en Corse jusqu'à ce que tout se calme. Normalement, le problème est réglé, mais mieux vaut s'en assurer deux fois qu'une. Après cela, nous irons peut-être en Croatie, en Turquie ou en Grèce. On verra… Ce ne sera pas forcément nécessaire…

Il sourit. Enfin, il ressemblait à l'homme qu'elle connaissait, pas à l'inconnu effrayant qu'elle avait côtoyé les derniers jours.

— Pas de shopping pendant un moment, poursuivit-il. Tu restes sur le yacht.

Elle hocha la tête et se leva pour enfiler un jean blanc, un T-shirt et un coupe-vent similaire à celui que portait l'équipage féminin, orné du blason du *Princess Marina*. Tout en s'habillant, elle réfléchissait à la situation. Les moments qu'ils venaient de vivre avaient été terrifiants. Elle n'avait cessé de prier pour que leurs vies soient épargnées. Cette menace lui avait fait prendre conscience de l'importance des enjeux du dernier contrat remporté par Vladimir. Une telle menace était-elle susceptible de se reproduire ? De peur de contrarier son compagnon, elle n'osa pas lui poser la question.

Ils passèrent cinq jours en Corse. Le calme semblait revenu. Des membres de l'équipage emmenèrent Natasha à la pêche, et elle alla nager plusieurs fois par jour. Vladimir l'autorisait à prendre des bains de soleil sur le pont pendant qu'il travaillait dans son bureau, en contact constant avec les services de renseignement et le président russe en personne.

Ils mirent ensuite le cap sur Portofino, où Vladimir l'accompagna pour faire du shopping et l'emmena dîner dans un restaurant de pâtes sur le port. Six gardes du corps étaient présents à leurs côtés, et Natasha savait qu'ils étaient tous armés. En fin de soirée, ils regagnèrent le yacht. Tout semblait normal, sauf que leurs gardes portaient encore des mitrailleuses.

— C'est juste une mesure de sécurité, lui expliqua Vladimir. Normalement, nous ne sommes plus en danger.

D'après ce qu'elle avait entendu dire, cinq personnes avaient été tuées en représailles, en Russie.

Ils naviguèrent autour de Portofino pendant quelques jours. Le problème était maintenant totalement réglé. Tous les rapports que Vladimir recevait de la part des services secrets étaient positifs. Plus aucune menace ne pesait sur eux. Ils regagnèrent alors le sud de la France, que Natasha appréciait tant. Pourtant, quand elle songeait à l'effrayant épisode qu'ils venaient de vivre, elle ne pouvait s'empêcher de frissonner. Dieu merci, Vladimir et elle avaient eu la vie sauve.

5

Gabriel avait une surprise pour Maylis : un petit voyage en amoureux dans l'une de leurs villes préférées. Une semaine à Florence, et ce le plus vite possible, avant le rush de la période estivale pour le restaurant et avant qu'il ne fasse trop chaud en Italie. Juin était le mois idéal pour voyager…

Néanmoins, Maylis ne pourrait se libérer si Théo n'était pas disponible pour la remplacer. Or, ces temps derniers, il semblait travailler très dur. Elle l'avait à peine vu. Elle tenta tout de même sa chance et appela son fils.

— Je suis désolée, mon chéri, je sais que tu détestes me remplacer. Mais Gabriel se fait une joie de partir ! Nos voyages ensemble ont tellement d'importance pour lui.

— Ils devraient en avoir autant pour toi ! la réprimanda Théo.

Pour une fois, cela ne lui déplaisait pas de devoir travailler au restaurant une semaine entière. Il espérait secrètement que Vladimir et Natasha y réapparaîtraient… Il accepta donc, à condition que sa mère le libère pour la fin de juin, car une galerie de New York devait présenter deux de ses tableaux lors d'une célèbre foire artistique, la Masterpiece London Art Fair. C'était la première fois qu'il exposait chez ces galeristes. Pas question de leur faire faux bond !

— Je te promets que nous serons de retour à temps, mon chéri.

Ravi de cette bonne nouvelle, Gabriel alla rendre visite à Théo dans son atelier. Le portrait de Natasha trônait sur le chevalet et était quasiment terminé. Il ne lui manquait plus que quelques petites touches. Gabriel s'extasia, jugeant ce travail remarquable.

— Tu es prêt pour exposer à Paris, lui assura-t-il. En septembre, je veux que tu ailles voir les galeries que je t'ai recommandées. Il est grand temps que tu passes à la vitesse supérieure, Théo.

Le jeune homme n'en était pas convaincu, mais il promit d'y réfléchir. Il voulait d'abord tester l'accueil qu'on réserverait à ses toiles lors de la foire d'art de Londres.

— Tu devrais aussi exposer à la Biennale de Venise l'année prochaine, poursuivit le marchand d'art. Tu dois montrer ton travail, Théo ! Le monde a besoin de plus d'artistes comme toi.

Les encouragements de Gabriel allèrent droit au cœur du jeune peintre. C'était un homme si généreux, bon, attentif aux autres, bien plus que ne l'avait été son propre père. Théo rappelait souvent à sa mère à quel point ils étaient chanceux de l'avoir dans leurs vies, et, au moins sur ce point, ils étaient d'accord.

Théo prit donc la place de sa mère au restaurant. Chaque soir, il vérifiait la liste des réservations, espérant y voir le nom de Vladimir, mais la semaine passa sans que son souhait fût exaucé. Natasha était-elle sur le yacht ? Près d'ici ? À l'étranger ? Le jeune homme commençait à croire à ses propres prédictions : il ne la reverrait jamais…

Son portrait était presque terminé. Les yeux étaient parfaits, arborant l'expression douce dont il se souvenait si bien. Sa bouche semblait vouloir lui parler. Marc était emballé par le tableau, assurant qu'il était impossible de ne pas tomber amoureux d'une telle femme. Théo ne parlait de son obsession pour Natasha qu'à son meilleur ami. Pas question d'en toucher un mot à sa mère, laquelle n'aurait pas manqué de réitérer ses précédentes mises en garde.

Quand Maylis et Gabriel revinrent de leur escapade italienne, Théo fut heureux d'être relevé de ses fonctions au restaurant. Il travailla sur le portrait quelques jours encore avant de partir pour Londres, où plusieurs foires d'art contemporain se déroulaient en même temps. Plusieurs artistes et marchands d'art résidaient dans le même petit boutique-hôtel que lui, et partout, à l'hôtel ou dans les rues, les conversations tournaient autour de l'art. Il fut ravi de faire la connaissance des galeristes de New York qui l'exposaient et avec qui il n'avait jusqu'alors que correspondu, par courriel. Ils avaient accroché ses deux tableaux bien en évidence dans leur stand, et, quoique cela le contrarie, ils avaient mentionné dans sa biographie sa filiation avec Lorenzo Luca. Le jeune homme détestait y faire référence, mais ses galeristes étaient des marchands avant tout, et ils souhaitaient capitaliser sur le nom de son père, même s'ils reconnaissaient que le travail de Théo parlait de lui-même.

Le soir de l'inauguration, le jeune homme se tenait devant le stand quand il vit soudain passer un homme qui lui sembla familier. Vladimir Stanislas ! Et Natasha marchait juste derrière lui ! Elle était vêtue d'une mini-jupe en cuir noir, d'un pull moulant en cachemire gris et de vertigineux escarpins noirs qui mettaient ses longues jambes en valeur. Ses cheveux étaient noués en un élégant chignon et de délicates mèches encadraient son ravissant visage. Elle était superbe !

Natasha le reconnut immédiatement et parut surprise de le voir là.

— Que fais-tu ici ? demanda-t-elle, l'air confus, alors que Vladimir les avait dépassés et se retournait pour la chercher du regard.

— J'ai des œuvres exposées ici, répondit-il sans montrer les deux tableaux pourtant bien en vue derrière lui.

— Oh ! Vraiment ?

Elle semblait intéressée, mais déjà Vladimir lui faisait signe de le rejoindre.

— Ça m'a fait plaisir de te voir, lança-t-elle en se hâtant vers son amant.

Le cœur de Théo se mit à battre la chamade. Sans en avoir conscience, Natasha chamboulait son monde.

Il l'aperçut un peu plus tard, déambulant entre les stands avec Vladimir. Il était soulagé que le Russe n'ait pas manifesté d'intérêt pour sa peinture, ni pris sa biographie et découvert l'identité de son père. Cela aurait été embarrassant, car, que ce soit au restaurant ou sur le yacht, il n'avait jamais fait état de sa filiation. Au moins Natasha savait-elle désormais qu'il était artiste. Ce qu'elle ignorait, cependant, c'est que depuis le soir de leur première rencontre il peignait sans relâche son portrait. À n'en pas douter, elle aurait jugé qu'il était fou, ou pervers. Et elle aurait eu raison. Sinon, comment expliquer sa fascination pour elle ? Ou cette douloureuse sensation qu'on lui avait arraché le cœur dès qu'elle s'était éloignée de lui ? Il savait qu'il devait se reprendre, mais comment ? Peut-être avec le temps.

Pour l'heure cependant, tandis qu'il retournait à l'hôtel, il était toujours hanté par la belle Russe.

Il avançait dans le hall d'entrée, tête baissée, lorsqu'il heurta une jeune femme. Elle sortait de l'ascenseur, chaussée de bottes militaires et vêtue d'une courte jupe rouge. Ses cheveux étaient teints en rose et un piercing en diamant ornait l'aile droite de son nez. Sous son allure extravagante c'était une très belle femme, qui affichait en outre un sourire éblouissant.

— Eh bien, où est-ce que tu te précipites comme ça ? Pas dans ma chambre, tout de même ? lança-t-elle avec une effronterie à laquelle Théo répondit par un éclat de rire. Cela te dirait-il de m'accompagner à une soirée ? Des Italiens, des Espagnols, toute une bande de Berlinois. Et toi, tu viens d'où ?

L'inconnue avait un accent british très aristocratique.

— Je viens de Saint-Paul-de-Vence, dans le sud de la France.

— Je sais où cela se trouve, pour l'amour du ciel ! De quelle planète crois-tu que j'arrive ? répliqua-t-elle.

C'était une bonne question, vu son apparence.

— Je suis Emma, au fait.

Il réalisa alors qui elle était : lady Emma Beauchamp Montague, une Anglaise dont le père était vicomte. Elle vivait à New York, où elle possédait l'une des galeries les plus avant-gardistes de Chelsea. Il avait lu divers articles sur elle.

— Théo.

Il lui serra la main, et elle l'entraîna à sa suite. Quelques instants plus tard, il montait dans un taxi avec elle, tandis qu'elle donnait au chauffeur une adresse à la mode. Puis elle se mit à bavarder avec beaucoup d'humour, sans répit jusqu'à leur destination. Théo se retrouva soudain dans un élégant hôtel particulier, au cœur d'une réception où résonnaient des accents des quatre coins de l'Europe et des États-Unis. Emma semblait connaître tout le monde et le présenta à chacun. Deux heures plus tard, elle lui demanda dans un murmure s'il n'avait pas envie de la raccompagner dans sa suite.

Si. Il en avait bien envie…

Ils prirent un taxi en sens inverse. À peine eut-elle ouvert la porte de sa chambre qu'elle écrasa sa bouche sur la sienne, lui dégrafa la ceinture, baissa son pantalon, et, tombant à genoux devant lui, lui prodigua une fellation qui l'envoya droit au septième ciel.

Durant l'heure suivante, ils se laissèrent aller à une passion débridée. Quand ils furent repus de sexe, Emma se blottit entre ses bras et lui sourit avec malice.

— Deux règles, dit-elle avant même qu'il ait repris son souffle. Je ne tombe jamais amoureuse, et nous n'avons pas besoin de nous revoir si nous ne le voulons pas. Pas d'obligations, pas de romance, pas de cœurs brisés. On s'amuse quand on se voit et si on le veut. Au fait, tu es terriblement doué au lit, ajouta-t-elle en riant.

— Et toi ? Tu ramasses souvent des inconnus dans les halls d'hôtel ?

Jamais il n'avait rencontré de femme comme elle, à la sexualité aussi libérée et intense.

— Seulement quand ils sont beaux comme toi. Pourquoi ne t'ai-je pas rencontré avant ? Tu vas parfois à New York ?

— Ça fait longtemps que je n'y suis pas allé, et là, c'est la première foire d'art où j'expose des toiles, répondit-il en citant le nom de la galerie qui le représentait en cette occasion.

— Oh mon Dieu ! Tu dois être drôlement doué pour être chez eux ! J'ai un stand un peu plus bas dans la même allée. Il faudra que tu viennes le voir. Et moi, j'irai admirer ton travail.

Elle semblait vraiment intéressée.

— Ma peinture est très classique, tu sais. Tu n'aimeras peut-être pas.

Elle leva les yeux au ciel :

— Si tu exposes chez eux, ça m'étonnerait !

Le lendemain, quand elle découvrit ses tableaux, Emma reconnut que ce n'était pas le style qu'elle préférait, mais elle jugea qu'il avait un sacré talent.

— Tu seras célèbre un jour, prédit-elle avec sérieux.

Jetant un coup d'œil à sa biographie, elle lut son nom de famille.

— Ah... Ça explique beaucoup. Mais tu vaux mieux que lui, tu sais. Tu as un coup de pinceau très puissant.

Dans un gloussement, elle ajouta :

— D'ailleurs, ce n'est pas le seul domaine dans lequel tu es doué.

Le même soir, ils se rendirent à une autre réception avant de regagner leur hôtel et de faire l'amour toute la nuit. Le lendemain, Emma reprit un vol pour New York. Il semblait peu probable qu'ils se revoient, tous les deux. Pas de promesses, pas d'attachement, avait-elle dit. C'était juste pour s'amuser et, pour lui, c'était la meilleure chose qui puisse lui arriver pour le distraire de son obsession. Ces quelques jours avaient été fort divertissants, et, cerise sur le gâteau, ses deux tableaux s'étaient vendus, à des prix honorables. Il avait donc de quoi se réjouir en rentrant chez lui.

Lorsqu'il pénétra dans son atelier, le portrait de Natasha l'attendait, avec ses doux yeux, ses lèvres qui semblaient sur le point de lui chuchoter un secret, et la délicate auréole de ses cheveux blonds. Il retourna la toile. Il devait absolument se libérer de cette passion sans espoir.

Le lendemain, il déjeuna avec sa mère et Gabriel, à qui il raconta son séjour à Londres, passant sous silence bien sûr ses nuits passionnées avec Emma Beauchamp Montague. Tous deux furent ravis d'apprendre que ses tableaux s'étaient bien vendus. Le jour suivant, Gabriel l'invita à l'accompagner à Cannes pour visiter une galerie qui présentait un artiste que sa fille souhaitait exposer à Paris.

— Je ferais mieux de travailler, dit Théo, éprouvant une pointe de culpabilité à l'idée de prendre un après-midi de congé.

Pourtant, il ne tenait pas à se retrouver enfermé dans son atelier, en tête à tête avec le portrait de Natasha. C'était si troublant de l'avoir vue à Londres…

— Si, si, viens ! Cela te fera du bien de prendre un peu l'air, lui assura Gabriel.

Ils prirent le vieux cabriolet Morgan de Gabriel et se rendirent à Cannes, évoquant allègrement divers artistes dont Théo avait vu des tableaux à Londres. La jeune femme qui gérait la galerie cannoise, Inez, était une jolie blonde qui plut aussitôt à Théo. En revanche, le travail de l'artiste était sans intérêt. Théo prit néanmoins la carte de visite de la galeriste, envisageant de l'appeler un jour ou l'autre, puis il se ravisa. Pourquoi ne tenterait-il pas d'appliquer la méthode d'Emma ? Être direct… avec un peu plus de réserve que la jeune Anglaise, cependant.

— Je suppose que vous n'accepteriez pas de dîner avec moi ?

La jeune femme lui sourit.

— Ça dépend. Vous êtes galeriste ou artiste ?

Théo montra Gabriel du doigt.

— Ce monsieur est galeriste. Moi, je suis artiste.

— J'ai bien peur de devoir refuser, alors.

Surpris, Théo l'interrogea du regard. Il ne s'attendait pas à cette réponse.

— Vous avez quelque chose contre les artistes ?

— Oui, j'éprouve une attirance fatale pour eux. J'en ai même épousé un. Et si je me fie à mon expérience, ils sont tous fous et accros au drame. J'ai renoncé au drame. Je suis divorcée, j'ai un enfant de cinq ans, et je veux profiter d'une vie paisible. Ce qui signifie : pas d'artistes.

— Quelle était la nationalité de votre mari ?

— Italienne.

Théo lui semblait fort sympathique, mais il n'était pas question qu'elle retombe amoureuse d'un artiste, surtout aussi séduisant !

— Ça explique tout, alors, répliqua Théo. Il est exact que les artistes italiens sont fous et adorent le drame. Mais les Français sont tout à fait normaux et même vraiment géniaux.

Elle sourit avec amusement. Non, elle ne céderait pas à son charme.

— Ce n'est pas mon expérience… Pas d'artistes dans ma vie : c'est mon mantra, désormais. On sera peut-être amis un jour, mais ça n'ira jamais plus loin.

— Comme c'est déprimant ! répondit-il sur un ton faussement outragé. Bon, je vous appellerai quand même. En toute amitié, donc !

Les deux hommes prirent congé et regagnèrent leur voiture.

— Bien essayé ! le taquina Gabriel.

— Tu as vu ? Elle a une belle silhouette et de superbes jambes, lança Théo, l'air enjoué.

— Eh bien ! Je vais dire à ta mère d'arrêter de s'inquiéter. Elle te trouve trop solitaire.

— Si elle savait ! Je n'étais pas seul à Londres. J'ai rencontré une Anglaise un peu folle qui possède une galerie à New York. Une vraie sauvage !

De retour chez lui, Théo s'allongea sur son canapé quelques minutes, pensant à Emma, à Inez et à Natasha. Trois femmes si différentes et, bizarrement, il ne pouvait nouer de relation avec aucune. Emma refusait toute attache, Inez était allergique aux artistes et Natasha appartenait à Stanislas. Qu'est-ce qui clochait chez lui ? Pourquoi n'était-il attiré que par des femmes inaccessibles ? La plus insaisissable de toutes était Natasha : elle vivait dans une tour d'ivoire avec un autre homme et lui avait volé son cœur sans même le savoir. La vie était décidément bien étrange.

Sur cette conclusion, il s'endormit.

6

L'été à Saint-Paul-de-Vence fut paisible. Gabriel y séjourna deux mois au lieu d'un. Il passait ses soirées au Da Lorenzo, s'asseyait à une table d'angle, et Maylis le rejoignait chaque fois qu'elle en avait l'occasion. Gabriel savait que, malgré sa dévotion à Lorenzo et à son œuvre, elle l'aimait tendrement.

Plusieurs fois par semaine, le marchand d'art se rendait à l'atelier de Théo pour y admirer ses œuvres en cours. Tel un second père, il était très fier du talent de son protégé. En juillet, le jeune artiste avait terminé le portrait de Natasha. Il s'était arrêté pile au bon moment. Quelques coups de pinceau supplémentaires, et l'œuvre aurait été gâchée ; quelques coups de pinceau en moins, elle aurait semblé inachevée. Théo avait ce sens instinctif des grands artistes de savoir quand une œuvre était terminée. Il conservait le tableau dans l'atelier et le contemplait de temps en temps, un sourire aux lèvres. C'était comme si Natasha était avec lui.

Chaque soir, le restaurant était bondé. Théo demanda un jour à sa mère si Stanislas et Natasha y étaient revenus. À cette question, Maylis fronça les sourcils, inquiète.

— Tu penses encore à cette fille ?

— Pas vraiment…

Il ne mentait pas. Il se remettait lentement de son obsession. Paradoxalement, la peinture l'avait aidé à exorciser ses démons. Et, surtout, il travaillait maintenant sur un autre sujet. Gabriel l'avait convaincu de contacter au moins une des galeries qu'il lui avait recommandées.

— Si tu veux être pris au sérieux dans ta carrière d'artiste, il te faut une exposition à Paris, avait affirmé le marchand.

Plus confiant dans son talent après ses deux ventes à la foire d'art de Londres, Théo se sentait prêt à rencontrer des galeristes parisiens.

Il avait aussi passé plusieurs coups de fil à Inez, la galeriste de Cannes. Au téléphone, elle se montrait charmante, mais elle persistait à refuser de dîner avec lui. Finalement, un beau jour, il pénétra dans sa galerie juste avant midi et l'invita à déjeuner. Surprise et troublée, elle accepta.

Ils discutèrent de divers sujets : de son travail à la galerie, de sa fillette et des années pendant lesquelles elle avait vécu à Rome avec son ex-mari. Ce dernier, sculpteur, rendait rarement visite à sa fille. D'ailleurs, il venait d'avoir des jumeaux avec sa nouvelle petite amie, deux garçons, et il se détachait de plus en plus de sa fille.

— Camille et moi n'avons pas besoin dans notre vie d'un autre artiste fou qui nous brise le cœur. Nous nous en sortons très bien comme ça, dit-elle avec grand sérieux.

— Est-ce que j'ai l'air fou ?

— Les artistes ont rarement l'air de fous au premier abord, rétorqua Inez en connaissance de cause. Mais dès que l'on entame une vie de couple avec l'un d'eux, c'est parti pour le drame, les autres femmes, les ex-amours qui resurgissent du passé pour réclamer de l'aide, quand elles ne viennent pas carrément s'installer chez vous pour faire ménage à trois. Sans parler des enfants passés sous silence.

— À ma connaissance, je n'ai pas d'enfant, aucun passé susceptible de revenir me hanter, aucune ex-petite amie dans le besoin que j'autoriserais à séjourner chez moi. Évidemment, j'ai d'anciennes compagnes, mais elles n'attendent rien de moi, et je suis en bons termes avec elles, ajouta-t-il en évitant de mentionner que Chloé lui avait envoyé plusieurs courriels amers : Mon père, par contre, était assez fou et très talentueux. Il était italien comme ton ex, et il avait dans les soixante-dix ans quand je suis né. Il a épousé ma mère dix ans plus tard, quand sa première femme est morte.

— Tu vois ! C'est ce genre d'homme dont je me méfie, rétorqua Inez.

Elle héla un serveur et ils commandèrent deux cafés.

— Mon père était incroyablement talentueux, reprit Théo, et ma mère l'adorait. C'était un vieux grincheux, bien sûr, mais il m'aimait, et il m'a tout appris, artistiquement. Il est mort à quatre-vingt-onze ans : j'ai eu la chance de l'avoir jusqu'à mes dix-huit ans.

— Était-il connu ? demanda-t-elle innocemment.

Il hésita avant de répondre, mais il pensait pouvoir lui faire confiance. Inez ne semblait pas vénale.

— Euh… oui. C'est Lorenzo Luca.

La jeune femme écarquilla les yeux.

— Seigneur, c'est l'un des artistes les plus importants du XXe siècle !

— Certaines personnes le pensent. J'adore son œuvre, mais mon style est très différent. Je ne crois pas que je m'approcherai jamais des sommets qu'il a atteints, même si je travaille dur. C'était vraiment un génie, ce qui l'a probablement rendu si difficile à vivre.

Théo ne fit pas état des sept autres enfants qu'avait eus son père.

— Ma mère avait presque quarante ans de moins que lui. Elle dirige aujourd'hui un restaurant à Saint-Paul-de-Vence et elle est la gardienne de la flamme sacrée. Elle possède un grand nombre de ses tableaux.

— Elle s'est remariée ? Elle devait être assez jeune quand il est mort…

— Elle avait cinquante-deux ans. Cela faisait plus de trente ans qu'ils étaient ensemble. C'est dur de s'en remettre, je suppose. Mon père était un sacré personnage ! Elle ne s'est pas remariée, non, mais elle a une relation amoureuse avec son marchand d'art, l'homme avec qui je suis venu le jour où je t'ai rencontrée.

Inez hocha la tête à ce souvenir.

— Il a l'air d'un homme bien.

— C'est le cas. Il a été comme un père pour moi. Est-ce que tout cela me qualifie pour un dîner ?

— Pas vraiment. Tu es toujours un artiste. Mais je suis ravie de te connaître.

— Tu es dure ! Je te promets, je n'ai rien d'un fou.

— C'est vrai, tu n'en as pas l'air, mais je ne suis plus partante pour le long terme. C'est trop risqué, et je dois penser à ma fille.

Il acquiesça d'un mouvement de tête. D'autant que lui-même n'était pas intéressé par le mariage, ni par l'éducation de l'enfant d'un autre homme. Cela engendrait trop de responsabilités. De toute façon, il comprenait Inez. Elle savait ce qu'elle faisait. Aussi s'abstint-il de réitérer son invitation à dîner avant de la quitter.

*

L'été passa trop vite. Avant de regagner Paris, le premier septembre, Gabriel donna à Théo la liste des galeries qu'il lui recommandait. Deux jours plus tard, le jeune artiste s'obligea à les appeler. Plusieurs d'entre elles n'avaient pas encore ouvert après l'été. Le propriétaire de la galerie qui intéressait le plus Théo, située rue Bonaparte dans le sixième arrondissement parisien, s'appelait Jean Pasquier et il se montra très intéressé.

Théo lui envoya des photos numériques de ses tableaux, et Pasquier le rappela le lendemain. Il souhaitait que Théo lui apporte quelques toiles afin qu'il puisse juger de son coup de pinceau sur pièce. Ils convinrent d'un rendez-vous pour la semaine suivante.

Le jour dit, tout se passa à merveille. Le marchand d'art apprécia grandement son travail. À ses yeux d'expert, les sujets étaient séduisants et le coup de pinceau de Théo, magistral. Par chance, Pasquier avait une plage libre dans son emploi du temps, un artiste qui avait pris du retard. Théo se vit donc proposer une exposition en janvier ! Ils se mirent d'accord sur les dates et Théo quitta Pasquier, ravi.

Dès qu'il eut quitté la galerie, il appela Gabriel pour lui faire part de cette grande nouvelle. Le soir même, le compagnon de sa mère l'emmena dîner dans un restaurant de la rive gauche pour fêter ce succès. Être représenté par une galerie parisienne et y exposer ses œuvres était une étape importante dans sa carrière.

Le lendemain, Théo regagna Saint-Paul-de-Vence et commença à sélectionner les tableaux destinés à l'exposition de janvier. Ce faisant, il contempla longuement le portrait de Natasha. Allait-il le présenter ou non ? Il hésitait. C'était une œuvre si intime ! D'ailleurs, il ne voulait pas le vendre, il préférait le garder en souvenir d'elle, en hommage à sa brève obsession. Heureusement, la belle Russe avait cessé de le hanter. Tout ce qui lui importait désormais, c'était sa future exposition dans la galerie de Jean Pasquier.

*

De leur côté, après avoir navigué de port en port tout l'été, Vladimir et Natasha rentrèrent à Londres fin août. Rassuré quant à leur sécurité, Vladimir avait cessé de faire encadrer Natasha par des gardes du corps à chacune de ses sorties. Le problème avait été résolu – d'une manière que Natasha préférait ignorer – et plus jamais ils ne discutèrent de cet étrange et angoissant intermède au cœur de leur été.

Un soir, alors qu'ils dînaient au Harry's Bar, il lui annonça qu'il avait une surprise pour elle.

— Je vais faire construire un autre yacht, annonça-t-il avec enthousiasme. Encore plus grand que le *Princess Marina* ! Et je le baptiserai de ton prénom !

Natasha était touchée. C'était un très bel hommage qu'il lui rendait là !

— Combien de temps va durer la construction ? s'enquit-elle.

— Si tout se passe bien, trois ou quatre ans. Peut-être plus. Du coup, je vais devoir me rendre souvent en Italie pour discuter avec les constructeurs, travailler sur les plans et surveiller tout le processus. Il faut sans cesse s'adapter. Et il y a aussi tout l'intérieur à décorer. Les matériaux à sélectionner. Bref, je vais avoir énormément de travail… et c'est là qu'arrive ta surprise. Enfin, la deuxième surprise… Comme je ne veux pas que tu t'ennuies quand je serai en Italie, je tiens à ce que tu aies ton propre projet. Je veux que tu trouves un appartement à Paris, un pied-à-terre d'environ cinq cents mètres carrés. Et je te laisse carte blanche pour la décoration !

Il savait qu'elle se plaisait dans la capitale française. Elle adorait assister aux défilés de haute couture et de prêt-à-porter de luxe. Durant ces périodes, ils résidaient toujours au George V. Maintenant, ils auraient leur propre demeure. Natasha n'en revenait pas.

— Tu es sérieux, Vladimir ? Tu me laisserais faire ça ?

Ses yeux brillaient d'excitation ; on aurait dit une petite fille devant ses cadeaux de Noël.

— Oui, Natasha, ce sera ton projet. Tu peux même commencer à chercher un appartement dès demain. Je vais en Italie pour les premières réunions la semaine prochaine. Un appartement ou un hôtel particulier, si tu préfères, mais je pense qu'un appartement nous conviendrait mieux.

Oui, elle était d'accord avec lui. Un hôtel particulier représenterait trop de travail et nécessiterait trop de personnel, tout cela pour y passer encore moins de temps que dans leurs autres demeures. À quoi bon ? Un appartement – cinq cents mètres carrés tout de même – serait parfait.

Le lendemain, se recommandant de leur agent londonien, Natasha appela des agences immobilières parisiennes. Deux jours plus tard, elle avait six appartements à visiter et d'autres rendez-vous pour la semaine suivante. Deux des appartements se trouvaient dans le seizième arrondissement et un dans le huitième, qui lui plaisait moins. Il y en avait un rive gauche, sur les quais, surplombant la Seine, et deux sur l'avenue Montaigne. Elle avait hâte de les voir.

— Veux-tu m'accompagner pour les visiter ? demanda-t-elle à Vladimir ce soir-là, au cours du dîner.

Il secoua la tête, un large sourire aux lèvres.

— Non, c'est ton projet. C'est toi qui choisis.

Elle insista néanmoins pour lui montrer les photos que l'agence lui avait envoyées. Vladimir était d'accord avec elle. Les deux appartements de l'avenue Montaigne étaient ceux qui semblaient leur correspondre le plus.

— Prends ton temps, et trouves-en un qui te plaise vraiment, lui recommanda-t-il. En plus, ce sera amusant pour toi de passer du temps à Paris.

— J'ai déjà hâte de t'appeler pour t'annoncer que je nous ai déniché un fabuleux pied-à-terre !

Deux jours plus tard, le jet privé de Vladimir emmena Natasha à Paris. Sa secrétaire lui avait réservé leur suite habituelle au George V. Natasha dîna dans sa chambre, comme elle le faisait toujours quand elle voyageait sans Vladimir…

Le lendemain matin, elle retrouva l'agente immobilière à dix heures. La femme lui fit d'abord visiter un appartement sur l'avenue Foch, du côté ensoleillé. Cependant, malgré ses hauts plafonds et ses larges portes-fenêtres, le bien était décevant. Il avait un style vieillot et nécessitait de nombreux travaux. Non, ce n'était pas pour eux, décida Natasha, pas plus que le suivant, qui lui plut encore moins. Quant à celui de la rive gauche, il était beaucoup trop petit. En dépit du large balcon surplombant la Seine, qui offrait une vue splendide, ils se sentiraient bien vite à l'étroit.

Après avoir déjeuné à la terrasse d'une brasserie, Natasha rencontra un autre agent immobilier. Sans plus de succès… L'appartement du huitième arrondissement ne lui convenait pas du tout. Vladimir l'aurait détesté. Un autre, dans le quartier du Palais-Royal, disposait d'une chambre à coucher et d'une salle de bains beaucoup trop petites, et il n'y avait aucun placard.

Heureusement, elle avait encore deux visites prévues avenue Montaigne avec une autre agence. Les deux appartements étaient censés avoir été récemment refaits, ce qui était un bon point. De plus, ils étaient proches des boutiques qui lui plaisaient tant, Dior, Chanel, Prada… L'un était un penthouse moderne et l'autre un duplex dans un immeuble plus ancien. L'un au moins la séduirait-il ? Elle commençait à se décourager. Pour l'instant, rien de ce qu'elle avait vu n'aurait pu leur convenir. Et même si Vladimir lui avait laissé carte blanche quant au choix, elle tenait à ce que l'appartement lui plaise. Après tout, c'était lui qui réglerait la note !

Le penthouse se révéla joli, mais très froid. Granit noir et marbre blanc étaient les deux seuls matériaux qui semblaient avoir eu l'heur de plaire au décorateur… Comment se sentir à l'aise dans un environnement aussi clinique ? Ils arrivèrent enfin au dernier appartement. Et là, au moment où l'agente immobilière ouvrit la porte, Natasha sut qu'elle avait trouvé leur demeure. Entièrement rénové, sans que rien ne nuise à sa beauté originelle, le duplex était une véritable version miniature du château de Versailles : de superbes moulures, des hauts plafonds, de larges portes-fenêtres et de spectaculaires parquets d'époque… À ce style ancien se mêlait une technologie ultra-moderne, mais invisible – tout le nécessaire pour écouter de la musique dans des conditions optimales, implanter un réseau informatique sécurisé, et même la climatisation, ce qui était inhabituel à Paris. La seule tâche qui incomberait à Natasha serait de trouver des meubles et de faire confectionner des rideaux pour chaque pièce. Il y avait quatre chambres à l'étage, un dressing pour chacune d'entre elles, un bureau pour Vladimir et un petit salon adjacent à leur chambre. Au premier niveau se trouvaient un grand salon double, une vaste salle à manger, une cuisine moderne et un petit salon douillet. Chaque pièce avait sa propre cheminée, y compris les salles de bains, refaites à neuf elles aussi. Cerise sur le gâteau, la superficie était exactement celle souhaitée par Vladimir. Cinq cents mètres carrés. Il y avait même, au dernier étage de l'immeuble, des espaces pour leurs gardes du corps et le personnel dont ils auraient besoin.

Tout était parfait… sauf le prix. Elle faillit s'évanouir quand l'agente le lui annonça. Que dirait Vladimir ? Même si elle savait qu'il prévoyait de dépenser un demi-milliard de dollars pour son nouveau yacht – une fortune à ses yeux ! –, effectuer une telle dépense pour un appartement où ils ne séjourneraient que quelques semaines par an, c'était insensé…

Elle rentra au George V, en proie à une grande perplexité. Vu les prix de l'immobilier parisien, il serait moins cher pour eux de continuer à séjourner à l'hôtel. Comme la veille, elle commanda à dîner dans sa suite, attendant que Vladimir l'appelle. Jamais elle n'allait dans un restaurant chic le soir sans lui. Elle n'aimait pas s'attabler seule, et, même s'ils n'en avaient jamais discuté, elle avait le sentiment qu'il n'apprécierait pas. Il préférait la savoir dans sa cage dorée.

Vladimir lui téléphona dès que sa dernière réunion fut terminée. Il lui annonça que ses discussions avec l'architecte naval avaient été fructueuses, puis il s'enquit de ses visites immobilières.

— Les cinq premiers appartements que j'ai vus étaient décevants. Trop vieux, trop de travaux. Ou alors, trop froids, comme le penthouse de l'avenue Montaigne. Tout en marbre et en granit…

Elle hésita un court instant avant de poursuivre, mais Vladimir la connaissait bien : il savait qu'il y avait une suite.

— Et le sixième ?

— Il est affreusement cher. Je ne sais pas si on doit dépenser autant pour un appartement. Même si tout est… parfait.

Elle lui décrivit l'appartement avec enthousiasme, évoquant son élégance, mais aussi la haute technologie installée sur place.

— Il te plaît ? demanda Vladimir d'un ton presque paternel.

— Oui, avoua-t-elle. Il est splendide.

Le ventre noué, elle lui annonça le prix. En l'entendant, Vladimir s'esclaffa.

— Chérie, cette somme ne couvrirait même pas le prix des meubles de la salle à manger de mon nouveau yacht ! La seule question qui vaille, c'est : te plaît-il vraiment ?

— Oui ! Je l'adore ! J'avais juste peur que tu le trouves trop cher. Je ne veux pas que tu penses que je profite de toi. Je pourrais me contenter d'un appartement bien plus petit.

— Pas question ! C'est décidé, donc : on achète. Il a l'air parfait, j'ai totalement confiance en ton jugement. J'appelle l'agence demain.

À présent que leur choix était fait, Vladimir voulait que les choses aillent vite, que l'acte de vente soit signé rapidement afin qu'ils puissent prendre possession des lieux au plus tôt.

— Je m'occupe de tous les détails, continua-t-il. Tu peux commencer à planifier la façon dont tu veux le décorer. À moins que tu ne préfères engager un décorateur ?

Non, Natasha pensait qu'il serait plus amusant de s'en charger elle-même, puisque c'était son « projet » et que Vladimir lui avait laissé carte blanche.

— Je vais m'en occuper toute seule. Je suis tellement heureuse, Vladimir ! Merci !

Émue, elle se tut un instant, puis lui demanda :

— Quand penses-tu venir le voir ?

— Je te retrouverai à Paris vendredi. Samedi, il faudra que j'aille à Moscou pour une semaine ou deux. Tu pourras rester à Paris si tu veux, pour commencer tes achats.

Cette nuit-là, Natasha resta éveillée, réfléchissant à tout ce qu'elle avait à entreprendre. Elle s'endormit finalement à quatre heures du matin, songeant qu'elle était la femme la plus chanceuse du monde, et Vladimir l'homme le plus généreux. L'isolement dans lequel elle vivait et les risques qu'il y avait parfois à être sa compagne n'étaient que de petits inconvénients au regard de la vie dorée qu'il lui offrait. Oui, le jour de leur rencontre était à marquer d'une croix blanche. Comparé à l'orphelinat, à son travail à l'usine, à la vie de privations qu'elle avait connue en Russie, être avec Vladimir était un cadeau incroyable. Elle lui en était reconnaissante chaque jour.

7

Vladimir rejoignit Natasha à Paris le vendredi après-midi, juste à temps pour voir l'appartement avant la tombée de la nuit. Le propriétaire, qui résidait en Suisse, avait déjà reçu l'argent par virement sur son compte. Vladimir ayant payé cash, les choses s'étaient déroulées très vite et il avait même obtenu un rabais sur le prix de vente. L'agente leur avait dit que c'était la transaction la plus rapide qu'elle eût jamais menée.

Cette dernière les attendait donc au pied de l'immeuble pour leur remettre les clés. Ils étaient propriétaires ! Quand Vladimir ouvrit la porte d'entrée, Natasha retint son souffle. L'inquiétude l'avait gagnée. Et si le duplex déplaisait à Vladimir ? S'il n'appréciait pas les précieux lambris, les hautes fenêtres ou les parquets anciens ? Il arpenta les cinq cents mètres carrés sans prononcer un seul mot, l'air grave. Puis, quand ils eurent traversé la dernière pièce, il enlaça Natasha, un large sourire aux lèvres.

— C'est parfait, Natasha. Tu nous as trouvé un véritable joyau.

À être ainsi félicitée, Natasha ressentit une vive émotion. Elle était si heureuse qu'il soit content ! Elle lui montra tous les détails architecturaux qu'il n'avait pas encore remarqués et lui fit découvrir la technologie sophistiquée installée sur place. Il leur fallut deux heures pour tout voir. Après quoi, ils retournèrent au George V, où Natasha allait dorénavant passer beaucoup de temps à cause des emplettes à faire pour leur nouveau domicile. Mais peu importait. Elle se sentait presque comme chez elle dans le palace parisien…

À peine eurent-ils pénétré dans leur suite que Vladimir lui fit l'amour. Ensuite, ils prirent un bain ensemble, puis s'habillèrent pour le dîner, avant d'aller à La Tour d'Argent fêter l'acquisition de leur nouvelle demeure. Tout au long du repas, Natasha ne cessa de le remercier. Il avait commandé du caviar et du champagne, plus un verre de vodka pour lui.

— J'aimerais ne pas avoir à te quitter demain, dit-il, mais je ne me fais pas trop de souci : tu seras bien occupée à Paris. Et bien mieux aussi…

Il savait qu'elle avait beaucoup de mauvais souvenirs en Russie. Et il ne pouvait pas l'emmener de toute façon : il n'aurait pas une minute de liberté.

Vladimir avait beaucoup de travail avec sa nouvelle implication dans le commerce des minerais. Il comptait aussi faire de nouvelles acquisitions, acheter des champs de pétrole et forer dans la mer Baltique. Son empire s'étendait à pas de géant. Il était difficile d'imaginer qu'il puisse s'agrandir encore, pourtant c'était bien le cas. Tandis que d'autres économies s'effondraient partout dans le monde, Vladimir faisait croître ses affaires sans peine. Il était insatiable. Natasha avait conscience de tout cela, néanmoins il lui manquait quand il s'absentait aussi longtemps.

Après le dîner, ils retournèrent à l'hôtel. Cette fois, Vladimir lui fit l'amour avec une lenteur exquise. De son côté, elle tenta de satisfaire tous ses fantasmes, pour lui montrer à quel point elle lui était reconnaissante de ce qu'il faisait pour elle. Pendant leurs ébats, après de longs moments de tendresse, il était parfois dur avec elle, mais elle l'acceptait car elle savait que c'était ce dont il avait besoin pour se libérer du stress professionnel. Elle était son évasion… Et elle l'accueillait dans son corps dès qu'il la désirait.

Sa vie avec Vladimir lui faisait parfois penser à sa mère… Prostituée, sa mère avait échangé son corps contre de l'argent. Elle, elle offrait à Vladimir son corps et sa liberté en échange d'une existence dorée et des splendides cadeaux qu'il lui offrait… N'était-ce pas la même chose, finalement ? Ou bien leur liaison ressemblait-elle plutôt à un mariage ? Car l'épouse, bien souvent, se contente de prendre soin de son mari, de lui donner son corps, de porter ses enfants et de les élever pendant qu'il subvient à leurs besoins. Natasha s'interrogeait : était-elle une femme respectable ou une femme de mauvaise vie ?

Le lendemain matin, Vladimir se leva à six heures pour quitter l'hôtel une heure plus tard. Avant de partir, il la contempla avec une sorte de nostalgie. Sa beauté ne cessait de l'étonner ; ces sept dernières années, la jeune femme avait encore embelli.

— Commence à faire des achats pour l'appartement, dit-il en l'embrassant.

Nue entre ses bras, l'odeur de leurs ébats flottant encore dans l'air, elle aurait aimé qu'il reste avec elle. Mais il devait être dans l'avion à huit heures…

— Tu vas me manquer, chuchota-t-elle.

— Tu me manqueras aussi, ma chérie.

Sur ces mots, il disparut. Il lui disait rarement qu'il l'aimait, mais elle savait que leur lien était unique et profond.

Dans la matinée, elle se rendit dans les magasins d'antiquités où, par le passé, elle n'avait fait que flâner sans but précis. Désormais, elle avait une mission. Cela changeait beaucoup de choses : elle ne s'était jamais autant amusée de sa vie. Durant deux semaines, elle fit des emplettes. Elle acheta des tableaux, des meubles, des tissus, deux beaux tapis pour le salon et un pour leur chambre à coucher et même un lit à baldaquin. Elle commanda tout ce dont ils avaient besoin pour la cuisine et engagea une domestique russe. Une fois rentrée à Londres, elle continua ses acquisitions. Vladimir l'appelait tous les jours.

Ils furent tous deux très occupés au cours de l'automne. En décembre, Natasha supervisa l'installation du mobilier qu'elle avait acheté tandis que Vladimir était à nouveau à Moscou avec le président russe. Lorsqu'il la rejoignit à Paris la semaine précédant Noël, l'appartement était si bien aménagé qu'il donnait la chaleureuse impression d'être habité depuis des années. Vladimir fut très impressionné et félicita Natasha avec effusion. Ils décidèrent d'y passer le jour de Noël avant de s'envoler le lendemain pour les Caraïbes, où les attendait le *Princess Marina*. Pendant un mois entier, ils se relaxèrent sur le yacht, où Vladimir travaillait néanmoins quelques heures par jour dans son bureau high-tech.

Fin janvier, ils regagnèrent Paris pour les défilés de haute couture. Ces derniers présentaient les collections de l'été suivant, puisqu'il fallait bien laisser le temps aux ateliers de créer ces vêtements faits à la main et souvent complexes.

Le premier défilé auquel ils assistèrent était celui de la maison Dior. Il se tenait dans une immense tente dressée derrière les Invalides, dont la décoration intérieure était inspirée par les jardins de Versailles. Chaque année, des millions d'euros étaient dépensés pour le décor de chaque défilé, dont ceux de prêt-à-porter, presque aussi théâtraux, qui avaient lieu deux fois par an.

Si les défilés de prêt-à-porter de luxe attiraient une foule de célébrités et de fashionistas, ceux de haute couture étaient les derniers survivants d'un art moribond, et le nombre des clientes s'amenuisait au fil des ans. Les prix de ces vêtements entièrement cousus et brodés à la main s'envolaient un peu plus chaque année. Il fallait débourser entre cinquante mille et cent mille dollars pour une seule tenue. Autrefois, les femmes fortunées venaient du monde entier à Paris pour commander leur garde-robe. Aujourd'hui, les maisons de couture les plus anciennes fermaient les unes après les autres, les collections des jeunes stylistes qui y officiaient n'étant plus adaptées aux femmes d'âge mûr en mesure de s'offrir leurs créations. Quant aux jeunes, elles n'avaient pas les moyens nécessaires… sauf si un homme très riche était à leur bras. Des hommes beaucoup plus âgés qu'elles, qui les exhibaient comme des trophées, des symboles de leur fortune, de leur pouvoir, de leur virilité et de leur réussite sociale. La haute couture était devenue une parodie d'elle-même : seule une poignée de princesses arabes et les maîtresses des hommes d'affaires russes pouvaient se permettre de commander de tels vêtements.

Lors du défilé des mannequins Dior sur le podium, Vladimir notait ses modèles préférés. Il choisissait toujours pour Natasha les tenues et les robes les plus chères. Comme ses voitures et ses yachts, les vêtements et les bijoux que portait sa compagne étaient les signes extérieurs de son immense richesse. Lorsqu'ils sortaient tous les deux, Vladimir préférait toujours la voir habillée avec sophistication. Quand elle entrait quelque part, il voulait que toutes les têtes se tournent. Même à la maison, il aimait la voir en robe du soir au dîner. « Les jeans, c'est pour les paysans », disait-il, alors que lui-même en portait souvent.

Natasha n'aimait pas être en désaccord avec lui, ni ne voulait paraître ingrate, mais elle tentait de l'inciter à choisir pour elle des vêtements plus simples, surtout pour sa garde-robe estivale vu qu'ils passaient beaucoup de temps sur leur yacht. Hélas, il balayait ses remarques d'un revers de main. Il ne lui aurait pas plus acheté de vêtements ordinaires qu'il n'aurait acquis d'œuvres d'art insignifiantes. Il recherchait l'excellence en tout, afin de montrer au monde entier l'étendue de ses richesses. Et bien que Natasha appréciât d'assister à ces défilés, elle redoutait les choix de Vladimir. Certes, il l'autorisait à sélectionner elle-même quelques tenues, mais, pour l'essentiel, c'était lui qui décidait.

De toute façon, elle savait qu'il ne fallait pas le contrarier. Cela n'était arrivé qu'en de rares occasions, mais son regard dur et son ton cassant avaient suffi à la dissuader de tout acte de rébellion, fût-il infime. Si on lui obéissait, Vladimir était un homme gentil et doux. Mais un volcan se cachait sous la surface. Il aurait été ridicule de se fâcher pour une histoire de vêtements. Après tout, ne dépensait-il pas des millions pour elle chaque année ? Quelle femme s'en plaindrait ?

Le podium était décoré de mille et une fleurs, le parfum lourd des tubéreuses et celui plus pimpant du muguet flottaient dans l'air. La plupart des vêtements étaient sexy et souvent transparents, les jupes très courtes, et de nombreuses robes dévoilaient profondément le dos. Quant aux chemisiers et tops translucides, ils laissaient carrément apparaître les seins des mannequins. Les talons étaient si hauts que les chaussures étaient presque impraticables. La collection comprenait également beaucoup de modèles à paillettes et à petits sequins, cousus à la main sur des robes couleur chair qui donnaient l'impression que vous étiez nue sous les paillettes.

Défilèrent ensuite des mannequins portant des leggins et des bodies brodés de minuscules perles en forme de fleurs. Ces derniers coûtaient carrément deux cent mille dollars du fait de tout ce long et méticuleux travail de broderie. Vladimir lui en commanda trois de couleur chair, et un quatrième rose vif. Comme elle protestait, il lui répondit qu'une femme aussi belle qu'elle ne pouvait s'habiller de haillons. En été, il la voulait presque nue. En hiver, il la couvrait de fourrures – principalement des vestes et manteaux en zibeline, vison ou chinchilla, ou encore en hermine –, teintes dans des couleurs extravagantes et avec toques et chapeaux assortis. Elle avait également droit à des leggins en alligator, des cuissardes en cuir et peaux de serpent ou autres animaux exotiques…

Le défilé Chanel fut encore plus spectaculaire que celui de Dior. Chaque saison, il se tenait au Grand Palais. Une fois, Karl Lagerfeld avait fait placer un iceberg au centre du podium pour un défilé d'hiver. Les énormes blocs de glace avaient été transportés par avion depuis la Suède. Ce jour-là, la marque avait recréé une plage tropicale au milieu d'une multitude de palmiers en pots. Les cinquante mannequins déambulaient sur le sable, dans des tenues plus raffinées les unes que les autres. Natasha préférait les collections Chanel à celles de Dior. Mais peu importait, puisque c'était Vladimir qui déciderait…

C'était toujours un peu humiliant pour elle vis-à-vis des chefs d'ateliers, mais ceux-ci étaient habitués à ce genre de comportement machiste. Vladimir n'était pas différent des autres hommes avec lesquels ils traitaient, tous des hommes de pouvoir qui ne se laissaient dicter par personne le choix des tenues de leurs maîtresses. Natasha était son trophée, et elle savait qu'elle lui appartenait, au même titre que ses voitures de collection, ses bateaux luxueux et ses objets d'art.

Vladimir lui commanda sept tenues au défilé Dior, six à celui de Chanel et trois robes du soir chez Elie Saab, jeune créateur libanais dont les créations étaient somptueuses. Toutes avaient des encolures plongeantes et étaient largement fendues jusqu'aux hanches.

Ils regagnèrent ensuite leur appartement et se pelotonnèrent devant la flambée de l'imposante cheminée de leur chambre à coucher. Ils firent l'amour. Vladimir était ravi de ses achats et avait hâte de les voir sur elle.

Il y aurait trois essayages pour chaque robe afin que leur tombé soit parfait.

Ce soir-là, durant le dîner, il lui parla des plans de son futur yacht et lui en montra certains. Comme il neigeait, ils avaient annulé leur réservation à la table d'Alain Ducasse au Plaza, préférant rester chez eux. Il faisait un froid terrible à Paris. Vladimir travailla dans son bureau tandis que Natasha, installée au coin du feu, lisait un ouvrage captivant sur l'impressionnisme.

Elle s'était aussi procuré des livres de décoration intérieure pour aménager l'appartement. Vladimir adorait notamment les rideaux de somptueux taffetas moiré. Ses affaires de plus en plus prenantes ne l'empêchaient pas d'avoir l'œil sur tout et il était très satisfait de ce qu'elle avait accompli. De son côté, Natasha était heureuse de passer du temps à Paris, car l'appartement était plus chaleureux que leur hôtel particulier londonien, pourtant agencé par un célèbre décorateur. L'hôtel avait été photographié par tous les grands magazines de décoration, mais Natasha ne l'avait jamais aimé, jugeant la décoration trop tapageuse. Dans leur appartement parisien, elle se sentait réellement chez elle, tout comme sur le yacht. Elle espérait que le nouveau bateau serait aussi beau – les plans de Vladimir étaient grandioses. Mais ses préférences à elle étaient toujours plus simples et moins ostentatoires. Pourtant, il ne ménageait pas ses efforts pour « l'éduquer » – comme il disait – et lui faire acquérir des goûts plus audacieux.

Après les défilés de haute couture, Vladimir passa le week-end à Paris, puis retourna à Moscou. En février, ils iraient à Courchevel. La station de ski était fort appréciée des Russes, et Vladimir avait loué un splendide chalet avec tout le personnel nécessaire pour une semaine. C'était un excellent skieur. Chaque hiver depuis plusieurs années, il avait engagé des professeurs de ski pour Natasha, laquelle était devenue une bonne skieuse, même si elle ne pouvait rivaliser avec lui. Néanmoins, ils aimaient skier ensemble.

Quand Vladimir partit pour Moscou, l'appartement sembla vide. Il neigeait à Paris cette semaine-là, et Natasha passa la plupart de son temps à lire près du feu dans le salon douillet et à explorer les boutiques d'antiquités pour y dénicher des trésors. Elle trouvait toujours quelque chose qui lui plaisait. Telle cette paire de chenets Louis XV en bronze, ornés de feuilles et d'angelots, pour la cheminée de leur chambre.

Elle se rendit également dans plusieurs galeries à la recherche d'œuvres d'art. Elle avait reçu une pile d'invitations pour divers vernissages. L'une d'entre elles pour ce jeudi soir avait attiré son attention. Elle provenait d'une galerie de la rive gauche où elle avait acheté un petit tableau ravissant deux mois plus tôt. S'il ne neigeait pas, elle irait y faire un tour, se promit-elle.

Le vernissage avait commencé depuis une heure quand Natasha grimpa dans la Bentley avec chauffeur que Vladimir louait pour elle. Dans le sud de la France, il lui arrivait parfois de conduire elle-même, mais à Paris, avec la circulation intense et les rues à sens unique, elle préférait s'abstenir. Quand il était à Paris, Vladimir se faisait quant à lui conduire en Rolls, une de ses voitures favorites… après les Ferrari. Natasha préférait la Bentley, moins tape-à-l'œil. Pour l'heure le long véhicule noir traversait le pont Alexandre-III jusqu'à la rive gauche pour gagner le cœur du sixième arrondissement.

La galerie, petite mais bien agencée, était bondée : un groupe éclectique de personnes de tous âges. Chacun semblait avoir un verre de vin à la main et discutait avec animation. Natasha arpenta les lieux, admirant les tableaux accrochés aux murs. L'artiste avait vraiment son propre style, une combinaison fascinante de coups de pinceau dignes des maîtres anciens, de couleurs lumineuses et de thèmes proches des impressionnistes. Elle n'avait pas fait attention au nom sur la carte, mais elle aimait ce travail. Elle saisit sur une table une notice biographique de l'artiste et continua nonchalamment sa visite. Quand elle atteignit l'extrémité de la galerie, toutefois, elle se figea : la toile qui lui faisait face n'était rien d'autre que son propre portrait.

Et tandis que Natasha se tenait là, hébétée et immobile, Théo (qui se trouvait pourtant à l'autre bout de la salle) sentit sa présence. Il se retourna et la vit. Stupéfait, il crut que son cœur allait s'arrêter de battre. Que faisait-elle ici ?

— Théo, ça va ? s'enquit Inez. On dirait que tu as vu un fantôme.

La jeune galeriste cannoise l'accompagnait. Au mépris de ses différents refus, il avait fait une nouvelle tentative et l'avait invitée à dîner juste avant Noël. Depuis lors, ils sortaient ensemble, et tout se passait bien. Il appréciait sa fille, Camille, et, même s'il n'était pas amoureux d'Inez, du moins pas encore, il aimait sa compagnie. C'était une femme intelligente, responsable et sensible. Contrairement à Chloé, elle ne cherchait nullement un homme pour régler ses factures. Elle n'était pas intéressée par le mariage, et elle préférait être seule plutôt que mal accompagnée. Jusqu'à présent, il aimait tout en elle. Elle était venue à Paris avec lui pour le vernissage de son exposition, tandis qu'une amie gardait la petite Camille.

— Non, ce n'est rien, répondit-il en souriant.

Quelques secondes plus tard, il s'éloigna discrètement du petit groupe d'invités avec lequel il bavardait et se dirigea vers Natasha. Elle portait un manteau de fourrure, un jean et des talons hauts. Encore plus belle que dans son souvenir, elle se tourna vers lui, ses cheveux formant un doux halo de boucles blondes autour de son ravissant visage. Elle le dévisagea un moment, puis :

— Théo ? C'est toi qui as peint cela ? lui demanda-t-elle, stupéfaite.

Impossible de nier. Et sa peinture était si intense et si personnelle qu'elle suggérait carrément un lien intime entre eux.

— Je… oui… L'été dernier… après t'avoir rencontrée, j'avais la sensation… C'était comme si ton visage me suppliait de le peindre sur une toile.

Quel idiot ! Même à ses propres oreilles, ses paroles sonnèrent comme une mauvaise excuse. Il était évident que ce tableau représentait bien plus pour lui.

— J'ignorais que tu étais un artiste si talentueux, dit-elle avec douceur.

— Merci, c'est gentil.

Il lui sourit, embarrassé. À n'en pas douter, elle avait deviné l'attirance qu'il éprouvait pour elle.

Il s'en était remis, mais le portrait montrait à quel point il avait été épris d'elle. Natasha n'avait pas été seulement un sujet aléatoire ou un modèle, ou un visage intéressant à peindre. C'était une femme dont il était tombé amoureux avec une folle intensité. Et tous les sentiments qu'il avait éprouvés pour elle éclataient dans ce tableau. D'ailleurs, Gabriel et Marc pensaient que c'était sa meilleure œuvre.

— C'était merveilleux de te peindre, confessa-t-il, même si j'ai eu du mal avec tes yeux.

Comme à chacune de leurs rencontres, il avait l'étrange et douloureuse sensation qu'un étau lui écrasait le cœur. Et s'il se mentait à lui-même ? N'était-il pas encore obsédé par elle ?

— J'aimerais l'acheter, annonça Natasha. Et tu sais, les yeux sont parfaits.

Il était d'accord avec elle. Alors que la femme de chair et de sang se tenait juste à côté de son portrait, il était indéniable qu'il avait parfaitement saisi son expression.

Regardant autour d'elle pour la première fois, il constata qu'elle était seule. Stanislas ne l'accompagnait pas. Le milliardaire russe ne pourrait donc pas insister pour acheter la toile à n'importe quel prix.

— Je suis désolé. Il est déjà vendu.

N'osant pas lui dire qu'il tenait à conserver le tableau, il venait d'avoir recours à un piteux mensonge. D'autant plus piteux qu'il n'y avait pas l'habituelle pastille rouge sur le mur à côté de l'œuvre pour indiquer qu'elle était vendue. Natasha l'observa d'un air intrigué.

— La vente vient juste d'avoir lieu, argua-t-il.

Natasha était désappointée : savoir qu'un portrait aussi intime d'elle allait se retrouver chez un inconnu la mettait mal à l'aise.

— Ont-ils déjà payé ? Cela me gêne que quelqu'un d'autre l'ait. Je paierai plus cher.

Visiblement, elle avait fait siennes les méthodes de Stanislas. Mais Théo, voyant la déception sur son visage, se rendit compte qu'il aurait dû lui offrir le tableau. Le problème, c'est qu'il tenait à le garder pour lui… C'était Jean qui avait voulu qu'il le présente à ce vernissage, et il avait accepté. Il était si fier de ce portrait !

— Ils ont déjà payé. Je suis vraiment désolé.

Comme il aurait aimé l'enlacer pour la consoler ! Malgré sa stature de top model, elle semblait vulnérable et frêle. Natasha était le genre de femme qu'un homme avait envie de protéger. Jamais il n'avait jamais éprouvé de tels sentiments.

— Tu es en visite à Paris ? demanda-t-il pour changer de sujet.

Quel idiot il avait été de ne pas lui avoir offert le tableau en privé avant l'exposition.

— J'ai un appartement ici, maintenant, répondit-elle. Enfin, *nous* avons un appartement. Sur l'avenue Montaigne. Je me suis bien amusée à le décorer, et je suis à la recherche d'œuvres d'art. Ton tableau aurait été parfait. Mais je vais regarder les autres toiles que tu exposes.

— Peut-être que je pourrais venir voir ton intérieur, me rendre compte de la lumière dans l'appartement, et t'aider à choisir une toile, lança-t-il avec espoir tout en la menant d'un tableau à l'autre.

Puis il se fit de lourds reproches : pourquoi diable venait-il de lui faire une telle proposition ? À l'évidence,

Stanislas ne s'embarrassait des conseils de personne pour enrichir sa collection.

— Où habitez-vous ? demanda-t-il néanmoins.

— Au quinze de l'avenue Montaigne. Je te contacterai par l'intermédiaire de la galerie. Je ne reste à Paris que deux semaines. Et toi ?

— Encore un jour ou deux avant de retourner dans le Sud, mais je peux rester plus longtemps, si besoin.

Il aurait fait n'importe quoi pour elle si elle le lui avait demandé. Mais elle ne l'appellerait sûrement pas.

— C'est une très belle exposition, le complimenta-t-elle.

Elle avait remarqué un certain nombre de pastilles rouges à côté des tableaux, lesquelles indiquaient que plusieurs pièces s'étaient vendues. Elle lui décocha un large sourire.

— Merci d'avoir peint mon portrait, Théo. C'est un beau compliment que tu me fais.

Le jeune homme rougit légèrement. Et s'il lui avouait la vérité ? S'il lui expliquait qu'en fait le tableau n'était pas vendu, mais qu'il préférait le garder pour lui ? Oserait-il cet aveu ?

Natasha, toutefois, continua seule sa visite de l'exposition. Quand il la chercha du regard quelques minutes plus tard, elle avait disparu. Inez, en revanche, était là, juste derrière lui, et n'avait pas l'air ravi.

— Je ne suis pas aveugle, tu sais, lâcha-t-elle d'un ton froid. Je t'ai vu avec cette fille dont tu as peint le portrait. Tu m'avais dit que tu ne la connaissais pas…

— Je ne la connais pas vraiment. Je ne l'ai vue que trois fois dans ma vie, quatre en comptant ce soir. J'ignore pourquoi elle est venue. Ce n'est pas moi qui l'ai invitée en tout cas. Elle doit figurer sur la liste des clients de la galerie. J'avais envie de peindre son portrait, c'est tout.

— Le portrait est parfait. Je l'ai reconnue immédiatement. Es-tu amoureux d'elle, Théo ?

— Bien sûr que non ! Je te l'ai dit : je la connais à peine.

— À moins qu'elles ne posent pour eux comme modèle, les artistes ne peignent pas des femmes qu'ils ne connaissent pas. Ou alors, c'est qu'ils sont secrètement amoureux, obsédés…

Et cette obsession, Inez la devinait dans le tableau de Théo. Ce tableau était une vraie déclaration d'amour. Théo resta coi un instant. Son amie avait raison : il croyait ne plus être obsédé par Natasha, mais c'était tout le contraire. Ces quelques instants passés en compagnie de la superbe Russe le prouvaient. Déjà, elle lui manquait…

— Je ne suis pas obsédé, répliqua-t-il néanmoins.

Il aurait tout autant voulu se convaincre lui-même que convaincre Inez… Sa compagne semblait triste. Ayant vu Natasha en chair et en os, elle pressentait que, si compétition il y avait entre elle et la Russe, elle n'en sortirait pas gagnante.

— J'ai l'impression que tout ça va mal finir, Théo, lâcha-t-elle avec amertume. Je te l'ai dit, je ne veux pas de mélo. Je tiens à avoir une relation sereine. Sinon, autant se dire adieu tout de suite.

Le jeune homme passa un bras autour des épaules de son amie pour la calmer.

— Inutile de t'inquiéter, Inez. Je n'ai pas l'intention de plonger dans le mélo, comme tu dis.

Bon sang ! Il avait l'horrible impression de n'être qu'un tricheur… Un menteur. Oui, il mentait à Inez pour une femme qu'il connaissait à peine. Et il avait menti aussi à Natasha en prétendant que le tableau avait été vendu. Juste après l'avoir quittée, il s'était rendu dans le bureau de Jean Pasquier, avait pris une pastille rouge et l'avait collée sur le mur à côté du portrait. Il aurait dû d'ailleurs le faire bien avant…

La suite du vernissage se déroula agréablement. Jean Pasquier était très content des commentaires et réactions des visiteurs. Et Gabriel félicita chaleureusement Théo. Tous deux regrettaient que Maylis ne soit pas venue. Elle était occupée à superviser des travaux de rénovation au restaurant et prétendait ne pas pouvoir s'absenter. Mais ils savaient qu'elle détestait venir à Paris et préférait rester dans son petit univers familier à Saint-Paul-de-Vence. Théo le comprenait et ne s'en offusquait pas.

— Je lui dirai que le vernissage a été un succès, promit Gabriel.

Après le départ des derniers invités, Théo retourna à l'hôtel avec Inez. Sur le chemin du retour, chacun d'eux était perdu dans ses pensées. Une fois dans leur chambre, Inez reprit son interrogatoire.

— Pourquoi est-ce que je n'arrive pas à te croire quand tu prétends ne pas être amoureux de cette fille ?

Elle était assise sur le lit et le regardait fixement, semblant chercher des réponses sur son visage.

— Elle appartient à l'homme le plus riche de Russie, répliqua Théo.

— Oui, mais si elle ne lui appartenait pas, aimerais-tu avoir une liaison avec elle ?

Mal à l'aise, Théo se mit à arpenter la pièce.

— C'est une question ridicule ! C'est comme me demander si j'aimerais posséder la tour Eiffel ou la Joconde. Elles ne sont pas à vendre.

— Tout a un prix, si tu es prêt à le payer ! lança Inez en un curieux écho aux paroles de Stanislas. Et tu es loin d'être pauvre, même si tu aimes faire semblant de l'être. Ce n'est pas parce que tu n'es pas aussi riche que son petit ami russe qu'elle mourrait de faim avec toi !

Inez ne se souciait pas de la fortune de Théo, mais l'identité de son père et le montant de son héritage n'étaient un secret pour personne dans le monde de l'art.

Théo prit place sur une chaise, l'air contrit.

— Les femmes comme elle sont différentes, lâcha-t-il. Et je n'ai aucune envie de me livrer à une guerre des enchères. Elle est sa maîtresse, elle mène une vie fabuleuse, matériellement en tout cas, et elle semble être heureuse avec lui. Je ne saurais pas quoi faire d'une femme comme ça de toute façon. Fin de l'histoire.

— Ou pas. Ce n'est peut-être que le début.

— Si c'était vrai, ça serait arrivé il y a sept mois quand je l'ai rencontrée. Cela n'a pas été le cas. J'ai peint un portrait d'elle parce qu'elle a un joli visage. C'est tout.

Ils se couchèrent, mal à l'aise. Inez ne le croyait pas. Et Théo se rendait compte que son obsession le reprenait : Natasha le hantait. Elle aurait aussi bien pu être allongée entre eux deux, dans le lit. Même Inez sentait sa présence dans la pièce.

Pas très loin de là, avenue Montaigne, Natasha était justement en train de penser à Théo. Il dégageait quelque chose de si intense ! Quoi ?… elle l'ignorait, mais elle le ressentait au plus profond d'elle, et elle aimait discuter avec lui. Elle sortit sa biographie de son sac, curieuse de savoir où il avait étudié l'art. Elle ne remarqua pas tout de suite son nom de famille, puis elle lut le troisième paragraphe, qui mentionnait son identité, et donc sa filiation. La notice expliquait qu'il s'était formé aux côtés du grand Lorenzo Luca, son père.

Natasha était abasourdie. Lorenzo Luca, son père ? Pourquoi Théo ne lui en avait-il rien dit, ni au restaurant, ni sur le yacht quand il lui avait livré le tableau.

Saint-Paul-de-Vence… né dans l'atelier de son père… s'est entraîné à peindre avec lui dès l'âge de cinq ans… École des Beaux-Arts de Paris… Deuxième plus grand collectionneur dans le monde de l'œuvre de Lorenzo Luca… Artiste talentueux… Première exposition en galerie…

Et dire qu'un portrait d'elle figurait parmi ses œuvres ! Pourquoi l'avait-il peinte, et comment avait-il vu tant de choses dans son regard ? Comment avait-il pu deviner toute la douleur de son enfance… les terreurs de l'orphelinat… le chagrin d'avoir été abandonnée par sa mère… ? Oui, il avait tout vu. Tout était dans le portrait qu'il avait peint d'elle ; c'était comme s'il avait plongé droit dans son âme. Il s'était glissé en elle sans se faire remarquer, silencieux, patient, lisant jusqu'au plus profond de son cœur. C'était fou…

Elle ne savait pas si elle devait le fuir ou pas, mais ce qu'elle savait, c'est qu'il n'y avait pas de place pour lui dans sa vie. Car elle appartenait à Vladimir, et le beau Théo Luca représentait un danger pour elle. Le simple fait d'être près de lui mettait sa vie en péril.

8

Quand Théo et Inez se levèrent le lendemain matin, ni l'un ni l'autre ne parla de Natasha. Ils avaient épuisé le sujet la veille au soir. Ils prirent leur petit déjeuner dans un café à proximité de l'hôtel, se régalant de croissants frais, puis Théo quitta Inez, lui promettant de l'appeler pour qu'ils déjeunent ensemble. Il se rendit alors à la galerie pour discuter du vernissage avec Jean Pasquier. Le marchand d'art était enthousiaste. Six tableaux avaient été vendus durant l'événement – ce qui, pour un jeune artiste comme Théo, était excellent –, et un journaliste du *Figaro* avait rédigé un article très favorable. Le critique d'art avait été particulièrement impressionné par le portrait de Natasha

— Ah ! J'allais oublier, dit Théo : je retire le portrait. Je n'aurais pas dû l'exposer sans la permission du modèle.

— Oui, je l'ai vue hier soir, lâcha Jean. Tu as capturé ses traits à la perfection. A-t-elle été surprise de se voir ainsi ?

— Choquée, même, je crois. Je me suis senti tellement idiot de ne pas lui en avoir parlé.

— Tu es un artiste. Tu peux peindre qui tu veux et ce que tu veux.

Théo ne l'informa pas que Natasha avait proposé d'acheter le tableau. Le galeriste était avant tout un homme d'affaires, et il aurait probablement cherché à entrer en contact avec la jeune femme pour lui vendre son portrait.

— Je vais le prendre avec moi aujourd'hui. Je retourne dans le Sud demain, dit Théo d'un ton qu'il espérait détaché.

— Je peux te l'expédier si tu veux, proposa Jean.

Théo secoua la tête.

— Non, merci. Je ne voudrais pas qu'il se perde…

C'était une explication raisonnable, et les artistes étaient notoirement paranoïaques quant à leur travail. Avant de le quitter, Théo remercia une nouvelle fois Jean de lui avoir offert la chance d'exposer dans sa galerie, fort renommée. Puis, le portrait de Natasha dans les bras, il partit boulevard Saint-Germain héler un taxi. Il donna au chauffeur l'adresse mentionnée par Natasha avenue Montaigne. Stanislas serait-il là ? s'interrogea-t-il en regardant défiler les rues de Paris derrière la vitre.

L'immeuble de six étages était aussi luxueux qu'il s'y attendait et ne comptait qu'un appartement par palier. Certains occupaient même deux étages, comme celui du couple russe. Théo sonna à l'interphone. Une domestique russe lui répondit. Quelques instants plus tard, il entendit la voix de Natasha.

— Oui, qui est-ce ?

— Bonjour. C'est Théo. Je suis venu te déposer quelque chose.

Elle hésita un long moment avant de répondre :

— Tu peux monter. C'est au quatrième.

Théo se dirigea vers un petit ascenseur orné d'un splendide miroir ancien. À peine arrivé sur le palier du quatrième étage, il vit Natasha qui se tenait devant la porte d'entrée de son appartement. Elle portait un jean, un long pull noir et une paire de ballerines assorties. Lâchés, ses longs cheveux blonds lui descendaient presque jusqu'à la taille. Il lui tendit le tableau enveloppé.

— Je tiens à ce que tu l'aies.

— L'acheteur a changé d'avis ? demanda-t-elle, confuse.

Théo secoua la tête.

— Il n'y avait pas d'acheteur. Je voulais te le donner, mais pas avec tous ces gens autour de nous.

— Je vais te le payer, alors.

De nouveau, il secoua la tête.

— C'est un cadeau. Ce portrait n'a pas de prix, et il n'est pas à vendre. Il t'appartient.

— Je ne peux pas l'accepter… comme ça.

Elle semblait tout à la fois embarrassée, heureuse et touchée.

Il lui sourit.

— Pourquoi pas ? Je me suis servi de ton visage pour peindre cette toile. Aujourd'hui, je t'offre le résultat de mon travail.

— Ce résultat est magnifique… Vraiment ! Tu veux m'aider à choisir un endroit pour l'accrocher ? lança-t-elle en s'écartant pour le laisser entrer.

Il la suivit jusqu'à un premier salon. Partout, des tentures de soie, des damas délicats, des meubles extrêmement luxueux… On se serait cru à Versailles ! Ils traversèrent ensuite une salle à manger, puis Natasha l'entraîna dans l'escalier qui menait à sa chambre à coucher, là où elle envisageait d'accrocher son portrait. Au-dessus de la cheminée trônait un tableau du XVIIe siècle représentant une jeune fille, et ils eurent tous les deux la même pensée en même temps. C'était l'emplacement idéal pour la toile de Théo. Avec précaution, le jeune homme retira le tableau ancien et le remplaça par le portrait de Natasha.

— C'est parfait, tu ne trouves pas ? s'exclama-t-elle en battant des mains comme une enfant.

— Oui, c'est parfait.

Il était ravi de son présent. Et ce qu'il avait dit était vrai : en quelque sorte, le tableau lui avait appartenu dès le départ.

Ils choisirent un endroit où accrocher l'autre tableau, et Natasha alla lui chercher un marteau et des clous.

— Pourquoi ne m'as-tu pas dit que tu étais le fils de Lorenzo Luca ? demanda soudain Natasha. Notamment quand tu m'as livré son tableau ?

— Je ne l'ai pas jugé utile. Quelle différence cela aurait-il fait, de toute façon ? En général, je ne le dis pas. Je ne veux pas profiter de sa réputation.

— Tu n'en as pas besoin. Ton travail est très bon. J'ai étudié un peu l'histoire de l'art toute seule. J'aimerais bien prendre des cours à l'université, mais nous ne restons jamais assez longtemps au même endroit pour que je puisse le faire, et Vladimir n'y tient pas, expliqua-t-elle. Mais maintenant que nous avons un appartement à Paris, je pourrais prendre des cours. À la Sorbonne…

— Tu as déjà l'air de bien t'y connaître, affirma-t-il, se remémorant leur discussion sur le yacht.

Natasha était flattée. C'est vrai qu'elle avait beaucoup appris sur Internet, ainsi que dans ses livres et ses revues spécialisées.

Tous deux contemplèrent le portrait. Ils avaient trouvé l'endroit parfait. Théo s'efforçait de ne pas penser qu'ils se tenaient dans la chambre qu'elle partageait avec Vladimir et que le lit n'était qu'à quelques mètres d'eux. Soudain, une idée lui traversa l'esprit.

— Tu veux qu'on aille déjeuner quelque part ? proposa-t-il avec entrain.

Natasha hésita un long moment. Elle n'allait jamais au restaurant avec quelqu'un d'autre que Vladimir… Mais après tout, pourquoi pas ? L'invitation n'avait rien d'inconvenant, et cela lui changerait les idées. Au fond d'elle-même, elle savait que Vladimir n'apprécierait pas, mais il ne le saurait pas. Théo venait de lui offrir un magnifique cadeau. Elle ne pouvait tout de même pas se montrer ingrate à ce point ! Après avoir pesé le pour et le contre, elle décida d'accepter.

— Très bien, d'accord ! Il y a un restaurant un peu plus loin. J'y déjeune souvent avec Vladimir, le dimanche.

Natasha faisait référence à L'Avenue, un restaurant décontracté où se retrouvaient de nombreux mannequins, des gens du cinéma et de la mode, et parfois des célébrités. Il y avait même des tables en terrasse où Vladimir avait l'habitude de fumer un cigare. C'était un lieu à la mode, à deux rues de leur appartement.

— Je vais chercher mon manteau, lança-t-elle.

Elle revint avec une énorme zibeline que Vladimir lui avait achetée chez Dior, enfila de hautes bottes en daim brun foncé et des gants Hermès en alligator, assortis à son sac *Birkin*. Théo sourit devant cette tenue si luxueuse :

— Tu es sûre que ça ne te dérange pas d'être vue en ma compagnie ?

Il était quant à lui habillé de manière décontractée : un jean, un chandail et un coupe-vent qui avait connu des jours meilleurs, ainsi que des bottes en daim brun.

Amusée, Natasha secoua la tête et ils sortirent. La jeune femme, toutefois, se rendit compte qu'elle ignorait comment se comporter. Déjeuner avec un jeune homme de son âge, avec qui elle pourrait devenir amie, était totalement inhabituel pour elle. Elle se rassura en se disant que cette escapade était tout à fait innocente et ne se reproduirait pas. Et puis… sans gardes du corps pour les accompagner, Vladimir n'en saurait rien.

Ils bavardèrent tranquillement en attendant la serveuse, et peu à peu le malaise de Natasha s'évanouit. Elle commanda une salade, et Théo une côte de veau. La nourriture était bonne et le restaurant, bondé. Finalement, Natasha était ravie d'avoir accepté cette invitation. Elle avait si peu l'occasion de voir du monde ! Elle vivait dans l'ombre de Vladimir, et les amis de ce dernier ne lui adressaient que rarement la parole. Quant aux hommes d'affaires avec qui il négociait, seuls le travail et les contrats juteux les intéressaient. Les femmes n'étaient là que pour le décorum et le divertissement. Et Vladimir n'était pas différent…

Soudain, Théo n'y tint plus et lui posa la question qui l'obsédait depuis qu'il l'avait rencontrée.

— Je ne sais pas comment te demander ça sans te vexer, Natasha, et je sais que cela ne me regarde pas, mais depuis que j'ai peint ton portrait, j'ai l'impression de te connaître. Et chaque fois que nous nous rencontrons, c'est comme s'il y avait quelque chose de familier entre nous, comme si nous avions… une connexion. J'aimerais te comprendre mieux… Pourquoi es-tu avec cet homme ? Est-ce que tu l'aimes ? Ça ne peut pas être que pour l'argent. Il est vrai que je ne te connais guère, en fait, mais ça ne te ressemble pas.

Il décelait au contraire une grande pureté en elle. Elle n'était pas vénale, elle n'était pas prête à tout pour obtenir ce qu'elle voulait, vêtements de luxe et joyaux hors de prix.

— Vladimir m'a sauvée, répondit-elle simplement, plongeant son regard dans celui de Théo. Sans lui, je serais morte. Je vivais, ou plutôt je ne faisais que survivre à Moscou. Dans les rues. J'avais faim, froid, et j'étais malade.

Elle hésita un moment, puis, ressentant elle aussi cette curieuse connexion qu'avait mentionnée Théo, elle reprit.

— J'ai grandi dans un orphelinat d'État. Ma mère m'a abandonnée quand j'avais deux ans et elle est morte deux ans plus tard. C'était une prostituée. Je n'avais pas de père. Quand j'ai quitté l'orphelinat, je suis allée travailler dans une usine. Mais je n'avais pas assez d'argent pour acheter de la nourriture, des vêtements chauds ou des médicaments… Chaque mois, des femmes mouraient dans mon dortoir, de maladie ou de désespoir… La première fois que nous nous sommes rencontrés, Vladimir a essayé de m'éloigner de tout cela, mais je ne l'ai pas laissé faire. Pendant un an, j'ai refusé son aide. Puis j'ai eu une pneumonie. J'étais très malade. Il m'a emmenée chez lui, il m'a soignée, et quand j'ai été guérie, je n'avais plus aucune envie de retourner d'où je venais. Je ne pouvais pas… Il était trop bon pour moi… Aujourd'hui, je n'ai aucune envie de retourner vivre en Russie. Vladimir est gentil, il prend soin de moi et je m'occupe de lui aussi. Je n'ai rien d'autre à lui offrir que moi-même. Et je lui suis très reconnaissante de tout ce qu'il a fait pour moi à l'époque, et de tout ce qu'il fait aujourd'hui… Je sais que c'est une vie spéciale, conclut-elle avec honnêteté, consciente que son histoire pouvait le choquer.

La plupart des gens n'avaient aucune idée de la misère dans laquelle elle avait vécu. Cette pauvreté qui vous collait à la peau et paraissait sans issue.

— Vladimir a grandi dans la pauvreté lui aussi, poursuivit-elle. Une très grande pauvreté, livré à lui-même à quatorze ans. Il en fait encore des cauchemars. Quand tu as vécu une enfance aussi miséreuse, crois-moi, tu ne veux plus jamais revivre ça ! Je me fiche du luxe qui nous entoure, même si c'est plus qu'appréciable, certes. Ce qui compte par-dessus tout pour moi, c'est qu'avec lui je suis en sécurité. Je suis à l'abri.

— À l'abri de quoi ?

— De la vie. Des personnes dangereuses qui voudraient nous faire du mal, à lui ou à moi, répondit-elle, songeant aux événements de l'été précédent en Sardaigne.

— Je suis sûr qu'il peut être dangereux, lui aussi.

Natasha lui semblait très innocente, mais elle n'était pas aussi naïve qu'elle en avait l'air. Elle avait vu et deviné beaucoup de choses en sept ans, quand bien même, par loyauté envers Vladimir, elle ne l'admettrait jamais devant quiconque.

— Oui, je le sais. Mais pas avec moi. Il ne laissera jamais personne me faire du mal. Il a réussi à se bâtir un empire en partant de rien. Je l'admire pour cela. En affaires, c'est une sorte de génie.

— Les génies ne sont jamais des personnes faciles. Mon père aussi en était un… je sais de quoi je parle…

Il la fixa avec intensité, puis :

— Mais ta liberté ? Ça ne te manque pas ? ou bien es-tu plus libre que je ne l'imagine ? Peux-tu vivre comme bon te semble ?

— Et que ferais-je de cette liberté ? Je suivrais des cours ? J'aurais des amis ? Ce serait sympa, certes. Mais qui me protégerait si je n'avais pas Vladimir ?

— Si tu n'étais pas avec lui, tu n'aurais peut-être pas besoin de protection, insista-t-il avec douceur.

— Nous en avons tous besoin. La vie est dangereuse. Être pauvre est dangereux. Tu peux en mourir Cela a failli m'arriver. Nous avons tous besoin de quelqu'un pour nous protéger.

Même si Théo n'était pas d'accord avec Natasha, il la comprenait – elle venait d'un environnement si hostile que survivre était devenu la priorité pour elle. Ce n'étaient ni les fourrures ni les bijoux ou les vêtements coûteux et encore moins les yachts qui comptaient pour elle. Mais la sécurité. Or c'était Vladimir qui l'avait sauvée. Vladimir qui l'avait extirpée de la misère pour l'entraîner sans transition dans son univers de luxe. Mais pour Natasha, cet environnement de gardes du corps, de yachts, de limousines, de jets privés et de demeures somptueuses était secondaire. Ce qui était vital pour elle, c'était d'être à l'abri des démons et des souffrances de son passé.

Une vie ordinaire comme celle de Théo, le quotidien de M. et Mme Tout-le-monde, fait de rencontres, d'amitiés et d'amours, de travail ou d'études… tout cela lui était totalement inconnu.

— La Russie est un endroit difficile, reprit-elle d'un ton neutre. En tout cas, elle l'était durant mon enfance. Et je pense qu'elle l'est encore pour la plupart des gens. Les plus forts, comme Vladimir, s'en sortent. Les autres restent à la merci d'une société sans pitié, et certains en meurent. Sans Vladimir, c'est sûrement ce qui me serait arrivé.

— Tu as donc renoncé à ta liberté pour tout cela…

Théo était triste pour elle. Elle semblait si fragile et innocente.

Elle hocha la tête. Manifestement, peu lui importait de sacrifier sa liberté à Vladimir.

— C'est le prix que j'ai payé pour mener une vie paisible. Nous renonçons tous à quelque chose à un moment ou à un autre de notre existence.

— Tu ne m'as pas répondu tout à l'heure : est-ce que tu l'aimes ?

Il savait qu'il n'avait aucunement le droit de lui poser cette question, qui l'avait tourmenté pendant des mois… Il voulait savoir.

— Je pense que oui. Vladimir est très bon pour moi. Nous nous ressemblons sur bien des points. Il ne veut pas d'enfant, et moi non plus. Le monde est un endroit si effrayant : pas la peine d'y plonger un petit être qui n'a pas demandé à en faire partie.

Ce point de vue était difficile à comprendre pour Théo. Il avait été adoré par ses parents, avait vécu dans le confort et la sécurité toute sa vie. Cependant, comment aurait-il pu s'autoriser à juger une vie comme celle de Natasha ? À sa place, comment savoir ce qu'il aurait fait, ce qu'il aurait été prêt à échanger contre sa survie ?

Toutefois, aux yeux de Théo, l'existence auprès de Stanislas n'était pas exempte de dangers. Mais Natasha n'en semblait pas consciente ; elle se croyait en sécurité avec lui.

— Et si votre relation cesse, que feras-tu ?

Théo se faisait réellement du souci pour elle. De son côté, Natasha s'interrogeait, elle aussi. Les hommes comme Théo, proches d'elle par l'âge, qui menaient une vie saine et normale, étaient un véritable mystère.

— Je ne sais pas, répondit-elle en toute franchise. Pour l'instant, nous sommes très bien ensemble et nous n'avons jamais envisagé de nous séparer. Vladimir a besoin de moi. Un jour, bien sûr, il y aura peut-être une femme plus jeune ou plus sexy. Mais si je suis honnête envers lui, je sais qu'il veillera toujours sur moi, même si nous ne sommes plus en couple. En revanche, si je le trahis, il ne me pardonnera jamais. Je devrai trouver mon chemin toute seule. Quoi qu'il en soit, jamais je ne retournerai en Russie.

Théo songea que Natasha, en cas de rupture avec Vladimir, avait également une autre solution à sa portée – trouver un nouveau protecteur –, mais il se garda de l'évoquer. Sa mère le lui avait bien dit, la vie de luxe que les filles comme Natasha menaient auprès de ces hommes si fabuleusement riches les empêchait de s'adapter à la vie réelle. D'ailleurs, la plupart d'entre elles ne le souhaitaient pas. Pourquoi quitter une vie en apparence idyllique ? Mais Natasha était différente… Comment réagirait-elle si Stanislas la rejetait ?

Alors qu'ils commandaient deux cafés et une part de gâteau au chocolat qu'ils avaient décidé de partager, Théo éprouva soudain une profonde compassion pour la jeune femme assise en face de lui.

— Et si tu le quittais ?

— Pourquoi ferais-je cela ? Il est si bon pour moi.

Théo insista.

— Imagine un instant que tu le quittes… Quelle qu'en soit la raison…

Natasha réfléchit un moment et faillit répondre : « Je crois qu'il me tuerait. »

— Il ne me pardonnerait jamais, lâcha-t-elle à la place pour ne pas choquer Théo.

Tandis qu'il raccompagnait la jeune femme, Théo se sentait étonnamment proche d'elle. La température avait chuté. De légers flocons de neige tourbillonnaient dans l'air, certains s'accrochant aux longs cils de Natasha, ourlant son regard de petites paillettes.

— Merci pour le tableau, dit-elle avec un sourire tandis qu'ils atteignaient son immeuble. Et pour le déjeuner…

Elle savait que c'était un moment spécial pour eux deux. Une sorte de connexion s'était établie entre eux. Comme s'ils se connaissaient depuis des années. Elle était triste de le quitter, sachant qu'ils ne se reverraient jamais. C'était impossible. Vladimir n'accepterait pas qu'ils deviennent amis.

— Merci d'avoir répondu à mes questions, Natasha. Je ne cessais de m'interroger à ton sujet pendant que je peignais ton portrait.

Il ne le lui révéla pas, mais, maintenant qu'il la connaissait mieux, il voulait en peindre un deuxième, pour saisir un tout autre aspect d'elle. C'était une femme aux multiples facettes, à la fois sage et naïve, effrayée et courageuse, et profondément humaine. Il inscrivit son numéro de téléphone et son adresse personnelle sur un morceau de papier qu'il lui remit.

— Si tu as besoin d'un ami, si tu as besoin d'aide, ou si tu veux simplement discuter, appelle-moi. Je serai là.

Elle n'en doutait pas. D'instinct, elle savait que Théo était un homme sur qui l'on pouvait compter.

Elle lui sourit.

— Ne t'inquiète pas pour moi. Je suis en sécurité.

Elle se pencha alors vers lui et déposa un baiser sur sa joue. Il la tint un instant serrée contre lui, espérant de tout son être qu'elle ne se trompait pas.

Elle lui fit un petit signe de la main avant de disparaître à l'intérieur de l'immeuble. Théo s'éloigna, perdu dans ses pensées. Il était presque cinq heures quand il arriva à son hôtel. Ils étaient restés longtemps à bavarder au restaurant, et il avait pris son temps pour rentrer, songeant à tout ce que Natasha lui avait confié. En pénétrant dans sa chambre, il tomba sur Inez : celle-ci était en train de faire sa valise et lui lança un regard furieux. À ce moment seulement, il réalisa qu'il n'avait jamais rallumé son téléphone après le déjeuner et qu'il avait oublié sa promesse de l'appeler. Quel idiot ! Elle allait le lui faire payer, c'était certain !

— Où diable étais-tu, Théo ? Et pourquoi ton téléphone était-il éteint ?

— Excuse-moi, j'ai complètement oublié de le rallumer. J'ai déjeuné avec Jean, et nous avons longuement discuté d'art. Je suis vraiment désolé, j'ai perdu la notion du temps.

— J'ai appelé Jean quatre fois et, pour ton information, il se trouve que tu l'as quitté à midi, ironisa-t-elle avec fureur. Tu étais avec cette fille russe, c'est ça ? Celle du portrait ?

Il envisagea de lui mentir, mais y renonça aussitôt. Ça ne servirait à rien.

— Je le lui ai apporté. Le portrait... J'ai pensé que c'était à elle de l'avoir.

— Et tu en as profité pour coucher avec elle ? demanda-t-elle d'une voix tremblante.

— Non, absolument pas. Nous avons juste déjeuné ensemble et discuté. C'est là que j'ai éteint mon téléphone, et, c'est vrai, j'ai oublié que j'avais promis de t'appeler.

— Tu es amoureux d'elle, Théo. J'ai vu comment tu la regardais hier soir. Et je me fiche de savoir à qui elle appartient, ou quel gangster russe paie ses factures. Tu es amoureux d'elle, oui ; et si ça se trouve, elle aussi.

— Pas du tout ! Elle est même très heureuse avec cet homme !

— Tu vois... C'est exactement ce que je voulais dire quand je parlais de drame. Nous sommes en plein dedans. Et moi, je ne veux pas de ça dans ma vie. Je n'ai pas besoin d'un mec amoureux d'une autre femme…

— Tu déraillles complètement, Inez ! Nous avons juste parlé. Je voulais comprendre… Natasha a renoncé à toute liberté pour être avec son Russe.

À ces propos, la colère de son amie s'amplifia.

— Oh, s'il te plaît, Théo ! Tu ne veux quand même pas que je sois désolée pour elle ? Cette femme sait très bien ce qu'elle fait. Ce n'est qu'une question d'argent ! Il n'y a rien de noble là-dedans.

— C'est plus compliqué que tu ne le penses.

— Je m'en fiche. La vie de chacun est compliquée. Et moi, je te l'ai dit, je n'ai pas envie que tu compliques la mienne plus qu'elle ne l'est déjà, pendant que tu poursuis un fantasme !

Elle empoigna sa valise posée sur le sol. Théo avait l'air inquiet, mais pas surpris.

— Où vas-tu ?

— Chez ma sœur pendant quelques jours, puis je rentre chez moi.

— Est-ce que je te reverrai ?

— Je ne sais pas. Je t'appellerai. J'ai besoin de temps pour réfléchir. Quoi que tu en dises, je pense que tu es amoureux de cette fille. Et je ne tiens pas à me battre contre tes illusions !

Sur ce, elle ouvrit la porte et sortit sans qu'il cherche à la retenir. Il savait qu'il n'en avait pas le droit. Inez avait raison. Son obsession pour Natasha était toujours présente. Or il ne voulait gâcher ni la vie d'Inez, ni la sienne. Lui aussi avait besoin de réfléchir.

Peu après, il brava le froid glacial et alla se promener à Saint-Germain-des-Prés. La neige tombait. Il ne pensait qu'à Natasha et à ce qu'elle lui avait dit au déjeuner au sujet de sa relation avec Vladimir et de son passé. Il comprenait mieux maintenant. Et il doutait de la revoir jamais. Il avait perdu deux femmes ce jour-là. Natasha et Inez…

*

Tandis que la seconde avait rejoint sa sœur, la première était bien au chaud, confortablement installée dans son lit. Songeuse, elle contemplait son portrait. Que dirait Vladimir de ce tableau qu'il verrait dès qu'il poserait les pieds dans leur chambre ? Car elle n'allait pas le lui cacher, bien sûr. C'était beaucoup trop beau ! La seule chose qu'elle passerait sous silence, c'était son déjeuner avec Théo. Il n'avait pas à le savoir. Elle avait glissé la feuille de papier avec le numéro de téléphone du jeune homme dans son portefeuille. Pas une seconde elle ne s'imaginait l'appeler, mais c'était bon de l'avoir. Théo était son seul ami.

9

Lorsque Vladimir rentra de Moscou la veille de leur départ pour Courchevel, le portrait de Natasha fut effectivement la première chose qu'il vit quand il pénétra dans leur chambre.

Surpris, il se figea.

— Qu'est-ce que c'est que ça ? demanda-t-il en enlaçant sa compagne.

— Un portrait de moi, répondit-elle, un large sourire aux lèvres.

— Ça, je le vois ! la taquina-t-il. C'est une surprise pour moi ?

— Pour nous deux. L'artiste nous a vus à Da Lorenzo, et il l'a peint de mémoire.

— Tu n'as jamais posé pour lui ?

Elle secoua la tête.

— C'est remarquablement bon, affirma Vladimir. Qui est l'artiste ?

— Le fils de Lorenzo Luca. C'est aussi un artiste… Il était au restaurant ce soir-là.

— Tu lui as parlé ?

Vladimir s'écarta et la scruta de son regard perçant. Une alarme venait de retentir au fond de son esprit.

S'agissait-il du jeune homme qui leur avait livré le tableau au cap d'Antibes et à qui Natasha avait fait visiter le yacht ?

— Seulement brièvement, au restaurant, quand je contemplais les tableaux. Je croyais que c'était un serveur. Mais, en fait, c'est le fils de Luca.

— C'est lui qui a apporté le tableau au bateau ?

Il se rapprocha pour examiner le portrait de plus près.

— Oui, c'est lui.

— Il a du talent. Où l'as-tu acheté ?

— Il était exposé dans une galerie, ici à Paris, et je ne l'ai pas acheté : il nous l'a offert.

Elle avait à dessein inclus Vladimir parmi les bénéficiaires du cadeau.

— C'est lui qui l'a livré cette fois aussi ? insista-t-il.

Elle acquiesça.

— Oui. Il l'a déposé ici.

— Je devrais le remercier. Tu sais comment le joindre ?

Vladimir avait fait cette demande d'un ton détaché, mais Natasha percevait de la tension dans l'air.

— J'ai sa biographie quelque part. Il y avait une notice avec le tableau. Je crois qu'il s'appelle Théo. Théo Luca. Et je suppose que tu pourras le joindre au restaurant.

Vladimir hocha la tête et ne dit plus rien. Elle en profita pour aller finir de préparer leurs bagages. Le lendemain, ils prendraient l'avion pour Genève, puis se rendraient à Courchevel où ils passeraient une semaine, avant de retourner à Londres.

La domestique leur avait laissé un dîner froid dans le réfrigérateur. Ils étaient attablés dans la cuisine lorsque Vladimir lança soudain :

— Cela te suffit, Tasha ?

— Oui, je n'ai pas très faim.

— Je ne parlais pas de ça. Mais de nous… De la vie que nous menons. Je ne t'ai jamais promis plus que ça. Mais tu étais très jeune quand nous nous sommes mis ensemble. Nous ne sommes pas mariés… Nous n'avons pas d'enfant… Est-ce que cela te manque ? Tu pourrais être l'épouse d'un homme gentil, qui mène une vie normale, est présent au quotidien. Parfois, j'oublie combien tu es jeune… Peut-être que cette vie ne te conviendra plus, un jour…

Saisie de panique, Natasha leva les yeux vers lui, se remémorant les questions de Théo. Que ferait-elle si sa vie avec Vladimir prenait fin ? Comment subviendrait-elle à ses besoins ? Où irait-elle ? Qui voudrait d'elle ? Et si elle devait retourner à Moscou ? Et si elle devait retourner travailler comme ouvrière d'usine ? À coup sûr, elle n'y survivrait pas…

— La vie que je mène avec toi me convient tout à fait, parvint-elle à répondre d'une voix étouffée. Je ne veux pas d'enfant. Je n'en ai jamais voulu. Ils me font peur. C'est trop de responsabilités. Et je me fiche que nous ne soyons pas mariés. Je suis aussi heureuse que si nous l'étions, je m'ennuierais probablement avec un homme « normal », comme tu dis. Je ne sais pas de quoi je pourrais discuter avec lui. En plus, il s'attendrait à ce que je cuisine… ce qui n'est pas mon fort, comme tu le sais.

À cette remarque, Vladimir lâcha un éclat de rire.

— Bon, tant mieux… Je me posais juste la question. Mais j'ai été trop occupé ces derniers temps. Je t'ai négligée. Courchevel nous fera du bien.

Néanmoins, cette conversation avait mis Natasha mal à l'aise. C'était la première fois que Vladimir lui posait ce genre de question. Et si l'une de ses connaissances l'avait vue déjeuner avec Théo ? Et si cette personne lui prêtait une liaison et en parlait à Vladimir ? À cette idée, Natasha frémit et se jura d'être particulièrement prudente désormais.

Théo n'avait pas cherché à la joindre depuis leur déjeuner, mais s'il le faisait, elle ne répondrait pas. Pas question de prendre un tel risque. Elle s'était rendu compte, à l'occasion de sa discussion avec Vladimir, de la facilité avec laquelle tout pouvait prendre fin. Son amant pouvait fort bien décider de la bannir de sa vie… L'idée l'horrifiait. Sans lui, elle serait perdue. Ce déjeuner et les questions de Vladimir furent comme un électrochoc pour elle.

À Courchevel, elle se montra extrêmement attentionnée envers Vladimir. Elle prévenait le moindre de ses désirs, veillait à ce que lui soient servis les repas qu'il préférait, composés essentiellement d'aliments russes. Elle engagea même une cuisinière russe. Vladimir était ravi, et leur séjour se déroula à merveille. Ils skiaient chaque jour, passaient leurs soirées au coin du feu dans le vaste salon du chalet qu'ils avaient loué, et firent l'amour plus que d'habitude, le tout dans une atmosphère de vacances. Chaque soir, Natasha quittait les pistes plus tôt que lui et regagnait leur chalet pour y prendre un bain parfumé. Après quoi elle enfilait une tenue sexy. Quand il rentrait, Vladimir la trouvait allongée sur le canapé, douce et attentive à le satisfaire, telle une geisha des temps modernes.

L'homme d'affaires restait malgré tout en contact permanent avec ses bureaux de Moscou et de Londres. En avril, ils prendraient l'avion pour rejoindre le yacht qui les attendrait dans les Caraïbes, à Saint-Barthélemy. Après cela, le bateau ferait la traversée de retour vers la Méditerranée, de sorte qu'ils l'auraient à leur disposition en France en mai. Tout était parfaitement organisé.

Quand ils quittèrent Courchevel, Natasha se sentait de nouveau en sécurité avec son amant. À Paris, le comportement de Vladimir l'avait inquiétée. Ses questions lui avaient rappelé combien elle avait à perdre. Plus jamais elle ne prendrait le risque d'un innocent déjeuner à l'extérieur. Au diable les amitiés avec les hommes normaux !

De son côté, Théo travaillait à un nouveau portrait de Natasha. Celui-ci était différent du précédent : beaucoup plus sombre, teinté par tout ce qu'elle lui avait révélé sur sa première vie à Moscou. Il peignait cependant avec moins de frénésie que la première fois et s'obligeait à travailler sur d'autres tableaux en même temps. Il ne voulait plus se laisser happer par son obsession pour la belle Russe.

Il était de retour à Saint-Paul-de-Vence depuis une semaine lorsqu'il reçut un texto d'Inez. Comme il s'y attendait, elle lui annonça qu'elle préférait ne plus le revoir. Elle jugeait qu'il menait une vie trop instable, qu'il était trop impliqué dans son travail. Il n'avait aucun plan pour l'avenir, si ce n'est pour sa carrière d'artiste. Il n'était pas intéressé par le mariage, et elle avait besoin d'un homme plus solide à ses côtés. Elle ajoutait qu'elle était convaincue qu'il était amoureux de Natasha, une femme hors de portée pour lui, qu'il l'admette ou non.

Bref, à ses yeux, leur relation était dans une impasse, et elle préférait rompre avant d'aller plus loin.

À la lecture de ce message, Théo fut désolé, mais nullement abattu. Il aimait bien Inez, mais il n'était pas amoureux d'elle. Il lui répondit par texto, lui disant qu'il regrettait sa décision, mais qu'il la comprenait. D'une certaine façon, c'était un soulagement. Il n'avait pas de place pour elle, ni dans sa tête ni dans son cœur.

Cependant, il n'était pas tout à fait d'accord avec elle à propos de Natasha. Il était intrigué par la belle Russe, fasciné même, mais comment aurait-il pu éprouver de l'amour pour une femme qu'il connaissait à peine ? Il aurait souhaité passer du temps avec elle et apprendre à mieux la connaître, mais il savait que c'était impossible.

Au fond de lui, il avait conscience de n'avoir jamais réellement aimé une femme. Pas plus qu'il n'avait eu le cœur brisé par une rupture. Lui manquait-il quelque chose ? Était-il incapable d'éprouver des sentiments ?

Pendant un certain temps, il cessa de travailler sur le portrait de Natasha. Elle l'obsédait trop… Le dimanche suivant, il rejoignit sa mère pour un brunch. Gabriel était à Paris durant quelques semaines.

— Alors, qu'est-ce que tu fais en ce moment ? lui demanda-t-elle.

Elle avait l'impression qu'il ne voyait pas grand monde, ces derniers temps.

— Je peins, c'est tout.

Son travail se déroulait bien. Il en allait toujours ainsi quand il n'avait pas de distractions.

— Tu vois quelqu'un ?

— Non, c'est fini. J'ai fréquenté une fille de Cannes pendant un moment, une galeriste. Mais elle déteste les artistes, elle dit que je n'ai pas de projets si ce n'est pour mon travail, que je ne m'intéresse pas au mariage, ce qui est vrai... Je ne veux pas d'enfant pour le moment, ou peut-être jamais, je n'ai pas encore décidé. Et pour être honnête, je lui ai posé un lapin un jour, à Paris, à cause d'une autre femme. J'avais complètement oublié son existence. Bon, je sais, ce n'est pas glorieux. Elle est partie et m'a dit que c'était fini. Je ne lui en veux pas, j'aurais réagi de la même façon.

— Qui était l'autre femme ?

Il hésita un instant avant de répondre.

— En fait, j'ai peint de mémoire un portrait de la maîtresse de Stanislas. Il était exposé dans la galerie de Jean lors du vernissage. Gabriel l'adorait, et Jean aussi. Or cette femme est venue au vernissage par hasard, elle a vu son portrait, qui l'a emballée. Alors je le lui ai apporté le lendemain, et nous avons déjeuné ensemble... C'est tout.

Maylis était stupéfaite.

— M. Stanislas était là aussi ?

— Non. Je ne l'ai pas vu.

— Je suis surprise qu'elle ait déjeuné avec toi. Les hommes comme lui tiennent leurs femmes en laisse très courte.

— Nous n'avons rien fait de mal. Nous avons discuté, c'est tout.

Comme toujours, Maylis alla droit au but.

— Es-tu amoureux d'elle ?

— Bien sûr que non ! Elle a l'air heureuse avec Stanislas. Et comme tu me l'as déjà dit, ce n'est pas une femme pour moi.

Il ne voulait pas trop creuser le sujet avec sa mère. Elle le connaissait trop bien. S'il ne lui disait pas la vérité, elle le devinerait aussitôt.

— Tu joues avec le feu, mon chéri. Prends garde à toi si tu es amoureux d'elle… Tu risques d'avoir le cœur brisé. Si, comme elle le dit, elle est heureuse avec son compagnon, tu ne pourras jamais rivaliser avec lui.

— Elle a aliéné sa liberté pour ce qu'elle estime être sa sécurité. Je trouve ça triste, mais c'est comme ça. Elle lui appartient. Tu avais raison…

— C'est ainsi que ça fonctionne. Et dans ton cas, désirer une femme hors de portée… eh bien, c'est très romantique, mais ça ne t'apportera que des souffrances. Tu dois l'oublier, Théo. Il te faut une vraie femme dans ta vie, pas un fantasme. Elle gâchera ta vie si tu la laisses prendre possession de ton cœur.

— Ou c'est moi qui gâcherai la sienne.

Et cela, il ne le voulait pas non plus.

— Non, parce qu'elle ne te laissera pas faire, lui assura sa mère. Elle a trop en jeu. Toi, tu n'as rien à perdre, sauf ta santé mentale et ton cœur. Fuis tant que tu le peux encore, mon chéri. Ne la laisse pas devenir une obsession.

Était-ce déjà trop tard ? Quand Théo retourna à son atelier après le déjeuner, il s'efforça de ne pas travailler sur le portrait de Natasha. Il devait se libérer d'elle. Sa mère avait raison.

Durant tout le printemps, Théo se plongea dans le travail. Il œuvrait sur plusieurs tableaux en même temps, peignant des heures entières dans son atelier sans distractions d'aucune sorte. Sa brève liaison avec Inez était officiellement terminée. Elle ne lui manquait pas… Tout ce qu'il souhaitait pour le moment, c'était se concentrer sur ses toiles. Il avait même réussi à laisser de côté le nouveau portrait de Natasha.

En avril, sa mère lui demanda s'il accepterait de la remplacer au restaurant trois semaines en mai. Gabriel et elle voulaient traverser la Toscane en voiture. Comme d'habitude, il accepta en rechignant un peu, mais il savait qu'elle n'avait personne d'autre à qui demander ce service, et il pensait que le voyage en Italie leur ferait du bien à tous les deux. À la fin de leur périple, ils prévoyaient de séjourner à la Villa d'Este, au lac de Côme. Ce serait comme une lune de miel pour eux. Ainsi, le premier week-end de mai, Gabriel et Maylis prirent-ils la route pour l'Italie, ravis de leur escapade en amoureux.

La première semaine de mai, tout se passa à merveille au restaurant. Les serveurs s'entendaient bien, le carnet de réservations était plein, il faisait beau et chaque soir, dans le jardin, une bonne ambiance régnait parmi les convives des nombreuses tables.

La deuxième semaine s'avéra plus difficile. Le chef tomba malade toute une journée, les serveurs se chamaillèrent pour un rien, et, pour couronner le tout, Vladimir et Natasha vinrent dîner le jeudi soir. Théo en fut contrarié. Les voir ensemble lui noua l'estomac. C'était insensé ! Il savait pourtant que Natasha vivait avec Stanislas, et ce depuis huit ans ! Qu'elle était sa maîtresse et prétendait l'aimer ! Cependant, rien qu'à leur vue, Théo se sentait physiquement malade.

Il chargea le maître d'hôtel de s'occuper de leur table et s'efforça de rester loin d'eux toute la soirée. Malgré tout, il dut les saluer au moment de leur départ et ne put s'empêcher de remarquer que Natasha détournait les yeux. Tandis qu'il échangeait quelques mots avec Stanislas, ce dernier le fixait avec intensité, semblant le sommer en silence de rester à l'écart, loin de sa compagne. Il ne mentionna pas le portrait, pas plus qu'il ne le remercia. Quelques instants plus tard, leur Ferrari s'éloignait à toute allure.

Malgré leur déjeuner amical de janvier, Natasha s'était montrée froide avec lui, comme s'ils ne se connaissaient pas. À l'évidence, elle aussi l'incitait en silence à garder ses distances.

Une fois les clients partis, Théo ferma le restaurant, rentra chez lui et but une demi-bouteille de vin, se demandant pourquoi Vladimir était si chanceux d'avoir Natasha à ses côtés. Il ne la méritait pas. Pourvu qu'ils ne reviennent pas au restaurant avant le retour de sa mère ! Il n'avait aucune envie de les revoir. Songeur, il contempla longuement le portrait de la jeune femme. Natasha était comme un fantôme qui apparaissait de temps en temps dans sa vie, puis disparaissait.

Il dormait encore quand, à sept heures le lendemain matin, le téléphone sonna. À l'autre bout du fil, sa mère pleurait. Il se redressa subitement dans son lit, essayant de comprendre ses propos. Quelque chose était arrivé à Gabriel, il était dans le coma.

— Calme-toi, maman, je ne comprends rien ! cria-t-il, ce qui eut pour effet de faire sangloter Maylis de plus belle. Vous avez eu un accident ? Tu es blessée aussi ?

La panique le gagnait.

— Non, Gabriel a eu une crise cardiaque…

Théo savait que le compagnon de sa mère avait déjà eu des problèmes cardiaques et une angioplastie auparavant.

— Qu'est-ce qui s'est passé exactement ?

— On a d'abord pensé que c'était une indigestion, mais non… Le directeur de l'hôtel a fait appeler une ambulance et les pompiers sont venus. Son cœur s'est arrêté deux fois sur le chemin de l'hôpital. J'étais avec lui. Ils ont utilisé ces horribles machines à électrochocs. Dieu merci, ils l'ont ranimé. Oh mon Dieu, Théo ! Maintenant, il est dans le coma !

Elle sanglota cinq longues minutes avant de pouvoir répondre aux questions de Théo.

— Que disent les médecins ? Vous êtes près d'une grande ville ?

— Nous sommes à Florence. Les médecins disent que tout dépend de ce qui se passera dans les quarante-huit prochaines heures. Il va peut-être mourir…

Elle avait l'air dévastée. Gabriel avait été son roc pendant douze ans, et maintenant il s'était effondré.

— Ce sont de bons médecins ?

— Je pense que oui. Ils veulent faire une angioplastie, mais c'est impossible tant qu'il n'a pas repris des forces.

— Tu as appelé Marie-Claude ? Tu veux que je m'en charge ?

— Je l'ai appelée hier soir. Elle arrive ce matin.

— Tu veux que je vienne, maman ?

— Non, tu ne peux pas abandonner le restaurant, chéri. Quelqu'un doit s'en occuper.

— Ils se débrouilleront sans moi, s'il le faut. Je peux prendre un vol sur-le-champ.

Théo était abasourdi par la mauvaise nouvelle qu'elle venait de lui annoncer. Dire que la vie pouvait changer en un clin d'œil ! Dix jours plus tôt, lorsqu'ils étaient partis en voyage, Gabriel était en bonne santé. Aujourd'hui, il était dans le coma et son pronostic vital était engagé.

— Voyons comment ça se passe aujourd'hui. Marie-Claude ne va plus tarder.

Théo n'était pas certain que la fille de Gabriel soit d'un grand réconfort pour sa mère. Les deux femmes ne s'étaient jamais vraiment entendues, et il savait que Marie-Claude reprochait à son père le temps qu'il passait avec Maylis, au détriment de sa propre famille.

— Bon. Rappelle-moi très vite alors, pour me dire comment il va. Bon courage, maman…

Après avoir raccroché, Théo se leva puis se doucha, en colère contre lui-même. Quel idiot d'être bouleversé parce qu'il avait vu Natasha la veille au soir ! L'accident cardiaque de Gabriel était un avertissement pour eux tous. Ces dernières années, sa mère avait traité Gabriel comme un lot de consolation, ne réalisant peut-être même pas à quel point elle l'aimait, obnubilée qu'elle était par son adoration pour son défunt mari… Et maintenant, elle risquait de perdre celui qui s'était montré infiniment plus aimant envers elle que Lorenzo. Si Gabriel survivait à sa crise cardiaque, Théo sermonnerait sévèrement sa mère. Pour l'heure, il s'en prenait à lui-même. Natasha avait la vie qu'elle désirait, avec un homme qui semblait lui convenir. Il n'y avait aucune place pour lui dans cette histoire. Il devait absolument abandonner ses illusions, faire une croix sur la belle Russe une bonne fois pour toutes. Il se promit même de ne pas terminer son portrait. Il avait besoin de se détacher d'elle, pas de nourrir son obsession. Marc lui avait dit la même chose des mois auparavant.

Tandis qu'il était attablé dans la cuisine, songeur et buvant du café, les médecins s'entretenaient avec Maylis. Gabriel avait eu une autre crise cardiaque ce matin-là, et ils n'avaient plus aucun espoir. Maylis était en larmes quand Marie-Claude arriva de Paris. Elle ne put entrer dans la pièce où Gabriel était sous respirateur artificiel, car il n'avait droit qu'à quelques minutes de visite par heure.

Quand elle revint vers Maylis, elle était d'une pâleur extrême. Les larmes coulaient le long de ses joues. Maylis voulut la réconforter, mais elle la repoussa.

— À quel jeu joues-tu ? lui lança-t-elle avec colère. Tout ce que tu as fait, durant ces années, c'est d'utiliser mon père. Tu ne l'as jamais aimé !

— Comment peux-tu dire de telles horreurs ? rétorqua Maylis, choquée. Nous sommes ensemble depuis presque cinq ans maintenant, et nous étions déjà proches des années avant. Bien sûr que je l'aime !

— Vraiment ? Dans ce cas, pourquoi n'arrêtes-tu pas de parler de ton défunt mari comme d'une sorte de saint, alors qu'il n'était rien d'autre qu'un fou narcissique qui accusait même mon père de le voler !

Jamais elle n'avait compris comment son père avait pu se montrer aussi patient avec Lorenzo.

— Tu prétends aimer Gabriel, poursuivit-elle, mais s'il meurt aujourd'hui, jamais il ne le saura ! Tout ce qu'il aura entendu de ta bouche, c'est à quel point tu aimais Lorenzo. Dieu seul sait pourquoi il a accepté tout ça ! Il ne méritait pas un tel traitement !

Maylis resta sans voix, comme sous l'effet d'une puissante gifle. Elle n'ignorait pas que ce que Marie-Claude disait était en grande partie vrai. Elle se mit à pleurer de plus belle. Marie-Claude lui jeta un regard dégoûté, puis l'abandonna pour aller téléphoner à son mari. Maylis, elle, appela Théo. Ses sanglots étaient si violents que ses paroles étaient incompréhensibles. Théo songea que le pire était arrivé.

— Oh mon Dieu ! Gabriel est mort… C'est ça ?

— Non, il est toujours en vie. C'est Marie-Claude…

Maylis lui rapporta tant bien que mal les propos de la fille de Gabriel. Quand elle eut terminé, il y eut un long silence. Théo ne savait pas quoi lui dire. Marie-Claude avait raison, et sa mère en était consciente. Depuis des années, Gabriel jouait le numéro deux dans le cœur de Maylis. Bien des fois, Théo s'était demandé comment il pouvait supporter pareille situation.

— Qu'est-ce que je vais faire ? reprit sa mère. Elle me déteste. Et elle a raison. J'ai été horrible avec Gabriel. Pourquoi ai-je continué à tresser des lauriers à ton père après toutes ces années ? À répéter sans cesse que je l'aimais plus que tout ? C'est ignoble de ma part !

Elle était soudain consumée par la culpabilité, et, tout ce qui lui importait à présent, c'était que Gabriel survive pour qu'elle puisse enfin lui dire à quel point elle l'aimait.

— Il sait que tu l'aimes, maman, tenta de la rassurer Théo. Quelque part, tu devais penser que tu serais infidèle à la mémoire de papa si tu admettais aimer un autre homme. Je crois que Gabriel l'a compris depuis longtemps. On doit juste espérer qu'il aille mieux maintenant. C'est tout ce qui compte.

— Mais… s'il meurt… sanglota-t-elle.

— Maman, inutile de penser au pire. Gabriel va s'en sortir…

Maylis raccrocha au moment où Marie-Claude regagnait la salle d'attente, le visage tuméfié par les larmes.

— Je suis profondément désolée, dit Maylis alors que Marie-Claude s'asseyait en face d'elle. Ce que tu as dit est vrai. Mais sache que j'ai toujours aimé Gabriel.

— Je suppose que mon père le sait, avoua Marie-Claude à contrecœur, mais c'est quand même moche de ta part. Il t'aime tant, et il se sent si seul à Paris qu'il est tout le temps fourré chez toi, à Saint-Paul-de-Vence. Mes enfants et moi ne le voyons jamais ! Tu aurais au moins pu faire l'effort de venir à Paris de temps en temps.

Maylis hocha la tête ; sur ce sujet aussi, Marie-Claude avait raison.

— Je te promets que je le ferai à l'avenir, répondit Maylis, espérant que Gabriel survivrait et qu'elle pourrait tenir cette promesse.

Deux heures durant, elles patientèrent en silence dans la salle d'attente. Enfin, un médecin vint leur expliquer que M. Ferrand n'allait pas bien. Il voulait les préparer au pire. Maylis faillit s'évanouir, et Marie-Claude quitta la pièce pour pleurer, seule dans son coin. Plus tard, les médecins les autorisèrent à voir Gabriel une dernière fois. Il était toujours dans le coma et relié à un respirateur artificiel. Son cœur était très faible…

Ce fut une longue nuit pour les deux femmes, qui espéraient une amélioration, même infime. Elles se relayèrent pour aller le voir quelques minutes seulement chaque fois, mais Gabriel était dans le coma et n'avait pas conscience de leur présence. Depuis que Marie-Claude avait exprimé ses griefs envers Maylis, elles n'avaient plus échangé la moindre parole.

Consumée par la culpabilité, Maylis était perdue dans ses pensées, se remémorant chaque occasion où elle avait, sans nul doute, heurté les sentiments de Gabriel. Vers trois heures du matin, l'un des médecins vint les voir et leur demanda si elles souhaitaient que les derniers sacrements soient administrés à Gabriel. Les deux femmes s'effondrèrent, et cette fois Marie-Claude laissa Maylis la prendre dans ses bras tandis que leurs larmes coulaient à flots.

Le prêtre vint donner l'extrême-onction à Gabriel, puis Marie-Claude et Maylis retournèrent à leur veillée dans la salle d'attente. Ni l'une ni l'autre n'osaient regagner l'hôtel, de peur que Gabriel ne meure en leur absence, ou qu'il ne reprenne conscience quelques minutes avant la fin inéluctable et qu'elles ne manquent ces instants précieux. La veille au soir, les infirmières leur avaient apporté des oreillers et des couvertures, et une douche était à leur disposition au bout du couloir. Maylis se rendit à la cafétéria et en revint avec de quoi grignoter pour elles deux, mais elles ne touchèrent à rien, se contentant d'avaler des litres de café.

Quelques heures plus tard, alors qu'elle arpentait le couloir, Maylis vit une infirmière se pencher sur l'un des moniteurs auxquels Gabriel était relié, puis se précipiter pour aller chercher le médecin. Juste après, une alarme retentit sur un autre appareil.

— Que se passe-t-il ? s'écria Maylis, terrifiée.

L'infirmière se tourna vers elle.

— Il se réveille, chuchota-t-elle.

À peine avait-elle prononcé ces paroles inespérées que Gabriel ouvrait les yeux, l'air confus, avant de les refermer aussitôt. Mais il était conscient. Un second médecin apparut pour discuter de l'opportunité de retirer le respirateur, mais les deux praticiens conclurent qu'il valait mieux attendre et voir comment Gabriel réagissait.

Il se réveilla à plusieurs reprises dans l'après-midi : une fois, tandis que sa fille était avec lui, l'autre fois, avec Maylis. Et à vingt heures ce même soir, il avait les yeux grands ouverts. Les médecins lui retirèrent alors le respirateur.

— … trop jeune pour mourir…, dit-il à Maylis d'une voix rauque, avant d'ajouter : je t'aime.

— Je t'aime aussi, Gabriel chéri. N'essaie pas de parler, repose-toi.

— Je crois que je me suis suffisamment reposé comme ça. Toi, par contre, tu as l'air fatiguée…

— Ne t'inquiète pas, je vais bien. Mais je me suis fait tant de souci pour toi !

Peu après, le médecin expliqua aux deux femmes que le drame avait été évité, mais que Gabriel n'était pas tiré d'affaire et risquait un nouvel arrêt cardiaque. Il voulait pratiquer une angioplastie le plus tôt possible, mais le patient n'était pas encore assez fort. Quoi qu'il en soit, Maylis et Marie-Claude furent autorisées à le voir en même temps. Elles étaient tellement soulagées que Gabriel se soit réveillé qu'elles en avaient oublié tous leurs griefs et se montrèrent même attentionnées l'une envers l'autre. Maylis encouragea Marie-Claude à retourner à l'hôtel afin de se reposer un peu, ce dont Marie-Claude, terrassée par la fatigue et les émotions, lui fut reconnaissante.

Cette nuit-là, Maylis dormit une nouvelle fois sur le canapé de la salle d'attente, pour être proche de Gabriel au cas où le pire arriverait. Étrangement, l'explosion de colère de Marie-Claude avait permis d'évacuer la tension qui s'était accumulée entre elles depuis des années.

Le lendemain matin, Gabriel allait beaucoup mieux. Ses joues avaient repris leur couleur, sa tension artérielle était bonne, et son organisme répondait positivement aux médicaments pour le cœur. Théo put bavarder quelques instants avec lui au téléphone.

— Tu sais comment sont les médecins, ironisa Gabriel : ils font des histoires pour un rien !

Maylis, elle, expliqua à son fils que les médecins au contraire avaient été excellents et avaient sauvé la vie de Gabriel. Il n'y avait aucun doute là-dessus.

Le soir, elle retourna à l'hôtel, où elle partagea une chambre avec Marie-Claude, l'établissement étant complet.

— Je suis désolée de m'être mise en colère contre toi de cette façon, confessa Marie-Claude. Je sais combien mon père t'aime, mais je ne pensais pas que tu l'aimais autant, toi. Tu devrais le lui dire…

Maylis l'avait déjà fait. Dès que Gabriel avait repris conscience, elle lui avait avoué son amour et lui avait demandé pardon pour la façon dont elle l'avait traité. Elle lui avait aussi promis de l'accompagner à Paris quand il se sentirait mieux. Désormais, les choses allaient changer, lui avait-elle assuré. Elle était infiniment reconnaissante qu'il soit vivant.

Une semaine plus tard, les médecins pratiquèrent une angioplastie et réussirent à dégager l'artère obstruée. Il fallut ensuite choisir le lieu où Gabriel passerait sa convalescence, ce qui, malgré leur réconciliation, manqua de provoquer une nouvelle dispute entre Marie-Claude et Maylis. La première voulait qu'il rentre à Paris ; la seconde voulait prendre soin de lui à Saint-Paul-de-Vence. En fin de compte, ce fut Gabriel qui prit la décision : il préférait séjourner chez Maylis, mais il promit à sa fille que, dès qu'il se sentirait plus fort, lui et Maylis viendraient passer quelques semaines à Paris.

Pour l'heure, son médecin souhaitait qu'il reste à Florence encore une semaine. Il devait pouvoir procéder à d'autres examens en cas de nécessité, et, par-dessus tout, préconisait du repos.

Comme Gabriel manifestait son impatience de rentrer à Saint-Paul, Maylis lui fit remarquer qu'il y avait pire obligation que de séjourner à Florence, magnifique cité toscane, dans un hôtel cinq étoiles. Ils s'installèrent donc dans une suite au dernier étage, avec une vue spectaculaire sur l'Arno.

Au moment de les quitter, Marie-Claude embrassa chaleureusement Maylis.

— Eh bien ! Je n'aurais jamais cru voir cela, lâcha Gabriel quelques minutes plus tard, alors que sa fille était déjà en route pour l'aéroport.

— Nous avons eu… une explication, annonça Maylis.

Après toutes ces années de discorde, la peur de perdre l'homme qu'elles aimaient tant toutes les deux les avait finalement réunies.

Théo, de son côté, dirigeait le restaurant depuis trois semaines maintenant. Durant toute cette période, il n'avait pas remis les pieds dans son atelier. Il surveillait les livres de comptes, dirigeait le personnel, coordonnait les menus avec le chef, appelait le fleuriste. Sa mère lui téléphonait de Florence deux fois par jour. Gabriel et elle ne seraient pas de retour avant une semaine, lui avait-elle expliqué. Et, une fois à Saint-Paul, elle souhaitait se consacrer entièrement à Gabriel… Théo comprit qu'il devrait gérer le restaurant un mois de plus. Cela ne lui plaisait guère, mais que faire ? Après les terribles moments qu'elle venait de vivre, il ne pouvait pas refuser ce service à sa mère !

En découvrant un soir le nom de Stanislas sur la liste des réservations, Théo soupira. Le Russe avait demandé une table pour cinq personnes. Le jeune homme, néanmoins, se sentait prêt à revoir Natasha : elle appartenait à Stanislas, et il acceptait enfin cette idée. De toute façon, il avait trop à faire pour penser à elle en ce moment. La vraie vie avait pris le pas sur ses fantasmes.

À vingt et une heures, Stanislas arriva accompagné de ses amis et de ses gardes du corps. Théo constata que Natasha n'était pas avec lui, ce qui fut presque un soulagement. Ses quatre compagnons, visiblement des hommes d'affaires, étaient russes. Stanislas était le plus élégamment vêtu, mais les autres dégageaient également une véritable aura de puissance. Pour ce qu'il en savait, Théo avait ce soir-là dans son restaurant les cinq hommes les plus riches de Russie.

Il assigna les meilleurs serveurs à leur table et leur fit porter une tournée de boissons offerte par la maison. Les cinq hommes commandèrent de la vodka et plusieurs bouteilles de vin très chères. Ils burent avec entrain tout au long de la soirée. À la fin du repas, ils allumèrent des cigares Partagás, et Théo leur fit porter un excellent cognac.

Quand le petit groupe se leva pour partir, Vladimir avait l'air satisfait de sa soirée. Da Lorenzo était devenu son nouveau restaurant favori. Il dit quelques mots en russe à ses compagnons, puis les entraîna à l'intérieur pour voir les toiles de Luca. Maylis avait récemment opéré une nouvelle sélection de tableaux, accrochant sur les murs ses toiles préférées. Ainsi Stanislas allait-il pouvoir admirer des œuvres inconnues de lui. Lorsqu'ils ressortirent, ses amis semblaient fort impressionnés. Ils se dirigèrent vers l'imposant SUV qui les attendait, tandis que Stanislas s'approchait de Théo. Dans le regard du Russe s'affichait une sorte d'avertissement que Théo se fit un plaisir d'ignorer.

— Combien pour le tableau de la femme avec le petit garçon ?

Ayant déjà acquis un tableau de Lorenzo Luca, Stanislas était manifestement certain de pouvoir en acheter d'autres. Celui qu'il évoquait faisait partie d'une série que Luca avait peinte de Maylis et Théo enfant. C'était un beau tableau, et l'un des plus chers à sa mère.

— Il n'est pas à vendre, monsieur. Il fait partie de la collection privée de Mme Luca ; elle y est très attachée.

— Nous savons tous les deux qu'il est à vendre, rétorqua Stanislas d'un air de conspirateur. La seule question est le prix.

— Je crains que non, cette fois. Mme Luca ne vendra pas celui-là, ni aucun de cette série. Comme je vous le disais, il a une grande valeur sentimentale pour elle.

— Elle le vendra, croyez-moi !

Les yeux du Russe étaient devenus durs comme l'acier. En outre, il tenait son cigare tout près du visage de Théo, lequel resta courtois malgré la menace sous-jacente.

— Non, elle n'est pas prête à vendre un autre tableau, surtout si tôt après le dernier, assura-t-il.

— Appelez-moi demain pour me donner le prix, répliqua Stanislas d'un air moqueur.

— Il n'y a pas de prix, insista Théo en détachant les mots avec fermeté.

La rage se lut alors clairement dans le regard de Stanislas. Le Russe le scrutait comme un animal sauvage prêt à bondir sur sa proie. Théo crut un instant qu'il allait le frapper, et comprit qu'il représentait un obstacle pour lui. Or l'homme d'affaires était bien connu pour balayer tous les obstacles, quels qu'ils soient.

Après le départ des employés, Théo éteignit les lumières du restaurant, verrouilla la porte d'entrée, brancha l'alarme, puis rentra chez lui, au volant de sa vieille 2 CV. Il était songeur. Après lui avoir lancé un dernier regard lourd de haine, Stanislas avait finalement rejoint ses amis. Le SUV avait démarré dans un crissement de pneus et un nuage de poussière. Le jeune homme espérait que le Russe et ses amis ne reviendraient pas de sitôt au Da Lorenzo. Si l'on ne savait pas qu'ils figuraient parmi les personnalités les plus riches du monde, on aurait pu prendre ces hommes pour des parrains de la mafia. Vladimir avait recouvert ses origines d'un vernis de façade, mais, ce soir, lors de son altercation avec Théo, ce vernis s'était fendillé. Par ailleurs, Théo était finalement très content que Natasha ne soit pas venue. Il pensait être prêt, mais il n'était pas pressé de tester sa nouvelle indifférence à son égard.

En pénétrant chez lui, Théo poussa un lourd soupir et s'efforça de penser à autre chose. Ce qui importait, avant tout, c'était que Gabriel eût survécu à son accident cardiaque. Le reste, ce n'étaient que des désagréments liés à une clientèle arrogante. Et, pour une fois, Stanislas n'avait pas obtenu ce qu'il voulait.

Un sourire se dessina sur les lèvres de Théo. Son refus de céder aux exigences du Russe lui apparut comme une douce vengeance. Si Stanislas possédait la femme qu'il désirait, lui, Théo, Théo, lui, avait le tableau que le Russe convoitait. Et, ainsi qu'il le lui avait bien fait comprendre, ce tableau n'était pas à vendre.

10

Le téléphone sonna dès sept heures le lendemain matin. Théo ouvrit les yeux sur une journée ensoleillée et, consultant l'écran de son portable, il constata que l'appel venait du restaurant. Depuis qu'il remplaçait sa mère, le personnel ne cessait de l'appeler pour un rien. Comment Maylis réussissait-elle à gérer l'établissement sans devenir folle ? Cela revenait à diriger une école pour enfants turbulents, incapables de s'entendre et de se débrouiller seuls. Quelle barbe ! Il aurait bien aimé dormir un peu plus longtemps. D'autant qu'il ne s'était pas couché avant deux heures et demie du matin. D'une part, sa confrontation avec Stanislas l'avait retardé ; d'autre part, le personnel de cuisine avait été lent à nettoyer. Or il avait promis à sa mère qu'il ne s'en irait jamais avant que tous les employés soient partis. Elle tenait à ce que ce soit lui qui règle l'alarme.

L'appel venait de l'un des sous-chefs. Il lui expliqua que le chef était allé à six heures au marché aux poissons, qu'ils s'affairaient à les nettoyer depuis, mais qu'ils avaient préféré l'appeler à une heure un peu plus raisonnable. L'employé semblait nerveux.

— Que se passe-t-il ? demanda Théo.

À coup sûr, on le réveillait pour un détail ridicule, comme un évier bouché ou un lave-vaisselle en panne. Comme si cela ne pouvait pas attendre !

— Fatima dit qu'il y a un problème, annonça le sous-chef avec prudence.

Fatima était leur femme de ménage. Portugaise, elle parlait très peu le français, de même que ses deux fils, qui travaillaient avec elle.

— Quel genre de problème ?

Théo fronçait les sourcils. Le point le plus préoccupant dans la vieille bâtisse qui abritait le Da Lorenzo consistait en d'éventuelles fuites d'eau qui risquaient d'endommager les tableaux. Ils étaient très bien assurés, mais une peinture endommagée ne pouvait pas être remplacée.

— Il faut que tu viennes.

— Pourquoi ? Que s'est-il passé ? Peux-tu au moins me dire ce qui ne va pas ?

Si c'était un détail insignifiant, il ne bougerait pas de chez lui.

— Il manque douze tableaux aux murs, dit le sous-chef d'une voix étranglée. Fatima veut savoir si tu les as retirés.

— Quoi !! Bien sûr que non ! Comment ça, il manque douze tableaux ?

— Théo, ils ont disparu, ils ne sont plus accrochés aux murs. Et l'alarme était éteinte quand je suis arrivé ce matin. J'ai trouvé ça bizarre, parce que je sais que tu ne l'oublies jamais.

Et Théo savait lui aussi qu'il ne l'avait pas oubliée. Il était très méticuleux à ce sujet et était certain de l'avoir mise en marche la veille au soir.

— Il s'agit d'un cambriolage, Théo. Tout le reste est en ordre. Il ne manque que ces douze tableaux.

— Oh mon Dieu ! Appelle la police. Je serai là dans dix minutes !

Rien de tel ne s'était jamais produit auparavant. C'était un véritable cauchemar ! Le montant total des œuvres qui se trouvaient dans la maison s'élevait à trois cents millions de dollars, et ils disposaient d'un système d'alarme à la pointe de la technologie, de caméras vidéo, de rayons détecteurs de présence, d'un système de surveillance et d'une ligne directement reliée au poste de police. Le système était infaillible ; c'est du moins ce que leur avait affirmé l'installateur…

Le jeune homme enfila un jean, un T-shirt, une paire de sandales, et bondit vers sa voiture, oubliant au passage son portefeuille sur la table de la cuisine. En chemin, il s'arrêta chez sa mère, l'ancien atelier de son père, où se trouvait la majeure partie de sa collection, mais tout y était intact : l'alarme était en marche ; rien n'avait bougé. Pied au plancher, il fila jusqu'au restaurant.

Sur place, il contempla, hébété, les espaces vides sur les murs. Il n'y avait aucune trace de vandalisme. Ce vol n'était pas le fait de voyous, mais signait le travail de cambrioleurs chevronnés. Des professionnels… Théo se dirigea vers le bureau et entreprit de consulter les bandes de surveillance de la nuit. Consterné, il constata que les cambrioleurs avaient réussi à désactiver les caméras. Les bandes vidéo étaient vierges. Selon leur horloge interne, les caméras avaient cessé de fonctionner une heure après son départ et durant presque deux heures. Apparemment, il avait fallu tout ce temps aux voleurs pour dérober les douze tableaux.

Peu après, deux inspecteurs le rejoignirent et examinèrent les lieux. Théo était en état de choc. Il n'avait pas encore appelé sa mère. Comment lui annoncer une telle nouvelle ? Tous les tableaux qu'elle avait mis en place dernièrement, y compris celui que Stanislas avait tenté d'acheter la veille au soir, avaient disparu.

Les deux inspecteurs avaient été dépêchés de Nice et faisaient partie d'une brigade spécialisée dans les cambriolages des villas de luxe sur la côte, où étaient régulièrement dérobés des bijoux de grand prix, des œuvres d'art et de grosses sommes d'argent en liquide. Il arrivait même que les habitants de ces prestigieuses villas et leurs invités soient pris en otage.

L'inspecteur le plus âgé avait les cheveux grisonnants ; l'autre n'avait qu'une trentaine d'années. Tous deux semblaient fort expérimentés. Ils lui demandèrent la valeur approximative de ce qui manquait et voulurent savoir si les tableaux étaient signés d'artistes différents.

— Non, d'un seul. Mon père, Lorenzo Luca. Tous les tableaux ici font partie de la collection privée de ma mère ; la valeur des douze qui ont disparu est de l'ordre de cent millions de dollars.

Habitués aux vols d'envergure dans la région, les inspecteurs ne furent pas surpris.

— Y a-t-il eu d'autres vols d'œuvres d'art récemment ? s'enquit Théo. Il s'agit peut-être d'un gang déjà identifié ?

Les policiers connaissaient tous les professionnels du cambriolage de luxe – la plupart venaient d'Europe de l'Est –, mais, selon eux, aucun n'avait été opérationnel depuis l'hiver précédent. C'était le premier vol d'importance auquel ils avaient affaire depuis une longue période.

La zone d'opération fut quadrillée et fermée. Une équipe de techniciens et d'experts arriva une demi-heure plus tard pour relever les empreintes digitales et examiner le système d'alarme et les caméras. Théo chargea un employé d'appeler tous les clients dont le nom figurait sur la liste des réservations du jour, d'annuler en expliquant qu'ils avaient été victimes d'un cambriolage et que le restaurant était fermé.

Il était déjà midi quand les deux inspecteurs firent part de leurs conclusions à Théo. Il n'y avait pas d'empreintes. L'alarme avait été désactivée électroniquement, peut-être à distance, par télécommande, ainsi que les caméras. Tout l'équipement de surveillance, pourtant de haute technologie, avait été paralysé pendant la durée du cambriolage.

— La seule bonne nouvelle, déclara l'inspecteur le plus âgé, c'est que ces gens sont des professionnels. À mon avis, ils ne risquent ni d'endommager les tableaux, ni de les détruire. Nous allons contacter nos informateurs. Quelqu'un va probablement essayer de vendre ces tableaux sur le marché de l'art, ou peut-être même tenter de vous les revendre à un prix plus élevé.

À moins que le voleur ne décide de les garder pour lui, suggéra Théo, effondré. Même s'ils savaient qu'ils ne pourraient jamais les montrer, certains collectionneurs sans scrupules étaient prêts à acquérir des œuvres volées, quel qu'en soit le prix, juste pour le plaisir de les posséder. Le travail de son père était si rare sur le marché de l'art qu'il ne pouvait qu'attiser la convoitise de tels individus.

— Nous allons nous associer avec Interpol. Et je vais demander à l'un de mes meilleurs contacts dans le milieu de l'art à Paris de venir à Saint-Paul. Je peux vous assurer, monsieur Luca, que nous allons faire tout ce que nous pouvons pour retrouver vos tableaux. Le temps presse, nous devons agir rapidement, avant qu'ils ne soient expédiés hors du pays, vers la Russie, l'Amérique du Sud ou l'Asie. Tant qu'ils restent en Europe, nous avons de meilleures chances de les retrouver. Nous aurons besoin de photos des œuvres pour les diffuser sur Internet dans toute l'Europe.

Théo les remercia d'un hochement de tête. Il devait encore appeler la compagnie d'assurances et, bien sûr, sa mère. Il s'apprêtait à saisir son téléphone quand une pensée lui traversa l'esprit. Stanislas, la veille au soir...

Aussitôt, il rejoignit l'inspecteur. Ce dernier lui confirma alors que la porte de derrière avait été forcée et lui expliqua qu'ils allaient vérifier les antécédents judiciaires de tous les employés. En effet, ils n'excluaient pas la possibilité d'une complicité interne. Fatima était en pleurs, justement. Elle était horrifiée que l'on puisse suspecter ses fils de vol, et un policier essayait de lui faire comprendre que tous les employés feraient l'objet d'une enquête, que c'était la procédure...

— J'ai quelque chose à vous dire, inspecteur, annonça Théo. Vladimir Stanislas était ici hier soir, avec quatre autres Russes. Il voulait acheter un tableau qui n'est pas à vendre. Il a insisté très lourdement, et j'ai dû lui répéter plusieurs fois qu'il n'était pas à vendre. Il est parti en rage. Je voulais juste le mentionner, au cas où il y aurait un lien. Vous devriez lui parler. Son yacht est généralement au large d'Antibes.

L'inspecteur sourit.

— M. Stanislas est assez riche pour s'offrir tout ce qu'il veut de manière légale.

— Pas si le bien qu'il convoite n'est pas à vendre, insista Théo. Et celui qu'il voulait acheter hier soir figure parmi les douze qui ont été volés.

L'inspecteur était dubitatif. Vladimir Stanislas était peut-être un homme dur en affaires, mais sûrement pas un voleur d'œuvres d'art.

— Il s'agit probablement d'une coïncidence, déclara-t-il avec condescendance.

— Ou pas, rétorqua Théo.

— Bien, nous garderons cela à l'esprit, concéda l'inspecteur avant de rejoindre ses troupes.

Théo appela la compagnie d'assurances, laquelle décida d'envoyer ses propres inspecteurs sur place le soir même. Puis il téléphona à sa mère à Florence. Gabriel se sentait beaucoup mieux et ils profitaient d'un soleil radieux en déjeunant sur la terrasse de leur suite.

— Maman, j'ai quelque chose d'horrible à t'annoncer… Nous avons été cambriolés hier soir. Des professionnels qui ont désactivé notre système d'alarme…

— Oh mon Dieu ! s'exclama-t-elle manquant se trouver mal, quels tableaux ont-ils emportés ?

Pour Maylis, les tableaux étaient un peu ses enfants, que l'on venait de kidnapper. Théo répondit à toutes ses questions, lui rapporta les propos des policiers, et lui expliqua que des inspecteurs hautement qualifiés arriveraient sous peu de Paris, ainsi que deux personnes de la compagnie d'assurances. Il n'évoqua pas son différend avec Stanislas. De toute évidence, la police n'avait pas pris ses soupçons au sérieux…

Gabriel, qui avait suivi tous leurs échanges sur haut-parleur, prit le combiné pour rassurer Théo.

— Tu sais, Théo, durant toute ma carrière, je n'ai entendu parler que d'un seul tableau volé qui n'a pas été retrouvé. Les brigades de police qui s'occupent des vols d'œuvres d'art sont très efficaces. Et l'œuvre de ton père est si caractéristique et si renommée que je n'ai aucun doute sur le fait qu'on retrouvera ses toiles. Cela prendra peut-être un certain temps, mais ils finiront par mettre la main dessus.

Tout comme sa mère, Théo fut soulagé d'entendre ces propos…

— Je vous tiendrai au courant de ce qui se passe ici, promit le jeune homme. Je suis vraiment désolé de vous accabler avec cette nouvelle.

— Et nous, nous sommes désolés que tu aies à faire face à cela tout seul, compatit Gabriel. Tu vas être très occupé. Tu devrais fermer le restaurant pendant un certain temps.

À l'arrière-plan, Théo entendit sa mère approuver cette suggestion.

— J'ai déjà annulé les réservations de ce soir, mais vous avez raison : je vais fermer toute la semaine. Je suppose que nous aurons la presse sur le dos d'une minute à l'autre.

Effectivement, ce fut le cas moins d'une heure plus tard. Plusieurs médias réclamèrent une interview de Théo. Les propriétaires de la Colombe d'Or envoyèrent un mot de sympathie. Leur établissement aurait très bien pu connaître le même sort. Bien sûr, les chaînes de télévision mentionnèrent le stupéfiant cambriolage. Le soir même, Inez appela Théo et laissa un gentil message sur sa boîte vocale pour lui dire à quel point elle était désolée.

Théo avait l'impression que sa vie avait été prise dans un tourbillon. Le lendemain du vol, les brigades de police revinrent sur les lieux avec l'équipe de Paris. Le jeune homme devait se tenir à leur disposition en permanence, de même qu'il était en contact constant avec les inspecteurs de la compagnie d'assurances. Et bien sûr, sa mère ne cessait de l'appeler pour se tenir au courant de la progression de l'enquête. Le cinquième jour après le cambriolage, l'inspecteur en chef de la brigade spéciale lui présenta deux nouveaux agents qui s'étaient joints à leur équipe. Ils étaient plus agressifs dans leurs méthodes d'investigation. Ils voulurent reparler à plusieurs employés et reprirent la recherche des indices. Du même âge que Théo, la jeune policière, Athéna Marceau, semblait extrêmement brillante. Steve Tavernier, son coéquipier, était un peu plus jeune. Ils bombardèrent de questions Théo, lequel savait qu'il faisait aussi l'objet d'une enquête, car la police devait s'assurer qu'il ne s'agissait pas d'une arnaque à l'assurance.

La première réaction de l'inspecteur en chef – moqueuse, voire condescendante –, n'empêcha pas Théo de faire part aux deux nouveaux agents de l'altercation entre Stanislas et lui au sujet de la toile que le magnat convoitait. Steve resta indifférent, mais Athéna haussa un sourcil : elle était intriguée.

Les deux inspecteurs en discutèrent ensemble peu après, lors de leur pause-café.

— C'est dingue, fit remarquer Steve. Ce type est complètement perturbé : il accuserait n'importe qui…

— Je ne suis pas d'accord avec toi. Il y a eu des choses plus dingues encore. J'ai travaillé sur une enquête au cap Ferrat il y a quelques années. Le voisin des victimes avait volé pour dix millions d'œuvres d'art et fait tuer leur chien, parce que le type avait couché avec sa femme ! Il y a des gens complètement cinglés…

— Peut-être que, là, c'est Luca le coupable. Pour l'argent de l'assurance… Cent millions, c'est plutôt tentant, fit remarquer cyniquement Steve.

— Je ne crois pas. Rien ne permet de le soupçonner.

— Tu plaisantes ? Cent millions payés par l'assurance ? C'est notre principal suspect, au contraire !

— Il n'a pas besoin de cet argent. Avec son héritage, il a un compte bancaire gonflé à bloc. Nous avons vérifié. Même s'il a l'air négligé avec son vieux jean et ses cheveux qui n'ont pas vu un peigne depuis des jours, ce n'est pas notre homme.

— Tu dis ça parce que tu le trouves mignon, la taquina Steve.

Athéna esquissa un sourire.

— C'est vrai qu'il est pas mal. S'il se coiffait un peu et s'habillait mieux, il serait carrément sexy. Bon, trêve de plaisanteries : si on allait visiter ce yacht ? Qui sait ce qu'on pourrait découvrir là-bas ?

Steve secoua la tête.

— Pour cela, nous avons besoin d'une autorisation, et l'inspecteur en chef voudra sûrement s'y rendre lui-même.

— On peut toujours demander. En tout cas, moi, je considère qu'il ne faut pas évacuer comme ça les propos de Luca sur Stanislas. Je suis sûre que ce Russe n'est pas un saint. Les hommes qui ont gagné autant d'argent ne le sont jamais.

— Si tu veux mon avis, Luca est dingue. Stanislas pourrait acheter toute la collection s'il le voulait.

— Pas s'ils refusent de vendre ! Tu n'as pas remarqué toutes ces affichettes qui indiquent que les tableaux ne sont pas à vendre ? Qui sait ? Ça l'a peut-être fortement agacé, comme le déclare Luca…

— Pas Stanislas, merde ! C'est probablement le mec le plus riche du monde.

— Raison de plus pour le rencontrer, histoire de se faire une opinion. Viens ! Allons-y !

Steve leva les yeux au ciel, mais il était habitué au caractère déterminé d'Athéna. Ils travaillaient ensemble depuis trois ans, et il savait que sa coéquipière ne dédaignait jamais la moindre piste. D'ailleurs, il lui fallait bien reconnaître que ses intuitions étaient souvent justes et son instinct infaillible.

Cet après-midi-là, elle demanda donc à leur inspecteur en chef la permission de rendre visite à Stanislas. Elle ne voulait pas faire fouiller le yacht – du moins pas pour l'instant, précisa-t-elle –, mais juste procéder à une petite visite de courtoisie. Leur supérieur haussa les épaules, lui dit qu'elle était folle, puis donna son accord.

— Je vous préviens : ne l'accusez pas de quoi que ce soit ! Je ne veux pas voir de plainte déposée sur mon bureau demain matin !

— Bien, monsieur, promit-elle.

Promesse dont Steve savait qu'elle ne valait rien. Athéna menait toujours ses enquêtes comme bon lui semblait, puis elle jouait l'innocente face à ses supérieurs et s'en tirait à bon compte la plupart du temps. Elle décida de ne pas prendre rendez-vous avec Stanislas et de se présenter à l'improviste.

Deux heures plus tard, après avoir réquisitionné un bateau de police et un jeune officier pour le manœuvrer, ils se dirigeaient vers le *Princess Marina*. Le yacht était à l'ancre au large de l'Hôtel du Cap.

— Et si les hommes de Stanislas nous refusent l'accès ? demanda Steve, un peu inquiet.

— Pas de problème. On leur tire dessus, plaisanta-t-elle. Ne te fais pas de souci, Steve : Stanislas va chercher à nous charmer à mort. Il voudra faire bonne impression pour prouver qu'il est au-dessus de tout.

Ils s'arrimèrent à la plate-forme arrière du gigantesque bateau. Athéna, tout sourire, présenta son insigne aux matelots. Elle retira ses talons hauts et releva sa jupe, découvrant ses jambes bronzées, puis monta à bord. Elle expliqua alors aux matelots que son collègue et elle étaient là pour voir M. Stanislas : ils avaient besoin de son aide dans le cadre d'une enquête sur un vol d'œuvres d'art. Certainement M. Stanislas était-il déjà au courant du cambriolage, car toutes les chaînes de télévision en avaient parlé. Comme d'habitude, Steve la laissa présenter l'affaire. L'un des matelots alla téléphoner, puis revint et les accompagna sur le pont supérieur. Là, ils trouvèrent Vladimir en train de boire une coupe de champagne en compagnie de Natasha. Athéna tendit la main à l'homme d'affaires et le remercia vivement de les recevoir. Vladimir fit un signe de tête à Natasha, laquelle, sans mot dire, se leva pour s'éloigner.

Steve ne put s'empêcher de la suivre du regard avec admiration. Elle était vêtue d'une combinaison-pantalon de satin fuchsia qui moulait ses formes à la perfection. Athéna, elle, se concentra sur Vladimir, jugeant néanmoins curieux l'ordre donné en silence par le Russe. Sa compagne avait obéi sans ciller… Une hôtesse leur offrit du champagne. Athéna consulta sa montre avant d'accepter.

— Quand nous partirons d'ici, nous ne serons plus en service, donc oui, merci. Avec grand plaisir.

À son tour, Steve accepta une coupe. Athéna se mit alors à bavarder de tout et de rien, évoquant la magnificence du yacht et divers sujets connexes, et Vladimir rit avec entrain à ses plaisanteries. Puis la jeune policière aborda le cambriolage d'un air ennuyé, comme pour signifier qu'elle aurait préféré continuer à papoter avec lui, mais qu'elle était bien obligée de faire son travail. Vladimir cependant n'était pas dupe ; tous deux jouaient au chat et à la souris, comme souvent dans ce genre d'enquête.

— Ce cambriolage est fort regrettable, déclara l'homme d'affaires russe. J'ai acheté une œuvre de Luca l'année dernière. Une très belle toile. J'en ai vu une autre qui me plaisait beaucoup, l'autre soir, quand je suis allé dîner au Da Lorenzo.

Il savait bien que c'était la raison de la venue des policiers.

— Les Luca sont impossibles à gérer, poursuivit-il avec mépris. En refusant de vendre, ils gèlent le marché pour l'œuvre de cet artiste !

— Pourquoi font-ils ça ? demanda Athéna innocemment.

— Pour faire monter les prix, bien sûr ! Ils cherchent à établir des records. Car, un jour, ils vendront, j'en mets ma main à couper. Finalement, ce vol est presque une aubaine pour eux. Cela leur fait de la publicité. Un stratagème fort intelligent de leur part, si ça se confirme, évidemment… Vous savez, dans ce milieu, les gens sont capables de choses très étranges. Je vous engage en tout cas à explorer toutes les pistes ; le résultat pourrait vous surprendre.

— Vous ne pensez donc pas que les tableaux aient été volés ?

— Oh, je ne pense rien, moi… Je sais juste qu'il y a parfois… des motifs, disons compliqués, à l'origine de la disparition d'œuvres d'art.

— Hum… intéressant.

Sur ce, Athéna changea de sujet et voulut en savoir plus sur le yacht du milliardaire russe. Avec fierté, Vladimir annonça qu'il en faisait construire un autre, encore plus grand. Ils bavardèrent à bâtons rompus encore une heure, puis Athéna posa sa coupe et se leva.

— Je suis désolée d'avoir abusé de votre temps, monsieur Stanislas. Merci de votre accueil.

— Revenez quand vous voulez, madame, dit Vladimir en lui posant une main sur l'épaule. Je ne suis pas inquiet : je suis sûr que vous retrouverez les tableaux de Lorenzo Luca. Les œuvres d'art ne disparaissent jamais vraiment.

Un membre d'équipage escorta les deux policiers jusqu'à l'ascenseur, puis à leur bateau. Tandis qu'il s'éloignait, Vladimir leur fit signe de la main depuis le pont supérieur du yacht. Athéna lui répondit d'un signe accompagné d'un large sourire. Puis Steve et elle virent Natasha réapparaître et se tenir auprès du Russe.

— Bordel, tu as vu cette fille ? lança Steve. Elle est superbe ! Tu crois que c'est une escort ?

— Mieux que ça, idiot. Sa maîtresse, plutôt. Un bel oiseau aux ailes coupées. Tu as vu comment il lui a ordonné de quitter les lieux ? Sans prononcer un seul mot !

Athéna soupira, avant d'ajouter :

— C'est triste. Personne ne pourrait me payer assez cher pour vivre comme ça !

— Quoi qu'il en soit, cette petite visite était une perte de temps pour notre enquête. Cela dit, rien que pour le yacht, ça valait le coup d'œil ! Ce bateau est incroyable !

— Nous n'avons pas perdu notre temps, répliqua Athéna, l'air pensif.

— Ne me dis pas que tu crois Stanislas coupable, ricana Steve. Sinon, c'est que tu es folle ! Pourquoi ce type s'embêterait-il à cambrioler qui que ce soit ? Il peut acheter tout ce qu'il veut. Pourquoi risquerait-il la prison pour un vol de cette envergure ?

— Parce que les types comme lui ne se font jamais prendre : ils laissent quelqu'un d'autre faire le sale boulot. Et je ne dis pas qu'il l'a fait. Mais il a le cran pour, en tout cas. Reste à savoir s'il l'a fait ou non. Il joue serré.

— Toi aussi. Un moment, j'ai cru que tu le draguais !

— J'espère bien que lui aussi l'a cru, rétorqua Athéna en se remémorant la main de Vladimir sur son épaule. Dans ses rêves, le pauvre… Ce n'est vraiment pas mon genre ! L'artiste richissime qui joue les miséreux, par contre, je ne dirais pas non, conclut-elle en plaisantant alors que leur navette s'approchait du quai.

— Malgré ce qu'a dit le Russe, tu ne penses pas que Théo Luca soit coupable, n'est-ce pas ? demanda Steve avec sérieux.

— Non, à mon avis, c'est juste ce cher Vladimir qui essaie de semer le doute dans nos esprits. Bien essayé, monsieur Stanislas !

Une fois à quai, ils regagnèrent leur voiture et se dirigèrent vers le Da Lorenzo.

— Je croyais que tu avais dit qu'on aurait fini notre service après le yacht, se plaignit Steve. J'ai un rendez-vous, moi, ce soir.

— Annule-le. Nous avons du travail.

Athéna voulait revoir la scène du vol. Certains détails la turlupinaient. Steve comprit que la nuit serait longue.

*

Dès que l'embarcation se fut éloignée, Natasha se tourna vers Vladimir, intriguée.

— Un matelot m'a dit qu'ils étaient de la police. Qu'est-ce qu'ils voulaient ? C'était à propos du vol des tableaux ?

En temps ordinaire, elle ne lui aurait pas posé de questions, mais là, cela ne concernait pas ses affaires, et elle était curieuse. Elle avait lu plusieurs articles sur le vol des tableaux au Da Lorenzo, et elle savait que Vladimir y avait dîné cette semaine-là avec des associés.

Il lui avait néanmoins caché son différend avec Théo Luca concernant la toile qu'il aurait souhaité acheter.

— C'était juste une visite de courtoisie, répondit Vladimir d'un ton détaché. Ils voulaient voir le yacht. Le vol des tableaux de Luca était un prétexte.

— Ont-ils trouvé une piste ?

— Ils ne savent probablement rien encore. C'est trop tôt, affirma Vladimir avant de changer de sujet : Regarde ça, plutôt.

Il lui montra la reproduction d'un Monet dans le catalogue d'une vente aux enchères.

— Je vais essayer de l'acheter. Ce sera pour notre chambre dans le nouveau yacht. Qu'en penses-tu ?

— Je pense que tu es l'homme le plus incroyable et le plus brillant au monde ! s'exclama-t-elle en lui souriant.

Il se pencha vers elle et l'embrassa.

— Tu as raison : je vais l'avoir, ce Monet ! J'obtiens toujours ce que je veux !

L'œuvre impressionniste allait lui coûter une fortune, mais peu importait. Il embrassa Natasha avec passion, puis l'entraîna dans leur suite. Ils avaient mieux à faire que de s'occuper des petits problèmes de la police française.

11

Le lendemain, l'inspecteur en chef interrogea Athéna au sujet de leur visite sur le yacht. Elle confirma à son supérieur que l'enquête n'avait pas progressé, ce qui ne le surprit pas. Vladimir Stanislas n'était pas leur homme.

— Vous ne pensiez quand même pas qu'il était coupable, Athéna ? demanda-t-il avec un brin de suffisance.

Son enquêtrice avait excellente réputation. Elle possédait une intuition infaillible et l'avait à plusieurs reprises aidé à résoudre des cas compliqués sur lesquels des agents pourtant chevronnés s'étaient cassé les dents.

— Il ne l'est probablement pas, concéda-t-elle, mais je n'ai pas encore exclu cette possibilité.

— Et le fils, Théo Luca ?

— Je ne le crois pas coupable.

Néanmoins, accompagnée de Steve, elle retourna voir le jeune homme, et, tout en lui relatant leur visite sur le yacht de Stanislas, elle étudia avec attention ses réactions.

— Qu'en avez-vous pensé ? demanda-t-il.

— Il est coriace, répondit Athéna, mais ce n'est vraisemblablement pas notre homme. Et la femme qui est avec lui ? Vous savez quelque chose sur elle ?

— C'est sa maîtresse. Elle est russe. Elle vit avec lui depuis huit ans.

Athéna avait l'air intéressée.

— Vous la connaissez ?

— J'ai eu l'occasion de lui parler deux fois, quand je lui ai livré des tableaux : un de mon père et un des miens.

— Avez-vous des photos de ces tableaux ?

Athéna avait posé cette question sans trop savoir pourquoi. C'était juste de la curiosité de sa part. Théo hésita un instant, puis il alla chercher son ordinateur. Athéna eut l'air fort surprise lorsqu'elle vit le portrait de Natasha, qu'elle reconnut immédiatement.

— Elle a posé pour vous, ou vous l'avez peinte à partir d'une photo ?

Son intuition lui disait qu'elle tenait quelque chose, mais elle ignorait encore quoi. Quant à Steve, il scrutait le jeune artiste sans dire un mot.

— Ni l'un ni l'autre. Je l'ai fait de mémoire après l'avoir vue au restaurant. Elle a un visage qui vous marque.

Athéna hocha la tête. Un visage magnifique, mais aussi un corps sensationnel… Et la façon dont elle avait obéi au doigt et à l'œil en s'éclipsant l'avait intriguée. Athéna posa quelques questions supplémentaires au jeune homme, puis les deux policiers prirent congé.

— Alors, contente de ta visite ? demanda Steve en allumant une cigarette une fois qu'ils eurent regagné leur voiture.

— À propos, c'est écœurant de travailler avec toi, dit-elle en pointant la fumée. Pour la réponse, c'est oui. Sauf que l'intrigue s'épaissit.

— Comment ça ?

— Je ne sais pas si elle est au courant, mais il est amoureux de la fille.

Steve, qui n'avait pas été très attentif lors de la visite chez Théo, avait l'air perdu.

— Quelle fille ?

— Celle du yacht ! La maîtresse de Stanislas.

Steve poussa un long sifflement.

— Eh bien ! En voilà, un scoop ! Et Stanislas ? Tu crois qu'il sait ?

— À mon avis, oui.

— Qu'est-ce qui te fait dire ça ?

— Luca a peint un portrait d'elle, et il le lui a offert. Or les hommes comme Stanislas finissent toujours par tout savoir. Et puis ils frappent. Ils n'apprécient pas qu'on les trahisse. Car pour eux, ce sont des trahisons. Ils ont des règles très simplistes à ce sujet. Cette fille risque d'avoir de gros problèmes.

— Si elle a couché avec un autre homme, oui, c'est sûr, ça n'aura pas plu à Stanislas.

— Je n'ai pas dit qu'elle avait couché avec Théo Luca. J'ai dit que lui était amoureux d'elle. C'est différent. Mais ça pourrait malgré tout être une mauvaise nouvelle pour elle.

— Luca t'a dit qu'il était amoureux d'elle ?

— Bien sûr que non !

— Bon sang, que ces gens sont compliqués ! Il faut être aussi tordu qu'eux pour les comprendre.

— C'est pour ça que nous sommes payés ! répliqua-t-elle avec un sourire.

*

Quand Gabriel et Maylis revinrent de Florence, une semaine après le cambriolage, les choses avaient commencé à se calmer. Les brigades de la police travaillaient d'arrache-pied, mais n'avaient aucune piste sérieuse. Sur les conseils de Gabriel, Théo rouvrit le restaurant. Néanmoins, ils avaient à présent des vigiles sur place, dont deux restaient en poste la nuit.

Théo fit part au compagnon de sa mère de ses théories sur l'implication de Stanislas dans le cambriolage. Selon Gabriel, si le Russe était leur coupable, il serait difficile de l'épingler, voire impossible. Théo était pourtant persuadé que Stanislas était lié à ce vol, d'une manière ou d'une autre. Les tableaux étaient-ils sur le yacht de l'homme d'affaires ? Ce serait l'endroit parfait pour les cacher. Mais la police lui avait dit qu'il n'y avait aucune raison valable de requérir un mandat de perquisition. Mis à part sa frustration devant le refus de Théo de lui vendre le tableau qu'il convoitait, l'homme d'affaires russe n'avait à leurs yeux aucun motif suffisant pour commanditer un cambriolage.

Cette période troublée – entre l'accident cardiaque de Gabriel et le cambriolage – avait au moins eu une conséquence positive. Maylis avait compris à quel point elle tenait à Gabriel. Et comme elle souhaitait passer le plus de temps possible à ses côtés et refusait de l'abandonner le soir, Théo continuait à gérer le restaurant. Chaque jour, le jeune homme était en contact avec la compagnie d'assurances et ses enquêteurs. Ces derniers n'avaient rien découvert de plus que la police…

Le *Princess Marina*, de son côté, avait pris le large. Vladimir avait suggéré à Natasha une escapade en Croatie, suivie de quelques jours à Venise. Ils prévoyaient de voyager jusqu'à la fin juin. Vladimir n'aimait pas rester trop longtemps au même endroit…

La croisière en Croatie fut paisible et relaxante, mais leurs visites à terre leur parurent fades. Natasha était impatiente d'aller à Venise. Ils décidèrent de s'y rendre plus tôt que prévu et de naviguer loin des côtes. Un jour, ils croisèrent un petit cargo sous pavillon turc qui montrait des signes de détresse. Les matelots les interpellèrent, réclamant leur aide. L'équipage du yacht s'apprêtait à lancer une annexe à l'eau pour les secourir quand les gardes de Vladimir vinrent l'avertir que les hommes du cargo étaient armés – ils avaient observé le navire de près à la jumelle. À n'en pas douter, il s'agissait de pirates qui se préparaient à l'abordage. Natasha fut prise de panique. Vladimir se tourna vers elle, la mine grave.

— Descends tout de suite dans la pièce sécurisée et enferme-toi !

Puis il se tourna vers ses gardes et leur ordonna de se tenir prêts.

Natasha se précipita dans l'escalier. À l'extérieur, des coups de feu claquèrent. Dans la salle où étaient enfermées les armes, les matelots du *Princess Marina* organisaient déjà la distribution des fusils et des revolvers. Comme elle passait devant la porte grande ouverte, Natasha jeta un coup d'œil, et soudain, elle les vit : une douzaine de tableaux enveloppés, appuyés contre un mur dans un coin de la pièce. Aussitôt, elle comprit : les tableaux de Lorenzo Luca étaient à bord.

Vladimir avait commandité ce vol ! Pourquoi ?

La question résonnait dans sa tête tandis qu'elle courait vers la pièce sécurisée où, comme le lui avait ordonné Vladimir, elle s'enferma. Il y avait là tout le nécessaire pour survivre quelques jours. De la nourriture et de l'eau étaient stockées dans un petit réfrigérateur. Un téléphone interne la reliait au reste du yacht. La porte était blindée et à l'épreuve des balles, et il n'y avait ni hublots ni fenêtres. Cet endroit avait été conçu pour les protéger en cas d'attaque, de tentative d'enlèvement ou d'acte de piraterie, comme celui qui était visiblement en train de se produire. Le cœur battant la chamade, Natasha s'allongea sur la couchette, troublée par les tableaux entrevus dans la salle des armes. Que diable faisaient-ils là ? Pourquoi Vladimir était-il impliqué dans ce vol ? Qu'est-ce que tout cela signifiait ?

Quelques moments plus tard, Vladimir l'appela par le téléphone interne et lui annonça que tout était rentré dans l'ordre. L'abordage avait été évité. Ils avaient laissé le cargo loin derrière eux et filaient pleins gaz. Normalement, il n'y avait plus de danger, mais il tenait quand même à ce qu'elle reste dans la chambre sécurisée un certain temps. Il lui promit de la rejoindre bientôt.

Tout en l'attendant, Natasha songeait à ce qu'elle avait vu. Elle était certaine qu'il s'agissait des toiles volées au Da Lorenzo. Sinon, que feraient douze tableaux emballés dans une pièce fermée à clé ? Pourquoi Vladimir avait-il fait cela ? Pour posséder ces œuvres ? Les vendre ? Pour punir les Luca ? Pour punir Théo d'avoir peint un portrait d'elle ? Était-elle responsable de tout cela ? Avait-elle déclenché cette vendetta en acceptant le portrait de Théo ? Vladimir en avait-il éprouvé de la colère ?

Tout cela n'avait aucun sens ! Certes, son amant lui avait finalement avoué avoir essayé d'acheter un tableau le soir où il était allé dîner au Da Lorenzo sans elle, et avoir été furieux du refus de Théo. Néanmoins, en voler douze en représailles ? C'était complètement fou ! Et si Vladimir était capable d'un tel acte… comment ne pas craindre le pire ?

Que pouvait-elle faire ? Elle ne pouvait en parler à personne, ou Vladimir risquerait la prison. De plus, il lui serait facile de savoir qui avait parlé. Ce serait l'ultime trahison… Et qui sait le sort qu'il lui réserverait ? Elle avait soudain l'horrible impression que son existence était en jeu et elle ne voulait pas la risquer pour douze tableaux. Cependant, si elle ne disait rien et s'il s'agissait bien de ceux des Luca, elle se rendait coupable de complicité.

Que faire ? Mais que faire ? Quand Vladimir vint la chercher deux heures plus tard, une terrible migraine lui vrillait le crâne. La situation lui paraissait inextricable.

— Que s'est-il passé ? lui demanda-t-elle.

— C'étaient des pirates. Heureusement, nos hommes l'ont vite compris. En naviguant à pleine puissance, nous avons eu vite fait de les distancer. Ne t'inquiète pas, ils sont loin derrière nous, maintenant. Nous les avons signalés aux autorités. Elles garderont un œil sur eux.

Elle hocha la tête. Mais elle était ébranlée par l'incident, et plus encore par ce qu'elle avait vu dans la salle des armes. Sa vie était en train de se déliter.

— J'ai entendu tirer, reprit-elle avec nervosité.

Elle savait bien que les pirates auraient pu les tuer.

— Juste des tirs d'avertissement, ma chérie. Personne n'a été blessé, la rassura-t-il. Viens, allons respirer sur le pont.

Tout en l'enlaçant, il ne put s'empêcher de songer à ce que son chef de la sécurité lui avait dit : il avait vu Natasha regarder dans la salle des armes alors qu'elle passait devant, et il était certain qu'elle avait vu les tableaux enveloppés entreposés dans un coin.

Vladimir s'interrogeait. Dans la panique du moment, Natasha avait-elle compris de quoi il retournait ? Si c'était le cas, elle lui poserait des questions à un moment ou à un autre. À moins qu'elle ne dise rien. Ce qui serait pire encore. Ce seul coup d'œil dans la salle des armes venait de tout changer dans la dynamique de leur relation. Désormais, Natasha représentait un danger pour lui…

Ils naviguaient à présent plus près du rivage. En contact constant avec les garde-côtes locaux, ils se dirigeaient vers Venise à grande vitesse. En la regardant dormir dans leur lit cette nuit-là, Vladimir songea que Natasha ne le soupçonnerait jamais de quoi que ce fût, et encore moins du vol des tableaux. Non, jamais elle n'imaginerait qu'il ait pu commettre un acte aussi vil en représailles. C'était pourtant ce qu'il avait fait : personne n'avait le droit de lui dire que le bien qu'il convoitait n'était pas à vendre. Qu'il ne pourrait jamais l'acquérir. Personne ! Il était temps de donner une bonne leçon aux Luca. Il n'avait pas encore décidé quoi faire des tableaux. Mais il aimait les savoir en sa possession. Quel extraordinaire sentiment de puissance !

Ils arrivèrent à Venise deux jours plus tard, après un voyage sous bonne garde. Ils avaient doublé les hommes de quart et tous les officiers, les vigiles et les matelots avaient conservé leurs armes par mesure de sécurité.

Natasha fut soulagée d'être à nouveau dans un endroit civilisé. Leur rencontre avec les pirates l'avait éprouvée. Pour la tranquilliser, Vladimir alla se promener dans Venise avec elle. Ils visitèrent plusieurs petites églises et le merveilleux Palais des Doges, joyau d'architecture, où ils admirèrent, enchantés, des centaines de chefs-d'œuvre de la peinture italienne. Ils dînèrent au Harry's Bar, la célèbre brasserie que Natasha appréciait beaucoup. Puis ils firent un tour en gondole et s'embrassèrent sous l'emblématique pont des Soupirs.

Quelques jours plus tard, le yacht reprit la direction de la France. Natasha demeurait silencieuse. Elle était désorientée. Que devait-elle faire ? Elle n'avait plus aucun doute. Les tableaux qui se trouvaient dans la salle des armes appartenaient à Mme Luca. La seule chose qu'elle ignorait, c'était comment ils étaient arrivés là. Devait-elle en parler ? Et à qui ? Elle n'osait pas interroger Vladimir. Ces derniers temps, il se montrait plus amoureux et plus affectueux que jamais, ce qui rendait sa décision plus difficile.

Elle avait toujours le numéro de Théo dans son portefeuille, mais elle savait que, si elle l'appelait, on pourrait remonter jusqu'à son téléphone ou n'importe quel appareil qu'elle utiliserait. Vladimir saurait alors qu'elle l'avait trahi. Elle craignait pour sa vie, mais elle voulait également que Théo et sa mère récupèrent leurs tableaux. Ils ne méritaient pas de perdre leurs biens. D'autant plus – elle le savait – que ce n'était pas la valeur financière de ces toiles qui importait à Mme Luca, mais leur valeur sentimentale. Ce que Vladimir avait fait était mal. Et il n'était pas question de nier ce qu'elle avait vu. Mais quel fardeau sur ses épaules ! Pour la millième fois au moins, elle se demanda que faire. Les pensées tourbillonnaient dans son esprit.

Or Vladimir l'observait.

— Est-ce que ça va, chérie ? Tu as l'air troublée.

— Oh, c'est cette histoire de pirates… Ça m'a fait peur. Et s'ils étaient montés à bord ? Ils nous auraient tués !

— C'est pour cela que nous avons des armes, répondit-il d'un ton apaisant. En cas de problème majeur de ce genre…

Natasha demeura nerveuse jusqu'à ce qu'ils jettent l'ancre au large d'Antibes. Et même quand Vladimir lui annonça qu'il avait obtenu le Monet aux enchères, elle ne montra guère d'enthousiasme.

*

Athéna ayant appris par un collègue que le *Princess Marina* était de retour dans la baie, elle voulut rendre une seconde visite à l'homme d'affaires russe.

— Nous n'avons aucune raison d'y retourner, lui rappela Steve. Aucun indice ne l'implique.

La police était d'ailleurs dans une impasse. Leurs informateurs dans le petit monde des receleurs n'avaient pas la moindre piste, ce qu'Athéna trouvait étrange. Tous les employés du restaurant avaient fait l'objet d'une enquête approfondie. Personne chez eux, ni même à la compagnie d'assurances, ne pensait qu'il y avait eu de complicité interne. La seule chose dont ils étaient certains, c'était que les coupables étaient des professionnels qui disposaient d'équipements de haute technologie.

— J'aimerais bien discuter avec sa petite amie. Enfin, s'il m'y autorise, déclara Athéna, songeant à la façon dont Vladimir avait signifié à sa maîtresse qu'elle quitte les lieux lors de leur première visite.

— Je ne sais pas ce que ça va t'apporter. Ce n'est pas elle qui les a volés.

— Non, mais peut-être qu'elle sait quelque chose…

Le lendemain, alors qu'ils traversaient Antibes, les deux policiers remarquèrent qu'un hélicoptère décollait de la piste arrière du *Princess Marina*. Stanislas était-il à bord de l'engin ? Dans ce cas, sa maîtresse serait seule à bord du yacht. Ça valait le coup d'essayer. S'ils pouvaient la voir en tête à tête… établir un lien avec elle…

— Trouve-nous une navette, lança Athéna à Steve. Nous allons rendre visite à la compagne de M. Stanislas.

— Maintenant ? Tu es sûre ?

Il était fatigué et n'aspirait qu'à rentrer chez lui. La journée avait été longue.

— Oui, maintenant !

Une demi-heure plus tard, ils atteignaient le *Princess Marina*. Athéna fit son sourire le plus engageant à l'équipage et demanda à voir Vladimir. Un matelot l'informa qu'il venait de partir. Athéna afficha alors une mine contrite, puis s'enquit de la présence de Natasha. Le matelot s'éloigna, puis revint et la mena vers le pont supérieur. Athéna avait demandé à Steve de rester en bas pour discuter avec l'équipage. Son intuition lui disait que la jeune Russe serait plus encline à lui parler seule à seule, sans présence masculine.

Natasha était nerveuse. Que dirait Vladimir quand il apprendrait qu'elle avait reçu la jeune enquêtrice à bord ? Mais elle ne pouvait tout de même pas refuser de lui parler ! Et d'ailleurs, que signifiait la présence de la police ici, sur le yacht ? Savaient-ils quelque chose ? L'accuseraient-ils de complicité ?

Et s'ils l'arrêtaient ? Si elle était jetée en prison ? Natasha se mit à paniquer. Quel cauchemar ! Devait-elle leur raconter ce qu'elle avait vu dans la salle des armes ? Ou devait-elle être loyale envers Vladimir et garder le silence ? Quelle incidence sur sa vie si elle parlait ?

Elle invita la jeune policière à s'asseoir, et celle-ci entama la conversation en lui demandant si elle aimait le portrait que Théo avait fait d'elle.

— Oui. C'est un très beau tableau… peint par un très bon artiste.

Athéna acquiesça, espérant que son interlocutrice allait se détendre. Pourquoi la belle Russe était-elle aussi nerveuse ? Peut-être n'avait-elle pas le droit de s'exprimer en l'absence de Vladimir ?

— Connaissez-vous bien Théo Luca ? s'enquit-elle néanmoins.

— Oh non ! Pas du tout ! Je ne l'ai vu qu'en de rares occasions. Au Da Lorenzo la première fois que nous y sommes allés, ensuite quand il a livré un tableau ici, et quand il m'a apporté le portrait, à Paris. Oh ! Je l'ai aussi croisé lors d'une foire d'art à Londres. J'ignorais qu'il était le fils de Lorenzo Luca jusqu'à ce que je voie le portrait et sa biographie lors d'un vernissage dans une galerie à Paris.

— Vous n'êtes pas amis, alors ?

Natasha secoua la tête.

— A-t-il prétendu le contraire ? demanda-t-elle, inquiète.

Athéna ne voulait pas lui mentir ni l'effrayer. Elle ignorait pourquoi, mais elle avait le sentiment que Natasha savait quelque chose. Mais quoi ? Que pouvait savoir la jeune Russe ? Pouvait-elle les aider à faire avancer leur enquête ?

— Non, répondit-elle en toute honnêteté. Il me semble plutôt sympathique. Comme vous pouvez l'imaginer, sa mère et lui ont été vivement éprouves par le vol des tableaux. C'est terrible d'en perdre douze à la fois. Surtout pour une valeur de cent millions de dollars.

— Ce doit être terrible, effectivement, admit Natasha avec compassion. Avez-vous bon espoir de retrouver ces œuvres ?

La réponse à cette question dépendait quasiment d'elle. Elle aurait bien dit toute la vérité, mais elle ne voulait pas que Vladimir aille en prison. Quel déchirement que ce dilemme !

— Je ne sais pas. Pour l'instant, nous n'y voyons pas bien clair. Les vols d'œuvres d'art recèlent quantité de mystères. Parfois, les coupables les conservent juste pour le plaisir de les posséder. Dans d'autres cas, les œuvres sont détruites ou disparaissent à l'étranger. Tout dépend de la raison pour laquelle elles ont été volées. Par un amateur d'art frustré qui n'a pas pu les acheter, ou en représailles, comme une sorte de vengeance. Dans le cas de l'affaire Luca, nous ignorons pourquoi les tableaux ont été volés. Nous n'avons aucune piste sérieuse.

Natasha se sentait de plus en plus mal à l'aise. Si seulement la jeune policière cessait de la scruter ainsi, comme si elle attendait une révélation de sa part ! Et *si seulement* elle n'avait pas vu les tableaux dans la salle d'armes. Hélas, il était impossible de revenir en arrière. Et Vladimir avait très mal agi. Si les policiers découvraient les toiles, ils risquaient de l'accuser de complicité. D'ailleurs, s'ils étaient là aujourd'hui, c'était sans doute parce qu'ils avaient des soupçons.

— Nous avons failli être attaqués par des pirates au large de la Croatie, lança-t-elle pour changer de sujet.

Athéna eut l'air choquée par cette révélation.

— Vraiment ? Mais ça a dû être terrifiant !

— Oui, ça l'était. Nous avons réussi à nous enfuir, et personne n'a été blessé.

— Cela aurait pu être extrêmement dangereux s'ils avaient réussi à monter à bord du yacht, dit la policière avec sympathie, espérant que Natasha continuerait à se confier.

Elle avait le sentiment que la jeune Russe ne parlait pas souvent aux inconnus et menait une existence très solitaire.

— Oui, très dangereux, murmura Natasha.

Soudain, une vague de compassion envers Théo déferla sur elle, et alors, elle sut. Elle sut que, d'une façon ou d'une autre, elle devait aider la policière à boucler son enquête. Théo ne méritait pas de perdre ainsi les tableaux de son père. C'était injuste. Vladimir était allé trop loin.

— L'équipage a sorti les armes, expliqua-t-elle en fixant Athéna du regard. Nous les gardons dans une pièce fermée à clé.

Sur ce, elle se leva d'un coup, comme pour se rendre quelque part, et Athéna comprit que l'entretien était terminé. Retour à la case Départ. Elle avait l'intuition que, quoi que sache son interlocutrice – et elle savait sûrement quelque chose – elle ne lui dirait rien.

Natasha n'appela pas de matelot pour la raccompagner, mais la guida elle-même. La jeune Russe s'engagea dans l'escalier qui menait au pont inférieur. À mi-chemin entre deux niveaux, elle se tourna vers Athéna et chuchota très vite :

— La salle des armes. Je les ai vus là-bas.

Puis elle continua à descendre l'escalier, comme si de rien n'était. L'éclair d'un instant, Athéna ne put cacher sa stupéfaction, mais elle se reprit bien vite, et afficha elle aussi une mine détachée. Quand elles atteignirent le niveau inférieur, les deux femmes se serrèrent la main de façon très formelle, et Athéna remercia poliment Natasha de l'avoir reçue. Il ne fallait en aucun cas donner à penser à des tiers que la belle Russe ait pu communiquer une information essentielle à la police…

Steve et Athéna étaient à mi-chemin du rivage lorsque le jeune homme lui posa la question dont il pensait connaître la réponse. Il la devinait, rien qu'à l'expression neutre qu'affichait sa coéquipière.

— Encore une impasse, n'est-ce pas ?

Elle attendit qu'ils aient quitté le hors-bord pour lui répondre, à voix basse :

— Les tableaux sont sur le bateau. Il ne nous reste plus qu'à obtenir un mandat. Mais je ne donnerai pas ma source à l'inspecteur, ni à personne. Je refuse de mettre cette femme en danger. Il pourrait lui faire du mal, ou pire.

Elle était préoccupée par le sort de la belle Russe et par le rôle qu'elle-même risquait de jouer si elle ne prenait pas toutes les précautions nécessaires. Si Stanislas découvrait que sa compagne l'avait trahi, Dieu seul savait quelle serait sa réaction. Il pourrait très bien l'enchaîner dans une cave pour le reste de sa vie ou la jeter par-dessus bord.

Steve tombait des nues.

— Attends une minute ! Elle t'a dit que les tableaux étaient sur le yacht ?

Athéna acquiesça d'un hochement de tête.

— Tu vas être obligée de donner le nom de ta source. Nous n'obtiendrons pas de mandat pour arrêter un type de son calibre sur un simple pressentiment. Ce mec n'a jamais eu d'ennuis avec la justice.

— Nous serions probablement horrifiés si nous savions ce qu'il a fait dans son propre pays. Si je révèle ma source, les risques de fuite augmentent. Et avec eux, ceux que Natasha soit tuée. Ce sont des risques que je ne prendrai pas. Je ne donnerai pas sa vie en échange de ces fichus tableaux, quel qu'en soit le prix.

— Stanislas sera en prison, argua Steve. Il ne pourra pas s'en prendre à elle.

— Peut-être pas. Ou peut-être qu'il paiera un sale type pour la tuer. Écoute-moi bien : on va faire ça à ma façon, et ça vaut pour toi aussi. C'est *ma* source ! Si tu mets sa vie en danger, je ne réponds plus de rien ! Compris ?

— D'accord, d'accord, Athéna… Calme-toi !

Peu après, Athéna alla voir l'inspecteur en chef. Celui-ci lui répondit qu'il n'obtiendrait pas de mandat sur la base d'éléments provenant d'un informateur qu'elle refusait d'identifier.

— Tu vas devoir m'en dire plus, si tu veux ton mandat !

— Impossible, chef. Mais c'est du solide, je vous le jure. Vous ne comptez quand même pas le laisser s'en tirer parce que tout le monde a trop les jetons pour me délivrer un mandat ?

— Si, c'est comme ça ! rétorqua-t-il d'un ton péremptoire. Aucun juge ne nous donnera un mandat sur la base de ce que tu viens de me raconter.

Athéna eut beau batailler avec son supérieur pendant trois jours, sa demande de mandat n'aboutit pas.

De son côté, Vladimir était de retour sur le yacht, après un rendez-vous professionnel à Londres. Son commissaire de bord lui rapporta la visite d'Athéna, et il décida de s'en entretenir avec Natasha au dîner.

— Que voulait cette policière ? lui demanda-t-il en la scrutant d'un regard acéré.

— Elle voulait en savoir plus sur le portrait, et aussi sur le tableau de Lorenzo Luca que tu as acheté. Elle m'a demandé si nous connaissions les Luca, et j'ai répondu que non, que nous les avions juste rencontrés au restaurant. Je lui ai parlé des pirates au large de la Croatie, et elle a dit que cela aurait pu être très dangereux pour nous. Selon elle, ils n'ont pas encore d'indices sur le vol. Elle m'a raconté que parfois des tableaux disparaissent et qu'on ne les retrouve jamais.

Il hocha la tête, visiblement satisfait de sa réponse. Natasha avait l'air plus innocente que jamais, et beaucoup plus préoccupée par les pirates que par les œuvres disparues.

— A-t-elle demandé autre chose ?

— Pas vraiment. Elle semble intelligente. Peut-être qu'elle mettra la main sur les tableaux… et sur les voleurs.

Vladimir n'appréciait pas que la policière ait rendu visite à Natasha durant son absence.

— C'est vrai, elle est intelligente, confirma-t-il. Ne la reçois pas, si elle revient.

Natasha acquiesça d'un signe de tête.

— En fait, c'est toi qu'elle voulait voir. Mais j'ai trouvé judicieux de la recevoir quand même. J'ai bien fait ?

— Oui, tu as bien fait… Mais ça suffit, maintenant : elle est déjà venue ici deux fois, et nous ne savons rien sur ce vol. Elle ne fait qu'aller à la pêche aux informations. Et elle veut sûrement frimer auprès de ses collègues en racontant qu'elle est montée à bord du yacht. Tu sais comment sont les gens !

Natasha hocha à nouveau la tête et, de la pointe de sa fourchette, se mit à jouer avec sa nourriture. Elle n'avait pas faim. L'anxiété la taraudait. Trois jours s'étaient écoulés depuis la visite de la jeune inspectrice, et rien ne s'était passé. Qu'allait faire la police ?

Après le dîner, elle prétendit avoir la migraine et alla se coucher tôt. Mais elle ne parvenait pas à dormir. Vladimir s'était installé dans son bureau pour étudier des dossiers. Après minuit, Natasha entendit le hors-bord démarrer. Qui pouvait bien se rendre à terre à une heure pareille ? Des membres de l'équipage en goguette ? Il était un peu tard pour une soirée. À moins qu'ils n'aillent récupérer d'autres matelots à terre ? Quoi qu'il en soit, un départ aussi tardif était inhabituel. Plongeant dans le sommeil, elle n'entendit pas la navette revenir, et elle dormait quand Vladimir vint se coucher. Il s'abstint de la réveiller, se contenta de l'embrasser, et, en sentant ses lèvres sur les siennes, elle sourit dans son sommeil.

12

Théo dormait encore quand la police lui téléphona à sept heures du matin. Il en avait plus qu'assez d'être réveillé tôt. Il y avait toujours quelque chose, un problème, une crise à gérer au restaurant. Cela faisait un mois qu'il n'avait pas eu une seule nuit complète de sommeil, pas plus qu'il n'avait mis les pieds dans son atelier. Sa carrière d'artiste était en pause.

L'appel venait de l'inspecteur en chef. Celui-ci lui demanda de le rejoindre immédiatement au Da Lorenzo, mais refusa de lui en dire plus. Théo sentit la panique le gagner. Y avait-il eu un nouveau cambriolage ? D'autres tableaux avaient-ils disparu ? Il se rendit au restaurant aussi vite que sa 2 CV le lui permettait.

L'inspecteur l'attendait à l'extérieur du bâtiment et alla droit au but. Durant la nuit, des inconnus avaient tiré sur les deux vigiles en faction avec des fusils tranquillisants et des pistolets Taser. Les deux hommes étaient restés inconscients pendant plusieurs heures, mais n'avaient pas été blessés. À leur réveil, ils avaient appelé la police, et ils étaient actuellement pris en charge par les ambulanciers.

Théo suivit l'inspecteur à l'intérieur du restaurant, se préparant mentalement à ce qui l'attendait selon toute probabilité, à savoir la disparition de nouveaux tableaux. Lorsqu'il atteignit la salle d'exposition, il s'arrêta net, fixant les murs avec incrédulité : les tableaux volés étaient de retour, chacun à sa place. Il les examina l'un après l'autre. Aucun n'était endommagé. C'était comme si le vol n'avait jamais eu lieu.

L'inspecteur lui demanda alors s'il pouvait s'agir de faux. Théo n'avait même pas envisagé cette possibilité. Il scruta chaque toile : non, ce n'étaient pas des faux. Il en était certain.

— Mais qu'est-ce que tout cela signifie ? lâcha-t-il. C'est une blague ?

— Eh bien, techniquement, cela fait effectivement du vol une véritable farce, concéda l'inspecteur. En ce qui nous concerne, l'affaire est close. Ce qui s'est vraiment passé, et pourquoi, nous ne le saurons jamais. Aucune information n'a circulé. L'un de nos inspecteurs pense que Stanislas les avait sûrement à bord de son yacht, mais nous sommes dans l'impossibilité de le prouver. À mon avis, c'était un mauvais tuyau. Le voleur a probablement réfléchi et s'est dit que tout était allé trop loin. Il aura pris peur et décidé de remettre les œuvres à leur place. Vous avez eu de la chance, monsieur Luca.

— Oui, on dirait bien.

Théo affichait un large sourire et serra chaleureusement la main de l'inspecteur, le remerciant pour l'implication de ses équipes. Toute une armée de policiers avait enquêté sur le cambriolage. À présent, les tableaux avaient retrouvé les murs du Da Lorenzo. C'était un miracle.

Le jeune homme appela sa mère pour lui annoncer la bonne nouvelle. Une heure plus tard, Athéna recevait elle aussi un coup de téléphone.

— Plus besoin de mandat, lui déclara l'inspecteur.

— Bien sûr que si, mince alors ! Ils sont sur le bateau.

— Non, plus maintenant en tout cas. Les douze toiles ont miraculeusement refait leur apparition sur les murs du restaurant ! Les deux gardes ont été drogués, et pendant ce temps, tout a été remis en place. Même mode opératoire que pour le vol : ils ont désactivé l'alarme et les caméras. Mais tout est bien qui finit bien. Cette enquête est terminée.

Athéna ignorait si son supérieur disait vrai ou s'il se moquait d'elle. Sa révélation la laissa sous le choc. Comment interpréter cette mascarade ? Stanislas soupçonnait-il sa compagne d'avoir parlé ? Si c'était le cas, la jeune Russe courait sûrement un grave danger. Hélas, Athéna n'avait aucun moyen de la contacter sans attirer des soupçons sur elle. Mieux valait ne rien faire.

La stupéfiante nouvelle s'étala sur toutes les chaînes d'information au cours de la matinée. Natasha en prit connaissance avec stupéfaction. C'était tellement étrange ! Cela avait-il un lien avec le départ du hors-bord en plein milieu de la nuit ? Quelqu'un avait-il alerté Vladimir ?

Elle n'avait aucun moyen de le savoir. Mais au moins les Luca avaient-ils récupéré leurs tableaux. Elle était heureuse pour eux, mais ne cessait de s'interroger. Pourquoi Vladimir avait-il fait rapporter les œuvres ? Avait-il l'intention de les rendre depuis le début ?

Cet après-midi-là, il lui fit l'amour avec une passion décuplée, puis il lui annonça qu'ils sortiraient dîner à vingt heures. Il ne lui révéla pas où, car c'était une surprise.

Le soir venu, elle enfila une robe Dior haute couture qu'elle n'avait encore jamais portée. Alors qu'elle montait dans la navette qui allait les conduire à terre, Vladimir lui déclara qu'elle n'avait jamais été aussi belle.

Il descendit le premier du hors-bord et l'observa pendant qu'elle enfilait ses sandales à talons hauts sur le quai. La Rolls les attendait un peu plus loin, et, comme ils s'en approchaient, Vladimir s'arrêta soudain et fixa Natasha avec une expression inédite et terrible. Ses yeux étaient comme de la glace, son visage était un masque de regret.

— C'est fini, Natasha. Je sais ce que tu as vu. J'ignore si tu l'as raconté à cette enquêtrice, mais je ne peux prendre aucun risque. Je n'irai pas en prison pour toi, ni pour personne. Cet idiot de Luca aurait dû me vendre le tableau que je voulais – cela aurait été plus simple pour tout le monde. Quoi qu'il en soit, je ne peux plus te faire confiance. J'ai l'impression que tu as révélé certains détails que tu n'aurais pas dû, mais ce n'est qu'une supposition. Je ne le saurai jamais avec certitude. Je te laisse profiter de l'appartement à Paris pendant un mois. Je ferai livrer tes vêtements là-bas.

Les yeux écarquillés, la jeune Russe le fixait avec incrédulité, incapable de dire un seul mot.

Alors voilà. C'était fini entre eux. Juste, comme ça, après huit ans passés ensemble, sans un seul regard en arrière.

— Tu peux garder tes vêtements et tes bijoux. Tu en obtiendras un bon prix si tu les vends. Tu peux aussi conserver l'argent de ton compte bancaire. Je te demande juste de quitter l'appartement de Paris d'ici à la fin juillet. Je vais le vendre. Tu es une belle fille, Natasha. Tu t'en sortiras.

Puis il ajouta avec douceur :

— Tu vas me manquer. File, maintenant. Le jet t'attend à l'aéroport.

Sur ces mots, il regagna son hors-bord, la tête basse. Natasha voulut lui courir après, l'arrêter et lui dire qu'elle l'aimait. Mais était-ce vraiment le cas ? Comment le respecter après ce qu'il avait fait ?

Dans le passé, il l'avait sauvée. À présent, il la rejetait. Sans même savoir avec certitude si elle l'avait trahi, il rompait tout lien avec elle pour se protéger.

Il ne voulait prendre aucun risque. Elle n'en valait pas la peine. Hébétée, elle observa l'annexe s'éloigner du quai et regagner le yacht. Vladimir n'eut pas un seul regard en arrière pour elle. Natasha grimpa dans la Rolls, fixant le paysage à travers ses larmes tandis que le chauffeur la conduisait à l'aéroport. Pour la première fois depuis des années, elle était seule au monde, sans personne pour la protéger ou prendre soin d'elle. Cependant, si terrifiant que cela puisse lui sembler au moment présent, elle savait que Vladimir avait raison : elle s'en sortirait.

Vladimir se tenait sur le pont supérieur du yacht. Il n'éprouvait aucun regret. Il ne pouvait risquer tout ce qu'il avait construit pour une femme, si belle soit-elle. Natasha avait-elle un lien quelconque avec Théo Luca ? L'avait-elle trahi ? Il ne le saurait jamais, mais ça n'avait pas d'importance. Certes, elle lui manquerait, mais pas pour longtemps.

Quand il pénétra dans sa cabine ce soir-là, les affaires de son ex-compagne avaient été emballées ; toute trace d'elle avait disparu.

13

Alors que le jet privé de Vladimir l'emportait vers Paris, Natasha se demandait si l'équipage de bord connaissait la raison pour laquelle elle regagnait la capitale française. Durant tout le vol, elle resta silencieuse, regardant par le hublot, se posant mille questions. Parviendrait-elle à se débrouiller seule ? Où irait-elle ? Elle ignorait même quelle somme elle possédait sur son compte bancaire. Elle devait examiner tout cela et chercher un emploi. Peut-être pourrait-elle trouver un poste dans une galerie à Paris ?

Quand elle pénétra dans l'appartement de l'avenue Montaigne, son cœur se serra. Neuf mois plus tôt, elle s'était tant investie pour le décorer, choisissant avec soin chaque meuble, objet et étoffe afin de créer un véritable nid d'amour. Elle se demanda si elle pouvait emporter quelques affaires. Mais Vladimir avait été très clair. Seuls ses vêtements et ses bijoux lui appartenaient. Aucune œuvre d'art. Si ce n'est le portrait de Théo Luca, songea-t-elle, offert par l'artiste en personne.

Toute la soirée, elle déambula dans l'appartement, essayant d'analyser ce qui s'était passé. Vladimir avait dit qu'il ne pouvait plus lui faire confiance. Mais la réciproque était tout aussi vraie : comment aurait-elle pu, elle, continuer à lui faire confiance après avoir découvert qu'il avait volé pour cent millions de dollars d'œuvres d'art ? Elle se demandait bien ce qu'il avait eu l'intention d'en faire avant de changer d'avis et de les rendre. Elle ne le saurait jamais. Quoi qu'il en soit, c'était trop choquant ! Enfin lui avait été révélée la véritable personnalité de Vladimir, qu'elle n'avait fait qu'entrevoir auparavant.

Toute la nuit, elle continua d'ouvrir les placards dans l'appartement et réalisa alors que la suggestion qu'il lui avait faite de vendre ses tenues et accessoires était une bonne idée. Il ne servait à rien de garder ces splendides vêtements de haute couture, ces élégantes robes du soir, ces somptueuses fourrures, ces sacs *Birkin* en alligator avec leurs fermoirs en diamants. Elle ne les porterait plus, ne s'imaginant pas mener de nouveau ce genre de vie fastueuse. Même si c'était la seule qu'elle connaissait depuis huit ans, elle souhaitait à présent retrouver une vie simple. Une vie où elle ne dépendrait que d'elle-même.

Le lendemain matin, quand la domestique arriva à huit heures, Natasha était encore debout. Elle ne s'était pas couchée de la nuit… Comme Ludmilla ne posait pas de questions, elle comprit qu'elle avait été avertie de son futur déménagement. Elle lui demanda d'aller acheter de grandes boîtes et d'installer des portants dans le long couloir qui menait à son dressing. Elle pourrait ainsi distinguer facilement les vêtements qu'elle souhaitait garder de ceux qu'elle mettrait en vente. Quelle curieuse sensation ! Elle avait l'impression qu'on lui retirait sa vie. C'était comme devenir une réfugiée du jour au lendemain.

Ludmilla ne fit aucune remarque quand Natasha commença à sortir ses vêtements des placards. La jeune femme essayait d'organiser ses idées, s'efforçant de ne pas paniquer quant à son avenir et de chasser de son esprit le visage de glace de Vladimir quand il l'avait bannie de sa vie. Dire qu'après toutes ces années il ne lui avait fallu que quelques instants sur un quai pour la chasser de son existence !

Cette vie dorée qu'elle avait menée à ses côtés avait disparu pour toujours. Allait-elle la regretter ? Elle avait aujourd'hui l'occasion de faire ce qu'elle voulait, de retrouver cette liberté qu'elle avait abandonnée en acceptant de devenir sa maîtresse. Elle n'était plus obligée de vivre selon l'emploi du temps de Vladimir ni d'attendre ses ordres. Enfin, elle pouvait faire des rencontres, nouer des amitiés.

Depuis le début de sa liaison avec lui, elle avait toujours pensé que la vie avait été bonne pour elle. S'était-elle trompée ? S'était-elle laissé éblouir par tout ce luxe ? Elle repensa soudain aux deux femmes qui avaient été assassinées l'année précédente alors qu'ils se trouvaient en Sardaigne. Des femmes comme elle, dont le seul crime avait été de vivre avec des hommes comme Vladimir. Le simple fait d'être sa compagne avait comporté des risques. Elle le comprenait désormais.

Elle entreprit de classer ses robes de haute couture par créateur en les accompagnant des dessins de présentation esquissés par les stylistes et qu'elle avait précieusement gardés en souvenir. Elle avait également conservé des photographies des défilés où les robes étaient présentées par des mannequins célèbres avant d'être confectionnées sur mesure pour elle. Finalement, elle remplit ainsi six portants de robes, tant elle en avait !

À midi, elle avait à peine vidé la moitié de son dressing. Elle fit une courte pause et s'allongea sur son lit quelques minutes, avant de se mettre à vider les tiroirs de sa table de nuit et des commodes de sa chambre, lesquels contenaient principalement des documents et des bijoux fantaisie, ainsi que de multiples nuisettes en satin, très sexy, comme Vladimir les aimait. Tandis qu'elle les alignait devant elle, elle les vit pour la première fois pour ce qu'elles étaient réellement : les atours d'une femme qui se devait de séduire l'homme qui payait ses factures…

Oui, en fin de compte, elle n'avait pas été si différente de sa mère, juste plus chanceuse et mieux habillée. Mais il n'était plus question de reproduire ce schéma. Elle ne serait plus un objet sexuel. Elle n'échangerait plus ses services contre une protection et un mode de vie haut de gamme. Elle comprenait maintenant pourquoi Théo lui avait posé toutes ces questions. Mon Dieu ! Qu'avait-il dû penser d'elle ? Bah ! Quoi qu'il en soit, cela ne l'avait pas empêché de vouloir la peindre ni de discuter longuement avec elle. Comme elle aurait aimé qu'ils soient amis ! Elle envisagea un instant de l'appeler au restaurant pour lui dire qu'elle était contente qu'ils aient récupéré leurs tableaux, mais y renonça.

Elle sortit ensuite du dressing des combinaisons pantalon en satin, des tailleurs d'hiver, des pantalons et des robes, des créations sublimes qu'elle portait pour leurs élégants dîners à Londres et à Paris. Un véritable arc-en-ciel de couleurs se déployait sur les portants dans une myriade de tissus…

En fin d'après-midi, elle se souvint qu'elle devait appeler la banque. Il lui fallait savoir combien elle avait sur son compte. Le montant annoncé par le banquier représentait à ses yeux une grosse somme d'argent, mais elle réalisa soudain que cela n'aurait pas suffi à payer une seule de ses robes du soir… Bien sûr, elle allait les vendre, mais cela prendrait un certain temps. Pourrait-elle vivre de ses économies en attendant ? Combien lui en coûterait-il, notamment, de louer un petit appartement, peut-être quelque part sur la rive gauche, dans une rue tranquille ? Elle n'en avait aucune idée… Elle n'avait jamais rien réglé elle-même. Sur les ordres de Vladimir, ses employés s'étaient toujours occupés de tout pour elle.

Le lendemain matin, elle appela l'agence immobilière qui leur avait trouvé l'appartement. Elle annonça à l'agente qu'elle avait un cousin arrivant de Russie qui avait besoin d'un petit appartement bon marché dans un quartier sûr, de préférence dans le sixième ou le septième arrondissement, ou dans un quartier moins cher si nécessaire. La femme lui proposa aussitôt son aide et ajouta qu'elle était désolée d'apprendre qu'ils vendaient déjà. Elle avait entendu dire que Natasha avait réalisé un très beau travail de décoration.

Ainsi Vladimir n'avait-il pas perdu de temps pour mettre l'appartement en vente. L'agente lui annonça qu'ils effectueraient des visites avec des acheteurs potentiels dès qu'elle aurait déménagé. Vladimir vendait l'appartement avec les meubles. Manifestement, il ne voulait pas se souvenir de leur vie commune… Cela la blessa un peu, mais elle s'efforça de ne pas y penser. Elle ne pouvait pas se permettre d'être sentimentale, ni d'avoir peur.

L'agente promit de la rappeler dès qu'elle aurait effectué quelques recherches dans ses offres de location. La mascarade de la recherche d'un appartement pour un hypothétique cousin n'étant plus nécessaire puisque la femme savait déjà tant de choses, Natasha spécifia qu'elle souhaitait visiter des appartements de petite superficie et pas trop chers, car elle allait vivre seule et avait un budget modeste. Tandis qu'elle prononçait ces paroles, l'embarras la saisit et elle se sentit rougir jusqu'aux cheveux – par chance, personne ne pouvait la voir…

Natasha se rendait soudain compte que de nombreuses humiliations l'attendaient. Elle devrait négocier de pied ferme pour vendre ses biens au meilleur prix et, surtout, tâcher de trouver un emploi alors qu'elle n'avait aucune expérience. Qui accepterait de l'engager ? Devrait-elle chercher un emploi de femme de chambre dans un hôtel quelconque ? Ou se résoudre à travailler comme domestique à demeure ? Tout était possible, mais l'important, c'était qu'elle conserve sa liberté. Quoi qu'il lui en coûte. Même si certaines portes s'étaient refermées derrière elle, d'autres ne tarderaient pas à s'ouvrir. Il lui suffisait d'être patiente et de rester déterminée.

Il lui fallut quatre jours pour vider méthodiquement ses placards et sélectionner les tenues qu'elle mettrait en vente. Elle avait décidé de conserver ses deux robes du soir les plus simples, puis en retint finalement quatre On ne savait jamais… Trois de ces robes étaient noires et très simples, mais d'une belle facture. La quatrième était d'un beau rouge profond. C'était un modèle qui lui avait plu dès qu'elle l'avait vu, et l'un des rares que Vladimir l'eût autorisée à choisir elle-même.

Elle gardait aussi quelques tailleurs en laine, un certain nombre de jupes et de pantalons et tous ses pulls et chemisiers. Ses chemisiers étaient certes des modèles haute couture, mais elle pourrait en avoir besoin si elle décrochait un emploi dans une galerie d'art. Elle conservait également une demi-douzaine de manteaux de laine, d'autres plus légers, ainsi qu'une veste de renard noir et le manteau de zibeline que Vladimir lui avait acheté chez Dior l'hiver précédent. Il était si beau qu'il lui fut impossible de s'en défaire. En revanche, elle ne garda aucune des extravagantes paires de chaussures portées lors d'élégantes réceptions. Juste celles dont elle avait besoin pour le quotidien, quelques paires plus habillées et ses bottes préférées. Elle disposa toutes ses toques en fourrure sur l'étagère « à vendre », sauf celle assortie au manteau de zibeline. Elle vendrait aussi ses sacs *Birkin*. Elle n'avait jamais vraiment aimé ce modèle. C'était Vladimir qui tenait à les lui voir au bras.

Dire qu'il avait payé plus de deux cent mille dollars pour chacun de ces sacs. Leur prix chez Hermès avait même augmenté depuis. Combien pourrait-elle en obtenir si elle les vendait aux enchères ? Les clients de la célèbre maison, désespérés de devoir patienter trois ans en liste d'attente pour acquérir de nouveaux modèles dans leurs couleurs préferées, étaient toujours prêts à payer cher même des modèles d'occasion. Cela jouerait en sa faveur.

Il y avait enfin tous ses bijoux soigneusement rangés dans leurs coffrets. Vladimir avait été plus enclin à lui offrir des pièces très stylisées plutôt que de grosses pierres, mais elle était certaine qu'il y avait un marché pour cela. Il lui suffirait de bien se renseigner.

Quelques jours plus tard, l'agence avait trois offres de location à lui proposer, des appartements non meublés. Mon Dieu ! Des meubles ! Natasha n'avait pas pensé à ça. Encore des dépenses en perspective ! Mais l'agente la rassura et lui suggéra d'aller chez Ikea, où elle trouverait tout ce dont elle aurait besoin à bon marché. Elle pourrait même faire ses achats en ligne et se faire livrer… Tout cela était très nouveau pour Natasha, mais il n'y avait pas de raison qu'elle n'y arrive pas. Sa vie sans Vladimir s'annonçait fort éloignée du luxe qu'elle avait connu avec lui, mais tout de même bien plus facile qu'à Moscou, lorsqu'elle travaillait à l'usine ! Et une fois qu'elle aurait vendu ses biens, elle aurait assez d'argent pour être à l'abri un certain temps. Elle n'avait plus la protection de Vladimir, mais elle était libre ! Et cela n'avait pas de prix !

L'agente lui proposa d'aller visiter les appartements l'après-midi même. Natasha accepta immédiatement. Elle était ravie. D'autant qu'elle n'avait pas quitté le luxueux duplex de l'avenue Montaigne depuis plusieurs jours, travaillant avec acharnement à trier et à emballer toute sa garde-robe. En outre, les loyers lui semblaient raisonnables. Son interlocutrice lui rappela qu'elle ne devait pas s'attendre à quoi que ce soit de grandiose, que ces appartements étaient de petite taille et n'avaient absolument rien à voir avec son cadre de vie habituel. Peu importait, lui assura Natasha. Elle avait bien conscience que sa vie venait de prendre un tournant radical, et d'ailleurs, malgré quelques crises d'anxiété, elle s'en réjouissait.

Elle prit un taxi et retrouva l'agente devant le premier immeuble, rue du Cherche-Midi. Vêtue d'un jean, Natasha avait tout de même enfilé de ravissants escarpins et un chemisier fort élégant. Elle portait un des sacs Hermès qu'elle avait décidé de garder, un modèle noir, sans fermoir en diamants.

Situé au troisième étage sans ascenseur, l'appartement donnait sur une arrière-cour. Il était sombre et déprimant. La chambre à coucher était à peine assez grande pour un lit, le salon était petit lui aussi, et la cuisine et la salle de bains étaient sinistres. Non, il n'était pas question qu'elle habite là, même si le loyer était raisonnable.

Les deux femmes quittèrent les lieux et marchèrent jusqu'à la rue Saint-Dominique. De nombreux restaurants créaient un environnement bruyant. De plus, le loyer était le plus élevé des trois. Un ascenseur minuscule les conduisit au cinquième étage. L'appartement était assez joli, et plus clair que le précédent, mais Natasha n'était pas conquise : elle voulait une rue plus calme. Elles se dirigèrent donc vers le dernier appartement de leur liste, rue du Bac, au coin d'une galerie et d'un petit bistro. Il y avait une pharmacie et une épicerie à proximité, ce que Natasha jugea pratique. L'appartement se trouvait au deuxième étage sans ascenseur, dans un immeuble ancien de caractère. En entrant, Natasha fut cependant choquée par la petite superficie.

— La femme qui possède l'appartement est propriétaire de l'immeuble, lui expliqua l'agente. Sa fille vivait ici avec son mari, mais ils viennent d'avoir un bébé, et ils ont déménagé pour un appartement plus grand, dans les étages. Je crois que la propriétaire vit elle-même dans l'immeuble.

Songeuse, Natasha contempla les lieux. Elle ne voyait pas comment un couple pouvait vivre dans si peu d'espace, encore moins avec un bébé, mais l'appartement était très propre et bien exposé. Si la chambre était minuscule, des jardinières joliment fleuries aux fenêtres donnaient à la pièce un air pimpant. Les plafonds étaient hauts, le salon, d'une superficie décente, s'ornait même d'une cheminée. Le placard de l'entrée, pas très grand, lui suffirait puisque sa garde-robe serait considérablement diminuée. La cuisine avait été équipée de neuf à l'occasion du mariage de la fille de la propriétaire, et la salle de bains à l'ancienne avait beaucoup de charme. Le quartier était sûr, l'immeuble, bien entretenu. La porte d'entrée du bâtiment comportait un code et un interphone. Quant au montant du loyer, il s'accordait très bien avec son budget.

— Je le prends, dit-elle soulagée.

L'appartement serait disponible le dernier jour de juillet. Tout était donc parfait.

— J'espère que vous serez heureuse ici, dit l'agente avec un sourire compatissant.

Elle savait que Natasha avait été habituée à vivre dans le luxe. En temps normal, ce n'était pas elle qui gérait les locations à l'agence, mais elle avait senti l'anxiété de Natasha lors de leur entretien téléphonique. Elle avait deviné que Vladimir avait rompu et que l'univers de la jeune femme avait brusquement volé en éclats. C'est pourquoi elle avait tenu à l'aider. Elle lui inscrivit le nom « Ikea » sur une feuille de son carnet et la lui tendit.

— Vous trouverez tout ce dont vous avez besoin là-bas : meubles, linge de maison, assiettes, tapis, lampes. Il vous faudra juste trouver quelqu'un pour vous aider à assembler les meubles.

Natasha lui lança un regard perplexe.

— Ils sont livrés en kit, expliqua-t-elle. Mais rien d'insurmontable… Juste un peu long, parfois. J'ai un bon bricoleur russe à vous recommander, si vous voulez.

Le visage de Natasha s'illumina.

— Ce serait merveilleux. Je ne suis pas très douée pour le bricolage, avoua-t-elle.

Toutes deux éclatèrent de rire. L'agente s'en doutait bien. Il y avait beaucoup de problèmes pratiques auxquels Natasha allait devoir faire face…

Son interlocutrice lui promit d'obtenir le bail dans les prochains jours, un bail classique, qui lui permettrait de rester dans l'appartement pendant neuf ans si elle le désirait. Pour Natasha, c'était une nouvelle réconfortante, et elle était certaine de pouvoir payer le loyer si elle trouvait un petit emploi dans une galerie. Elle aurait donc le principal : un toit sur la tête. Une sécurité qu'elle ne devrait qu'à elle-même et qui ne serait pas susceptible d'être remise en question du jour au lendemain…

Comparé à son minuscule nouvel appartement, le duplex de l'avenue Montaigne lui fit l'effet d'un véritable château, avec ses immenses et nombreuses pièces, ses boiseries, ses hauts plafonds et ses antiquités. Cependant, mieux valait ne pas regarder en arrière, ni comparer son ancienne vie et l'actuelle. D'ailleurs, elle avait bien trop à faire pour perdre du temps à rêvasser ou à se lamenter. Elle devait désormais prospecter pour savoir où vendre ses vêtements et ses bijoux au meilleur prix. Dans des ventes aux enchères ? Et si oui, quelle maison choisir ? Et quand aurait lieu la prochaine vente pour ce genre de biens ? Devrait-elle patienter plusieurs mois ?

Ses conversations avec les maisons de vente aux enchères les jours suivants furent instructives. On lui demanda s'il s'agissait d'une succession. Le responsable des ventes voulait connaître l'âge des vêtements. Elle lui assura qu'ils étaient tous assez récents. Certains faisaient même partie des dernières collections de haute couture et n'avaient pas encore été portés. On lui expliqua que les articles partiraient à environ la moitié de leur valeur d'achat, voire moins, avec une réserve si elle le souhaitait. Et elle devrait payer une commission de vingt pour cent à la maison de vente. Elle recevrait donc quatre-vingts pour cent de la moitié de ce que Vladimir avait payé, ce qui semblait acceptable. À moins, bien sûr, que les acheteurs ne s'enflamment, que les prix ne s'envolent, auquel cas elle gagnerait plus… Mais certains vêtements risquaient aussi de ne pas se vendre du tout.

Les deux maisons qu'elle avait contactées organisaient des ventes en septembre, quand l'hôtel Drouot rouvrirait, après la fermeture estivale. L'une des maisons avait même une grande vente Hermès à venir, et ils étaient impatients de voir ses sacs *Birkin* et de les photographier pour le catalogue, si elle acceptait de les vendre par leur intermédiaire. Elle prit rendez-vous avec leur expert pour qu'il vienne les examiner avenue Montaigne, car elle ne pourrait porter tous ses sacs tant elle en avait.

Dans la soirée, elle relut ses notes, fit quelques rapides calculs et se sentit soulagée. Si la vente se déroulait bien, elle aurait suffisamment d'argent pour être à l'abri durant une longue période. Alors seulement, elle se rendit compte qu'il était déjà vingt-deux heures et qu'elle avait un peu faim. Or Ludmilla était en congé pour le week-end, et il n'y avait rien à manger dans le réfrigérateur. Elle décida donc de marcher jusqu'à L'Avenue, le restaurant où elle avait déjeuné avec Théo. Elle y commanderait un plat à emporter. En outre, elle avait besoin d'entretenir sa forme.

Une fois sur place, Natasha opta pour une salade au saumon fumé et un bol de fruits rouges, puis s'installa à une table en terrasse en attendant sa commande. Le restaurant était bondé, comme toujours le samedi soir. Soudain, elle entendit quelqu'un l'appeler par son prénom. Regardant autour d'elle, elle vit un homme âgé, de haute stature et à l'allure avenante, vêtu d'un jean noir et d'une chemise blanche, paré de plusieurs chaînes en or autour du cou et d'une lourde Rolex sertie de diamants au poignet. Yuri… Il avait vingt ans de plus que Vladimir, mais il était toujours bel homme.

Vladimir et lui se connaissaient depuis Moscou. Yuri était venu plusieurs fois dîner sur le *Princess Marina*. Il était régulièrement accompagné de jeunes filles russes – très jeunes, même –, qui semblaient interchangeables et gloussaient beaucoup.

— Je suis si heureux de te voir, Natasha ! lança-t-il avec enthousiasme. Tu veux te joindre à moi pour dîner ?

Elle n'en avait aucune envie. Yuri était un incorrigible bavard, et elle n'était pas d'humeur. La semaine avait été stressante pour elle.

— Non, merci, Yuri. Je vais rentrer ; je suis fatiguée. J'ai pris un plat à emporter.

— Tu plaisantes ! Il n'est pas question que tu rentres seule chez toi ! Tu dois dîner avec moi, Natasha !

Sans même attendre qu'elle l'y invite, il s'assit en face d'elle, à la petite table. Il lui offrit du champagne, qu'elle refusa, mais qu'il commanda quand même. Quand la serveuse lui versa une coupe, Natasha n'eut pas l'énergie de refuser à nouveau.

— J'ai vu Vladimir il y a deux jours, à Monte-Carlo. Il était au casino, avec… des amis…, commença Yuri.

Il hésita une fraction de seconde. À la façon dont il la regarda, elle comprit instantanément que son ancien amant était déjà avec une autre femme. Eh bien ! Il n'avait pas perdu de temps…

— Qu'as-tu prévu pour cet été, ma chère Natasha ? reprit Yuri.

Yuri était un homme bien, mais il avait le don de lui taper sur les nerfs. Il était toujours à la limite de la vulgarité, et en compétition permanente avec Vladimir. Un soir sur le yacht, il avait déclaré haut et fort qu'il aimerait rencontrer une femme comme elle. Vladimir lui avait alors répondu de chercher dans les rues de Moscou en plein hiver : il y dénicherait probablement une jeune miséreuse souffrant de pneumonie. Embarrassée, Natasha avait piqué un fard, ce qui n'avait pas empêché les deux hommes de rire aux éclats à cette blague grossière.

Son programme de l'été ? Eh bien, rien que de très ordinaire, songea-t-elle en retenant un fou rire : elle allait déménager dans un petit appartement, acheter des meubles bon marché, faire du ménage, vendre ses vêtements et finalement chercher un emploi à l'automne. Si elle avait dit la vérité à Yuri, il aurait été horrifié et aurait eu pitié d'elle. Or elle ne voulait pas de sa pitié…

— Je ne sais pas encore. Je suis occupée à Paris ce mois-ci. Peut-être irai-je quelque part en août, dit-elle d'un ton vague.

Elle pria intérieurement pour que la serveuse arrive bientôt avec son plat à emporter et qu'elle puisse s'en aller ! Hélas, le restaurant était bondé et le service, plus lent que d'habitude.

— Pourquoi ne viens-tu pas sur mon yacht ? suggéra-t-il, des pépites dans les yeux.

Yuri possédait un yacht d'une soixantaine de mètres, petit par rapport à celui de Vladimir, mais c'était un bateau charmant.

— Je vais à Ibiza, annonça-t-il. On s'amuserait bien.

Cherchait-il une nouvelle petite amie pour l'été ? Elle l'ignorait, mais de toute façon, elle n'avait aucun désir d'aller où que ce soit avec lui. Elle le remercia, prétendant qu'elle avait prévu de séjourner chez des amis en Normandie. Bien sûr, c'était faux, mais c'était tout ce qui lui était venu à l'esprit pour se débarrasser de lui.

Elle avait été choquée de l'entendre dire qu'il avait rencontré Vladimir avec des « amis ». Elle savait ce que cela signifiait : Vladimir exhibait déjà sa nouvelle conquête partout, et ce afin de protéger son ego. Pas question que quiconque puisse penser un seul instant qu'elle l'avait quitté. Il avait dû mettre un point d'honneur à annoncer à toutes ses relations qu'il s'était débarrassé d'elle.

— La Normandie est une région ennuyeuse, reprit Yuri. Viens plutôt à Ibiza, insista-t-il en posant une main sur la sienne.

Elle n'était pas seule depuis une semaine qu'il tentait déjà de l'acheter… Quelle humiliation !

— Tu sais, Natasha, je n'ai pas cessé de penser à toi ces derniers temps. Je voulais t'appeler. C'est Vladimir qui m'a dit que tu étais à Paris. Je suis si content de t'avoir croisée. C'est un signe du destin !

Natasha retira sa main. La situation la stressait de plus en plus ; elle se sentait prisonnière, contrainte d'attendre que la serveuse fasse son apparition. Pour couronner le tout, cette dernière apporta sa salade servie dans une assiette et non « à emporter ». En la voyant attablée avec Yuri, elle avait en effet pensé que Natasha serait ravie de dîner avec son ami, et elle avait donc apporté leurs deux plats ensemble. Natasha était coincée. Il lui était impossible de s'en aller sans paraître grossière.

Résignée, elle plaqua un sourire sur ses lèvres et écouta d'une oreille distraite la conversation de Yuri.

— J'ai quelque chose à te dire, commença-t-il, alors qu'elle avalait sa salade aussi vite que la décence le permettait.

— Vladimir m'a raconté ce qui s'est passé entre vous deux…

— Et qu'a-t-il dit exactement ?

Elle était curieuse d'entendre cette histoire. Vladimir n'était sûrement pas allé raconter qu'il la soupçonnait d'avoir averti la police qu'il était le commanditaire d'un vol de tableaux d'une valeur de cent millions de dollars.

— Il m'a dit que, l'an passé, tu l'avais harcelé pour avoir des enfants. Comme lui n'en veut pas, il a pensé qu'il était juste de te rendre ta liberté afin que tu puisses rencontrer un homme avec qui fonder une famille. C'est très généreux de sa part, je trouve. Pour lui, ç'a été une décision douloureuse à prendre, mais il ne veut que ton bonheur. C'est pour ça qu'il t'a offert le duplex de l'avenue Montaigne.

— Le duplex… ? Vraiment ? Eh bien, non, tout cela est faux.

Quelle importance, après tout ? Ces mensonges étaient destinés à flatter l'ego de Vladimir, à le faire passer pour un héros.

Yuri prit soudain un air grave. Il lui étreignit la main si fort qu'elle en eut presque mal. Elle observa ses dents parfaitement alignées, ses chaînes d'or rutilant sur sa peau trop bronzée, ses implants capillaires très bien réalisés mais néanmoins détectables, car beaucoup trop teints. Malgré tous ses efforts esthétiques, il ne pouvait cacher son âge. Certes, il était encore beau, mais d'une manière artificielle.

— Natasha, laisse-moi te parler franchement. Je t'ai toujours aimée. J'ai deux enfants qui sont plus vieux que toi, et j'adorerais avoir un bébé avec toi. On pourrait se marier si c'est important pour toi, je m'en fiche. Je suis prêt à te verser une importante somme d'argent dès demain pour sceller notre arrangement. Déposée sur un compte suisse à ton nom. Vingt millions pour commencer, ou trente si tu estimes cela plus juste, et le même montant à la naissance de notre enfant. Toutes tes factures payées, des villas où bon te semble... Je pense que nous passerions de très beaux moments ensemble, ajouta-t-il avec une lueur taquine dans l'œil.

Il l'observa avec aplomb, certain de l'avoir convaincue. Pour bien des femmes, cette offre serait idyllique. Yuri venait d'ailleurs de lui proposer bien plus que Vladimir ne lui avait jamais donné. Vingt ou trente millions de dollars sur un compte suisse ! Et autant quand elle aurait accouché de leur enfant. Elle était abasourdie.

— Je pourrais acheter le duplex de Vladimir si tu tiens à le garder, poursuivit Yuri. Comme ça, tu n'aurais pas à déménager. Moi, je préfère séjourner au George V quand je suis à Paris. Tu aurais l'appartement pour toi toute seule.

Elle savait qu'il avait aussi un bel hôtel particulier à Londres. Il ne possédait pas autant de yachts que Vladimir, et le sien était plus petit. Il ne possédait pas non plus d'importantes industries en Russie, et le Président ne figurait pas sur la liste de ses amis proches. Mais c'était un homme très, très riche, qui pesait plusieurs milliards de dollars, selon ce que lui avait dit Vladimir, un jour. Et il n'avait aucun mal à s'entourer de belles femmes.

Mais non, pas elle. Quand bien même il lui offrait la sécurité pour la vie entière, un enfant si elle le voulait, et le mariage.

— Je ne sais pas quoi répondre, lâcha-t-elle.

Elle songea que cela faisait des années que Yuri attendait de pouvoir lui faire cette offre extraordinaire, espérant qu'à un moment donné Vladimir et elle se sépareraient. Il lui garantissait la sécurité à laquelle elle était habituée, et même plus encore, puisqu'il lui proposait le mariage et une image respectable, tout du moins aux yeux du monde.

Mais pas aux miens, songea-t-elle en poussant un discret soupir.

— C'est extrêmement généreux de ta part, Yuri. Mais je ne veux pas m'installer avec qui que ce soit. C'est trop tôt.

Que pouvait-elle dire d'autre pour se débarrasser de lui ? Que la seule idée de se retrouver entre ses bras la faisait frissonner de dégoût ? Qu'elle se réjouissait de vivre bientôt dans un appartement plus petit qu'un de ses placards actuels ? Et tant pis pour la sécurité matérielle, le luxe et les voyages… Ce qu'elle voulait maintenant, c'était sa liberté, et non pas abandonner sa vie et son corps à un homme fortuné en échange d'une vie sûre et tranquille.

Elle songea qu'elle avait peut-être tort, que les femmes qui faisaient ce choix étaient plus intelligentes qu'elle… Mais au diable la raison ! Pour sa part, quel que fût le prix offert, elle n'était pas à vendre.

Cela, Yuri ne le comprendrait jamais. Pas plus que Vladimir. Dans leur esprit, elle n'était qu'une marchandise qu'ils pouvaient facilement acquérir. La seule question pour eux était de savoir à quel prix. Tous ces milliardaires n'avaient qu'une chose en tête : ressembler au plus puissant d'entre eux, Vladimir, et peu importait si cela passait par l'acquisition de biens qu'il avait possédés, y compris les femmes qu'il avait quittées. Mais il n'y avait qu'un seul Vladimir, et elle avait déjà vécu avec lui. Elle ne voulait pas d'un autre, ni pire, ni meilleur. Elle préférait se débrouiller seule, même si elle savait que cela ne serait pas tous les jours facile.

Elle ne l'avait pas compris jusque-là, mais c'était en réalité ce qu'elle voulait depuis des années… Et Vladimir venait de lui offrir son indépendance sur un plateau d'argent. Cette liberté chèrement acquise, il était hors de question de l'échanger contre une vie de luxe.

— Je ne suis pas prête, répéta-t-elle.

Yuri eut l'air déçu, mais il lui dit qu'il comprenait.

— Je t'attendrai. Sache que le marché tiendra toujours. Si tu veux plus d'argent, nous pouvons en discuter.

Il était habitué à des femmes qui négociaient durement. Mais ce n'était vraiment pas le genre de Natasha. Sans rien demander à Vladimir, elle avait reçu beaucoup.

Elle termina son dîner. Quand elle voulut payer, Yuri refusa et régla l'addition. Il l'embrassa légèrement sur les lèvres en la quittant et lui demanda de rester en contact avec lui. Elle acquiesça d'un hochement de tête, mais n'en ferait rien. À peine rentrée chez elle, elle se précipita sous la douche, écœurée par la proposition et les agissements du Russe. Ainsi, c'était ce qu'elle était aux yeux de tous ! Une fille qui vendait son corps et son âme aux hommes les plus riches du monde.

Mais, ça, c'était fini ! Quoi qu'il arrive désormais, elle savait qu'elle ne recommencerait jamais. Personne ne prendrait le contrôle sur elle. Elle ne vendrait plus son corps, sa vie ou sa liberté, même pour la plus fabuleuse des offres. Elle était enfin libre.

14

Le lundi matin, Natasha reçut les vêtements que lui avait fait envoyer Vladimir depuis le yacht. Elle les tria aussitôt et n'en garda que très peu, conservant seulement ses jeans et maillots de bain, et un sac Hermès blanc qu'elle pourrait utiliser en été. Une tristesse l'envahit à la pensée de ces huit années passées avec Vladimir : n'avait-elle été, pendant tout ce temps, qu'une prostituée de haut vol ? Bien sûr, elle avait cru qu'ils s'aimaient, d'une certaine manière, et qu'ils avaient besoin l'un de l'autre, mais elle s'était trompée : il ne l'aimait pas, elle n'avait été pour lui qu'une possession parmi d'autres. Quant à elle, peut-être finalement que ce qu'elle avait ressenti pour lui n'était pas de l'amour, mais seulement de la gratitude et du respect. Aujourd'hui, toutefois, après son acte malveillant envers les Luca, elle n'avait plus de respect pour lui.

Elle secoua la tête et se força à penser à autre chose. Ses derniers entretiens avec les maisons de vente aux enchères s'étaient révélés efficaces et déprimants. Elle songea avec malice qu'ils avaient eu raison de lui demander s'il s'agissait d'une succession : la personne qu'elle était quand elle portait ces vêtements n'existait plus. Elle était morte. Elle vendait les vêtements d'une femme qui n'existait plus.

Elle tirerait certainement une somme décente de toutes ses possessions, notamment grâce à ses sacs à fermoirs en diamants. Ceux-ci se vendaient généralement plus cher aux enchères que directement chez Hermès. Ses bijoux, en revanche, qu'elle présenta l'après-midi même à un bijoutier, ne lui rapportèrent qu'une fraction de ce que Vladimir avait payé.

Elle signa finalement avec la plus importante des deux maisons d'enchères qu'elle avait consultées : ses vêtements seraient intégrés à une vente de haute couture en septembre. Et ses sacs proposés un peu plus tard dans le mois, au sein d'une grande vente Hermès. Des employés viendraient chercher toutes ses affaires la veille de son déménagement. Après avoir signé les documents, Natasha se sentit étrangement libérée. Les symboles de sa vie de femme soumise disparaissaient lentement ; c'était comme des chaînes qui se brisaient.

Dans la semaine, elle loua une camionnette et se rendit chez Ikea – elle avait au préalable soigneusement mesuré les pièces de son nouvel appartement. Elle s'y procura tous les articles de base dont elle avait besoin, y compris des assiettes et des casseroles, puis alla dans une boutique où l'on trouvait des articles de qualité supérieure pour y acheter son linge de maison. Certes, tout cela n'avait rien à voir avec ce à quoi on l'avait habituée – fini les draps Dior en satin délicat ornés d'une précieuse dentelle –, mais sa nouvelle vie était ainsi et c'était pour le mieux !

Elle téléphona au bricoleur russe recommandé par la femme de l'agence immobilière, lequel lui promit d'assembler ses meubles le jour de son emménagement. Finalement, elle brûlait d'impatience de quitter le duplex de l'avenue Montaigne. Malgré sa magnificence, cet endroit n'était qu'un lieu de représentation dépourvu de vie. Son nouvel appartement avait beau être minuscule, il était beaucoup plus réel, et c'est tout ce qu'elle souhaitait désormais : une vraie vie bien à elle.

Tandis qu'elle farfouillait dans son sac, elle tomba sur le numéro de téléphone de Théo Luca. Le jeune homme lui avait proposé son aide un jour, mais elle n'en ressentit nullement le besoin. Elle s'en sortait très bien toute seule, et elle ne voulait pas de sa pitié. Elle n'avait aucune envie de lui expliquer les raisons de sa rupture avec Vladimir. Bien sûr, elle aimait beaucoup le portrait qu'il avait peint d'elle. C'était la seule œuvre d'art qui lui appartenait, et elle l'emporterait dans son nouvel appartement. Il n'en restait pas moins que Théo et elle étaient des étrangers l'un pour l'autre. Il avait sa vie d'artiste, et elle, elle devait faire son propre chemin. Non, jamais elle ne reverrait Théo Luca.

*

À la mi-juillet, Maylis était de retour au Da Lorenzo à temps plein, et Théo put réintégrer son atelier. La sécurité du restaurant avait été renforcée, mais tous étaient encore secoués par le cambriolage. Le retour des tableaux était un véritable miracle. Théo restait persuadé que Stanislas était mouillé dans l'affaire.

Ce dingue avide de pouvoir avait fomenté une vengeance contre lui, car il avait refusé de lui vendre le tableau qu'il convoitait. Malgré leur implication, ni les enquêteurs de l'assurance ni les policiers n'avaient trouvé le moindre indice, ce qui signifiait que les tableaux n'étaient pas apparus sur le marché des receleurs.

Un jour, Maylis annonça à son fils au cours d'une conversation téléphonique qu'un de ses clients russes lui avait appris que le *Princess Marina* allait naviguer dans les Cyclades tout l'été. Théo en fut soulagé. Même s'il pensait parfois à Natasha, il préférait ne pas la revoir. Peu après avoir raccroché, il contempla son portrait inachevé et sut ce qu'il avait à faire pour mettre un point final à son obsession. Plaçant le tableau sur un chevalet, il le recouvrit d'un enduit de préparation blanc, et sa toile redevint vierge. Il avait déjà peint un portrait d'elle, c'était suffisant. Car une chose était certaine : il ne ferait jamais partie de la vie de la belle Russe. Elle était la poupée d'un homme richissime. Pour sa part, il avait sa propre barque à mener et n'éprouvait plus le besoin de s'immiscer dans la sienne.

Il avait un temps songé à rappeler Inez, mais s'était toujours ravisé. Leurs objectifs de vie étaient si différents ! Elle voulait un mari et d'autres enfants, alors que lui était incapable, pour l'instant du moins, de se projeter dans une vie maritale traditionnelle… Quant à Emma, il n'avait pas donné suite non plus. À cause du vol des œuvres de son père, il avait raté la foire d'art de Londres, et, de toute façon, l'adorable Anglaise était trop excentrique pour lui.

Natasha. Inez. Emma. Autant tirer définitivement un trait sur ces belles femmes. Pour l'heure, il était seul, et cela lui convenait parfaitement.

Marc passa justement le voir à son atelier ce jour-là. Théo lui raconta ce qu'il avait fait subir au portrait de Natasha ; ce geste avait été une libération pour lui.

— Bravo, quel courage ! lui lança Marc.

Théo sourit et se leva pour aller chercher une bouteille de vin. Les deux amis passèrent une partie de l'après-midi à boire et à évoquer la gent féminine, jusqu'à ce que Marc, qui venait juste de rompre avec sa dernière petite amie, en arrive à la conclusion que les artistes étaient peut-être des êtres incapables d'avoir une vie amoureuse.

— Mon père a eu quatre maîtresses, deux femmes et huit enfants, rétorqua Théo. Et c'était un sacré artiste ! Il suffit de trouver la femme qui convient…

— C'est bien le problème !

Théo acquiesça d'un signe de tête, songeur. C'était le premier jour de pause qu'il s'accordait depuis des semaines. Comme c'était agréable de passer un peu de temps avec Marc ! En fin d'après-midi, les deux amis décidèrent d'aller nager à Antibes. Ayant légèrement trop bu, ils prirent le bus. Ils revinrent souriants et détendus, se promettant de s'accorder plus souvent de tels petits moments de plaisir.

*

Une fois les tableaux de Lorenzo Luca miraculeusement rendus à leurs propriétaires, les deux policiers Athéna et Steve furent immédiatement affectés à une autre affaire : un cambriolage à Saint-Jean-Cap-Ferrat, lors duquel tous les domestiques avaient été ligotés et retenus en otage en l'absence de la famille. Ils avaient été libérés sains et saufs, mais des bijoux d'une valeur de dix millions de dollars avaient disparu, ainsi qu'un million de dollars en liquide conservé dans un coffre-fort. Athéna était persuadée que c'était un travail interne – la prise d'otages étant une ficelle trop grossière –, et elle avait raison. Le majordome et le cuisinier furent arrêtés, de nombreuses preuves plaidant pour leur culpabilité.

Un après-midi – cela faisait maintenant trois semaines que les tableaux avaient été restitués aux Luca – Athéna annonça à Steve qu'elle avait pris rendez-vous avec Théo et allait à Saint-Paul-de-Vence pour le voir. Elle voulait avoir une dernière conversation avec lui et n'en avait jamais eu l'occasion à cause du cambriolage de Saint-Jean-Cap-Ferrat.

— Tu pars sans moi ? Tu as envie de draguer le bel artiste du coin, en fait, la taquina-t-il.

— Ne sois pas si bête. Il s'agit du boulot.

— Raconte ça à un autre !

Théo accueillit Athéna avec chaleur, lui proposant même un verre de vin. La jeune policière refusa. Elle était là pour travailler, pour régler les derniers détails de cette affaire. Elle portait une jupe blanche unie et un chemisier, une tenue très simple qui n'avait rien de sexy ou d'apprêté. Contrairement à ce que pensait Steve, elle n'avait aucune intention de faire des avances à Théo Luca. Certes, il était séduisant, et dans d'autres circonstances… pourquoi pas ? Mais son instinct la trompait rarement, et son instinct lui disait que le jeune artiste était amoureux de Natasha. Le portrait qu'il avait peint d'elle le trahissait.

Ils s'installèrent à sa table de cuisine autour d'un café, et elle le fixa avec sérieux, voire gravité.

— Ça ne change plus rien aujourd'hui, mais je tenais à vous apprendre que nous avions finalement eu un informateur dans votre affaire. Je suis persuadée que c'est grâce à ses indications que vous avez récupéré vos tableaux.

Stupéfait, Théo attendit la suite de cette curieuse révélation.

— Sous prétexte de rencontrer Stanislas, je suis allée bavarder avec sa petite amie, poursuivit Athéna. Je voulais découvrir si elle savait quelque chose. Mon sixième sens me dictait que oui. Elle m'a semblé très mal à l'aise pendant notre entretien. Elle m'a raconté qu'ils avaient failli être abordés par des pirates au large de la Croatie. Stanislas a ordonné à ses hommes de sortir les armes. Ils ont des kalachnikovs sur le yacht, et l'équipage sait s'en servir. Elle m'a annoncé cela sur le ton de la conversation, puis elle s'est levée pour me raccompagner et s'est dirigée vers le pont inférieur. Nous n'avons pas pris l'ascenseur, et j'ai réalisé par la suite qu'il y avait des caméras de surveillance un peu partout sur le bateau et qu'elle devait chercher un endroit où personne ne pourrait la voir ni l'entendre. À mi-chemin dans les escaliers, elle s'est retournée vers moi et m'a chuchoté que les tableaux étaient dans la salle des armes.

— Quoi ? Dans la salle des armes ? s'exclama le jeune homme.

— Oui. J'ai essayé d'obtenir un mandat pour fouiller le bateau, mais mes supérieurs ont décrété que je n'avais pas assez d'informations pour aller plus loin. En fait, j'ai refusé d'identifier ma source par peur pour elle des représailles si Stanislas apprenait qu'elle m'avait parlé. Dieu seul sait ce qu'il aurait fait subir à sa compagne s'il s'était retrouvé en prison à cause d'elle. J'ai hélas fait cette erreur de divulguer le nom d'un informateur quand j'étais plus jeune. Ça ne s'est pas bien terminé pour lui. Désormais, je protège toujours mes sources.

— Elle a vu les tableaux ? répéta Théo, incrédule.

— Apparemment, oui. Peut-être était-elle présente quand ils ont distribué les fusils pour se défendre contre les pirates. À mon avis, c'est à ce moment-là qu'elle a vu et compris. De toute façon, je n'ai pas obtenu le mandat, et mes supérieurs m'ont ordonné de ne plus y penser. Et c'est là que les tableaux ont mystérieusement réapparu. J'ignore comment Stanislas a appris ou deviné que sa compagne m'avait parlé. Quoi qu'il en soit, c'est peut-être parce qu'elle m'avait fait cet aveu que vous avez récupéré les toiles ; pour une fois, Stanislas s'est senti vulnérable…

Athéna hocha la tête, puis reprit :

— Voilà toute l'histoire. Je tenais à vous faire savoir qu'elle avait eu le courage de me le dire. C'était risqué de sa part. Elle aurait pu y laisser la vie.

— Elle va bien ? Quelqu'un l'a vue depuis ?

Après les révélations d'Athéna, l'imagination de Théo s'enflammait. Et si Stanislas retenait Natasha prisonnière sur son yacht et la torturait ? Et s'il l'avait fait assassiner ?

— Je ne sais pas grand-chose, malheureusement. Ah si, quand même : mon coéquipier a pris un verre avec deux matelots du *Princess Marina* avant leur départ pour les Cyclades, et ils lui ont révélé en toute confidentialité que Stanislas avait largué sa compagne le lendemain du jour de la réapparition miraculeuse de vos tableaux. Le même jour techniquement. Les tableaux ont été raccrochés sur vos murs entre deux et quatre heures du matin, et il l'a plaquée en début de soirée, en cinq minutes sur le quai, juste comme ça. Il était censé l'emmener dîner ; à la place, il l'a renvoyée à Paris pour emballer ses affaires.

Athéna soupira.

— Elle a eu de la chance. Car s'il la soupçonnait, elle aurait très bien pu subir de fortes représailles. Le yacht a quitté le coin quelques jours plus tard. Je ne sais pas où est Natasha maintenant, ni où elle a pu se rendre. Peut-être est-elle retournée en Russie ?

— J'en doute, lâcha Théo d'un air pensif, se remémorant ce que la jeune femme lui avait dit sur sa vie là-bas lors de leur déjeuner.

Il connaissait l'adresse de son appartement parisien, mais n'avait pas son numéro de téléphone

— Vous pensez vraiment qu'il l'a larguée ?

— C'est ce qui se raconte en tout cas. L'équipage en a même été plutôt choqué. Apparemment, Stanislas l'a laissée sur le quai, comme ça, et a regagné son yacht sans un seul regard en arrière. Ces types ont le sang aussi froid que des serpents. Ils vous tueraient en un clin d'œil. Je n'aime pas ce genre.

— Moi non plus…

Quelques instants plus tard, Athéna prit congé. Sur le chemin du retour, elle s'arrêta au commissariat. Steve fut surpris de la voir.

— Eh bien ! C'était rapide. Pas de soirée en tête à tête ?

— Non. Je me suis sacrifiée pour que vivent les jeunes amours…

Voilà pourquoi elle avait tenu à rencontrer Théo. S'il était amoureux de Natasha – comme elle le soupçonnait –, il avait le droit de savoir ce qu'elle avait fait pour lui, de connaître les risques qu'elle avait pris.

La jeune policière avait révélé à Théo tout ce qu'elle savait. Le reste dépendait de lui.

*

Cette nuit-là, Théo resta longtemps éveillé. Les révélations de l'enquêtrice l'avaient troublé. Ainsi, Natasha avait dévoilé les agissements de Stanislas à la police, et le Russe avait mis fin à leur relation. Se trouvait-elle à Paris ? Était-elle en sécurité ? Et si Stanislas ne subvenait plus à ses besoins, de quoi vivait-elle ? Des heures durant, il ne cessa de se tourner et se retourner dans son lit. Devait-il aller à Paris et essayer de la voir ? D'un autre côté, si elle avait voulu entrer en contact avec lui, elle l'aurait déjà appelé. Peut-être était-elle gênée ?

Le lendemain matin – après une quasi-nuit blanche – il avait presque décidé de se rendre à Paris quand un coup de téléphone de sa mère changea ses plans. Elle avait glissé sur une marche et s'était foulé la cheville. Elle venait d'aller aux urgences et lui demanda s'il pouvait la remplacer pendant une semaine. Elle était vraiment désolée et s'excusait de faire appel à lui, mais elle souffrait et ne pouvait se déplacer sans béquilles.

— Bien sûr, maman.

Il pourrait toujours aller à Paris la semaine suivante. De plus, il était désormais habitué à gérer le restaurant. Cela le dérangeait moins qu'avant.

— Tu as besoin de quelque chose ? s'enquit-il avec sollicitude.

— Non, merci, mon chéri. Gabriel s'occupe de tout.

Ce fut à cet instant que Théo prit sa décision… Dès que sa mère serait rétablie, il s'envolerait pour Paris et irait remercier Natasha. Néanmoins, il ne se faisait aucune illusion. Même si elle ne vivait plus avec Stanislas, rien ne serait jamais possible entre eux. Natasha vivait dans un univers particulier et ne tarderait pas à remplacer Vladimir par un de ses congénères. Non, il voulait juste la remercier d'avoir eu le cran de parler à la police.

C'était la chose la plus généreuse et courageuse qu'on eût jamais faite pour lui. Même s'il n'y avait pas de certitude que ce soit cela qui eût incité Stanislas à faire rapporter les tableaux, il tenait à lui exprimer sa reconnaissance. Il lui devait au moins ça.

15

La dernière semaine que Natasha passa dans l'appartement de l'avenue Montaigne fut un véritable tourbillon d'activités. Comme prévu, des employés de la maison de vente aux enchères vinrent récupérer les articles qu'ils exposeraient chez eux. Elle en avait tellement qu'ils laissèrent ses tenues sur les portants, lesquels remplirent un camion entier. Il y avait aussi des piles et des piles de sacs Hermès dans leurs boîtes d'origine, ainsi que des cartons de chaussures jamais portées. C'est avec soulagement que Natasha regarda disparaître presque toute sa garde-robe, symbole d'une ancienne vie qu'elle rejetait désormais.

Le jour de son déménagement, elle loua une camionnette pour transporter ses valises, quelques boîtes et son portrait. Dimitri, le bricoleur, vint l'aider à tout charger. C'est lui qui conduirait le véhicule. Natasha remercia Ludmilla et lui donna un généreux pourboire pour son aide au cours des dernières semaines. Elle fit de même avec le concierge, mais ne laissa pas d'adresse de réexpédition. Elle ne s'attendait pas à recevoir de courrier. Elle n'avait ni parents ni amis, et le peu de correspondance qu'elle entretenait se faisait par courriel.

Le trajet jusqu'à son nouvel appartement se déroula sans encombre, et Dimitri se mit tout de suite au travail. Il en avait pour un certain temps à assembler le lit, la commode, l'armoire et le bureau. Elle avait choisi des meubles contemporains de bois clair. Cela donnait à l'appartement un air joyeux.

Ils travaillèrent jusque tard dans la nuit. Quand tout fut terminé, elle accrocha elle-même son portrait au-dessus de la cheminée. C'était la touche finale.

Elle s'assit dans le canapé, regarda autour d'elle et sourit. Des fleurs trônaient dans un vase d'opaline bleue sur la table basse. Les tapis avaient de belles couleurs chatoyantes, les lampes apportaient une douce lumière, les deux grands fauteuils et son très beau canapé de cuir semblaient confortables. Bref, l'appartement était chaleureux. Il ferait bon y rentrer le soir après une journée de travail.

Dimitri lui demanda une somme ridiculement faible pour son aide. Natasha lui offrit un généreux pourboire.

Il lui avait fallu un mois pour tout organiser, mais elle avait réussi ! La jeune femme avait l'impression d'avoir rompu tous ses liens avec son passé. Elle n'avait pas eu de nouvelles de Vladimir et ne s'y attendait pas. Elle n'avait pas contacté Yuri et n'avait aucune intention de le faire. En revanche, elle avait un toit sur la tête, assez d'argent à la banque pour vivre un certain temps, et, quand ses toilettes de haute couture se vendraient, elle en aurait plus encore. Elle devait malgré tout chercher un emploi, mais s'y mettrait à l'automne seulement. Durant l'été, tout le monde était en vacances ; la plupart des galeries d'art étaient fermées. Elle envisageait aussi de s'inscrire à un cours d'histoire de l'art à l'École du

Louvre. À l'exception de quelques vêtements, tous les vestiges de sa vie antérieure avaient disparu. Comme c'était bon de se sentir renaître !

En cette première soirée de sa nouvelle vie, alors qu'elle contemplait son appartement, elle se sentait enfin *chez elle*. Elle n'avait pas besoin de vivre avenue Montaigne, ni sur un immense yacht, ni dans une fabuleuse villa à Saint-Jean-Cap-Ferrat, ni dans un hôtel particulier à Londres. Tout ce dont elle avait besoin se trouvait ici, et tout ce que contenait ce petit appartement était à elle. De temps en temps, bien sûr, au cours des jours précédents, une pointe d'anxiété l'avait gagnée. Elle la chassait bien vite, car elle savait désormais qu'elle était capable de prendre soin d'elle-même. Et ce qu'elle ne savait pas encore faire, elle l'apprendrait.

*

Il fallut à Maylis deux semaines pour se remettre sur pied après son entorse. Dès qu'elle fut de retour au restaurant, Théo réserva un billet d'avion pour le lendemain. Direction Paris. Il tenait absolument à remercier Natasha en personne.

C'était la première semaine d'août, et la capitale française était désertée. Beaucoup de magasins et de restaurants étaient fermés, il n'y avait presque personne dans les rues, et la circulation était quasi inexistante. Paris ressemblait à une ville fantôme. Théo descendit l'avenue Montaigne jusqu'au numéro quinze. Il n'avait pas dit à sa mère où il se rendait, ni révélé ce qu'il savait de l'acte de bravoure de Natasha. Moins il y aurait de gens au courant, mieux ce serait pour elle. Il ne voulait pas faire quoi que ce fût qui risque de la mettre en danger.

L'immeuble semblait désert. Il sonna chez Natasha, mais personne ne répondit. Il pressa alors l'interphone de la loge de la concierge. Celle-ci le regarda d'un air suspicieux quand il s'enquit de Natasha.

— Que lui voulez-vous ?

— Je suis un de ses amis, mentit-il.

— Elle ne vit plus ici. Elle a déménagé il y a une semaine.

— Avez-vous sa nouvelle adresse ?

Il n'allait tout de même pas échouer si près du but !

— Non. Et si vous étiez vraiment un de ses amis, vous la connaîtriez. Je ne sais pas où elle est allée. Elle ne m'a rien dit. Elle ne reçoit pas de courrier ici, de toute façon. Tout est pour M. Stanislas.

Il hocha la tête, peu surpris.

— Elle avait juste quelques valises avec elle le jour où elle a déménagé, poursuivit la concierge. Il y avait un Russe qui l'aidait.

— M. Stanislas ?

— Non. Un autre.

Cela ne surprit pas Théo non plus. Sa mère l'avait prévenu la première fois qu'ils avaient évoqué Natasha ensemble. Les femmes comme elle ne restaient jamais seules bien longtemps. C'était leur seule façon de survivre. Il ne la condamnait pas pour ça. Il espérait juste que son compagnon actuel était meilleur que Vladimir.

— Il vient de vendre l'appartement, lâcha la concierge. La domestique est partie hier. Elle ne reviendra pas.

Théo était triste d'avoir manqué Natasha. Il aurait aimé lui dire au revoir et lui souhaiter bonne chance. Comment la retrouver, à présent ? À qui demander de ses nouvelles ?

Remontant l'avenue Montaigne, le jeune homme avança lentement en direction du restaurant où il avait déjeuné avec Natasha. Il lui semblait qu'un siècle s'était écoulé depuis. Pourtant, ce n'était qu'en janvier sept mois plus tôt. Mais il s'était passé tant de choses dans sa vie entre-temps !

Il passa devant L'Avenue et sourit au souvenir de ce délicieux moment partagé. Où se trouvait Natasha, aujourd'hui ? Et avec qui ?

Le soir même, il prit un vol de retour pour Nice. Il rentrait chez lui, dépité.

*

Théo passa le reste de l'été à peindre avec frénésie. Il semblait toutefois d'humeur morose. Chaque fois que sa mère essayait d'avoir une discussion avec lui, il restait évasif, prétendait que tout allait bien.

À la mi-août, Maylis décida de fermer le restaurant jusqu'à la fin du mois de septembre. Gabriel et elle voulaient voyager, mais elle tenait d'abord à passer quelque temps avec lui à Paris. Cela faisait plus de trente ans qu'elle n'y avait pas mis les pieds ! Gabriel était ravi. Depuis son accident cardiaque et leur retour de Florence, ils semblaient vivre une perpétuelle lune de miel. Théo était heureux pour eux.

Mais peu avant leur départ, Maylis fit part à son fils d'un nouveau projet qui lui tenait à cœur. Elle songeait à fermer le restaurant définitivement d'ici à la fin de l'année et à transformer le bâtiment en un petit musée de l'œuvre de Lorenzo. De toute façon, c'était plus ou moins ce qu'il était déjà. Et Gabriel l'aiderait à installer tout cela.

— Nous aurons besoin de quelqu'un pour gérer le musée au jour le jour. Je ne veux plus résider ici toute l'année. Nous voulons passer du temps à Paris et être libres de nous déplacer.

Théo sourit. Sa mère vivait une renaissance. La femme qui se tenait devant lui était fort différente de celle qui avait pleuré le grand Lorenzo pendant tant d'années.

Maylis et Gabriel quittèrent Saint-Paul-de-Vence à la fin du mois d'août. Gabriel avait concocté pour eux deux un programme alléchant de visites culturelles, gastronomiques… et familiales. Maylis en était tout excitée. La tête lui en tournait déjà. À leur arrivée à Paris, ils s'installèrent dans l'appartement de Gabriel et, le dimanche soir, ils dînèrent chez Marie-Claude, en compagnie de son mari et de ses enfants, dont l'un avait invité un copain. Maylis avait préparé un hachis Parmentier suivant la recette qui lui avait été donnée par le chef du Da Lorenzo. Tout était excellent et, surtout, la bonne humeur régnait. Les plaisanteries et les rires fusaient.

Ils étaient enfin une vraie famille… C'était exactement ce que Marie-Claude avait espéré pour son père pendant toutes ces années, alors que Maylis ne pensait qu'à honorer la mémoire de Lorenzo, négligeant l'homme à ses côtés, qui l'adorait pourtant.

Heureusement, Maylis avait à présent conscience de la profondeur de leur amour.

— Merci, lui chuchota Marie-Claude quand les deux femmes s'embrassèrent pour se dire au revoir.

— Non, c'est moi qui dois te remercier… Je suis une femme très, très chanceuse, dit-elle en lançant un regard à Gabriel. Merci de m'avoir supportée si longtemps, Marie-Claude. J'étais aveugle.

— Nous le sommes tous parfois, tu sais…, conclut-elle en la serrant dans ses bras.

*

Maylis et Gabriel furent très occupés durant tout le mois de septembre. Ils visitèrent divers lieux emblématiques de la capitale, coururent les expositions et flânèrent chez les antiquaires. Ils passaient également souvent avenue Matignon à la galerie de Gabriel, que Marie-Claude gérait avec brio.

Alors qu'ils discutaient de leur prochain voyage à Venise, en octobre, Maylis annonça à Gabriel qu'elle détestait l'idée de quitter Paris…

— Eh bien ! Ça, c'est nouveau, la taquina-t-il.

Elle était si détendue et heureuse ces derniers temps qu'il avait peine à la reconnaître. Pendant des années, on avait senti chez elle une tristesse sous-jacente liée à la disparition de Lorenzo. Mais elle avait enfin fait son deuil. Certes, elle chérissait encore ses souvenirs, l'évoquait souvent et était dévouée à son œuvre, mais elle ne le sacralisait plus. Elle était désormais pleinement présente dans la vie de Gabriel et l'avait admis sans réserve dans la sienne.

Un matin de la mi-septembre, Gabriel lui tendit un catalogue.

— Tiens, il y a là quelque chose qui pourrait te plaire, ma chérie.

Maylis feuilleta la revue. Il s'agissait d'une vente de sacs vintage et de sacs Hermès neufs, notamment des sacs *Birkin* et *Kelly* de toutes les couleurs, en alligator et en cuir. Celui de la couverture était d'un rouge magnifique ! Cela avait lieu à l'hôtel Drouot, la plus illustre place d'enchères de la capitale. Gabriel aimait flâner dans les salles de présentation où les articles étaient exposés avant les ventes.

— Pourquoi ne pas y faire un tour ? suggéra-t-il.

— Les prix sont dingues, fit remarquer Maylis en lisant les estimations. J'ai l'impression que ces sacs sont aussi chers que les neufs.

Gabriel connaissait bien les ventes de Drouot ; il y assistait souvent.

— La plupart des sacs mis aux enchères sont neufs, tu sais, commenta-t-il. La seule différence, c'est que tu n'as pas besoin d'attendre trois ans pour les passer à ton bras.

Maylis était très tentée par la vente, mais n'osait pas le dire. Elle abandonna le catalogue sur son bureau. Gabriel avait bien compris, cependant... La semaine suivante, le vendredi, il lui rappela que c'était le jour de l'exposition des sacs à Drouot et lui demanda si elle voulait s'y rendre.

— J'en meurs d'envie, avoua-t-elle.

— Ne prends pas un air si penaud, la taquina-t-il. Tu peux largement te permettre ce petit luxe. Si tu trouves un modèle qui te plaît, achète-le !

En réalité, Maylis avait repéré trois sacs : un modèle *Birkin* en alligator noir, celui en cuir rouge qui figurait sur la couverture du catalogue, et un autre, bleu nuit. Les trois étaient de dimensions pratiques, et incroyablement chics… Exactement ce qu'il lui fallait pour sa nouvelle vie parisienne ! Cela faisait des années qu'elle n'avait pas acheté de nouveaux vêtements, mais depuis qu'ils avaient quitté Saint-Paul-de-Vence, elle s'était régalée à faire du shopping avec Gabriel.

Cet après-midi-là, donc, ils se rendirent à l'hôtel Drouot. Quinze salles d'exposition s'offraient aux visiteurs. Il y avait de tout. Non seulement des antiquités, mais aussi des vêtements vintage, du matériel de jardinage, des uniformes militaires, du mobilier contemporain, des tapis persans, des caisses de vins de divers domaines, des livres anciens, des animaux empaillés… En bref, tout ce qui était possible et imaginable se trouvait à Drouot… Gabriel y venait souvent. Parfois, il enchérissait au téléphone, surtout quand il s'agissait d'œuvres d'art, mais il aimait avant tout le frisson que provoquent les enchères en direct.

Tandis qu'ils déambulaient de salle d'exposition en salle d'exposition, Gabriel montrait à Maylis ses pièces préférées. Lorsqu'ils atteignirent la salle où trônaient les sacs Hermès, ils furent subjugués par la beauté des modèles. C'était un véritable festin pour les yeux. Maylis observa plusieurs sacs avec attention, puis décréta qu'elle aimait moins ceux aux fermoirs en diamants. En outre, ils étaient ridiculement chers – cinq fois plus que les autres !

— Eh bien, tant mieux. C'est une chance qu'ils ne te plaisent pas ! s'amusa Gabriel.

— De tels prix ! C'est absurde ! répéta-t-elle avec dédain.

Elle trouva les trois sacs sur lesquels elle voulait enchérir et les examina. Ils étaient en parfait état et vendus dans leur boîte Hermès d'origine. Ils semblaient ne pas avoir été portés. Maylis décida donc de tenter sa chance le lendemain. La salle d'exposition serait alors vidée pour que l'on puisse y installer des chaises pliantes pour les visiteurs, un podium pour le commissaire-priseur et une longue table avec plusieurs appareils pour les enchères téléphoniques.

Et le surlendemain, les quinze mêmes salles seraient inondées de nouveaux trésors. Tous les deux jours, il y avait quinze ventes aux enchères ! Ces visites à Drouot faisaient partie des plaisirs favoris de Gabriel, et il était fier du butin de guerre qu'il avait acquis ici. Il prévint Maylis que ça devenait vite une drogue, et elle le crut volontiers. Elle était déjà excitée à l'idée d'enchérir le lendemain, même si elle avait décidé qu'elle n'achèterait qu'un seul sac, car – occasion ou pas –, ils étaient tout de même chers.

Le lendemain, Maylis et Gabriel arrivèrent à l'hôtel Drouot juste après le début de la vente. Ils trouvèrent deux sièges libres et s'installèrent. Les enchères étaient déjà fort animées. Le commissaire-priseur avait commencé par des petits articles et des sacs à main anciens. Les *Birkin* en alligator étant les pièces de résistance, il les passerait plus tard, afin de tenir le public en haleine.

Le sac en cuir bleu marine fut présenté une demi-heure après l'arrivée de Maylis et Gabriel. Il était très chic, et les enchères furent plus élevées que Maylis ne l'avait prévu. Elle leva timidement la main au début, puis s'enhardit, mais n'emporta pas l'enchère. Elle chuchota à l'oreille de Gabriel qu'elle se réservait pour le sac en cuir rouge ou celui en alligator noir, qu'elle pensait utiliser davantage. Il approuva d'un signe de tête. C'est alors qu'elle remarqua un visage familier de l'autre côté de l'allée. Une belle jeune femme aux cheveux blonds tressés. En dépit de sa tenue simple, elle avait une allure très chic. Incapable de se rappeler où elle l'avait vue, Maylis continua à l'observer. La jeune femme n'enchérissait pas, mais suivait la vente avec attention. Enfin, Maylis réalisa qui elle était et se pencha vers Gabriel.

— C'est la maîtresse de Vladimir Stanislas, chuchota-t-elle en désignant la jeune femme d'un léger mouvement de tête. Je suis étonnée qu'elle achète ses sacs ici. Il lui offre tout ce qu'elle veut.

— Peut-être qu'elle aussi aime l'adrénaline des ventes aux enchères…

À plusieurs reprises, Maylis vit Natasha afficher un large sourire tandis que les prix grimpaient en flèche, en particulier ceux des sacs aux fermoirs en diamants. Pourtant, la jeune Russe n'enchérissait sur aucun article, se contentant de noter les prix dans le catalogue qu'elle tenait à la main. Maylis en fit la remarque à Gabriel, qui, à son tour, observa Natasha.

— Elle n'achète pas, répondit-il quelques secondes plus tard. À mon avis, elle vend.

— Tu crois vraiment ?

— Tu serais surprise de connaître le nombre de gens fortunés qui achètent et vendent ici.

— Elle n'a certainement pas besoin de vendre quoi que ce soit, pourtant !

— Peut-être que Stanislas ne lui donne pas assez d'argent de poche ? J'ai entendu dire que beaucoup de jeunes femmes vendent les cadeaux qu'elles reçoivent de leurs amants ou de leurs prétendants. Elles se font une fortune avec. Imagine un peu : un homme qu'elles connaissent à peine leur offre un splendide sac Hermès en alligator, et elles le revendent aussitôt. C'est de l'argent facile, crois-moi !

— Mais cette fille n'est pas une prostituée, Gabriel ! C'est sa maîtresse officielle ! Et il doit être très généreux avec elle, vu la robe sensationnelle qu'elle portait quand ils sont venus dîner au restaurant. Elle était vêtue en haute couture de la tête aux pieds !

Gabriel observa Natasha. Avec son jean et son chemisier tout simple, elle avait presque l'air d'une adolescente. Maylis surprit son regard sceptique.

— C'est vrai qu'aujourd'hui elle est habillée plutôt sobrement, commenta-t-elle. Si elle vend, comme tu le présumes, elle essaie peut-être de se faire discrète.

L'objet suivant dans la vente était l'une des pièces majeures, un autre *Birkin* en alligator avec fermoir en diamants. Deux femmes se battirent tant et si bien pour l'acquérir que son prix atteignit le double de celui des sacs précédents. Natasha afficha un large sourire, ce qui confirma la supposition de Gabriel. La jeune femme était là pour vendre, c'était certain.

Ce fut ensuite au tour du sac rouge que Maylis convoitait. Elle enchérit avec vigueur et remporta l'affaire. Elle se tourna vers Gabriel, ravie.

— Je t'avais dit que tu deviendrais accro ! lâcha-t-il en riant.

Pour le sac en alligator noir, Maylis enchérit cette fois timidement, puis, comme les prix s'envolaient, elle se retira. Le marteau du commissaire était sur le point de s'abattre pour adjuger le sac à un prix déjà très élevé quand, soudain, Gabriel leva la main pour surenchérir. Le commissaire lui adjugea l'article. Maylis en resta bouche bée. Son compagnon venait de payer une fortune pour ce *Birkin*.

— Mon Dieu ! s'exclama-t-elle. Tu es fou, Gabriel !

— Je t'ai juste acheté un sac, ma chérie, c'est tout. Il sera magnifique à ton bras quand nous viendrons ici.

Après la vente, ils patientèrent dans la file des acquéreurs pour régler leurs achats et récupérèrent les deux sacs dans leurs boîtes d'origine. Pendant qu'ils attendaient, Maylis aperçut Natasha. Elle avait l'air différente du soir où elle avait dîné au Da Lorenzo. Sans maquillage et vêtue simplement, elle se fondait sans difficulté dans la foule. Elle n'avait plus rien de la splendide jeune femme habillée de façon extravagante et hypersexy qui attirait tous les regards. Maylis chercha des yeux Vladimir, mais ne le vit pas. Savait-il que sa compagne vendait ses sacs Hermès ? Cette situation était pour le moins étrange.

La jeune Russe glissa son catalogue dans son sac *Birkin* – un modèle bien plus discret que ceux qui venaient d'être vendus –, remonta le col de son manteau et quitta les lieux précipitamment, l'air ravi.

— C'est vraiment bizarre, dit Maylis à Gabriel. Quoi qu'il en soit, je préfère qu'on ne dise pas à Théo qu'on l'a vue. Cette fille l'a obsédé pendant des mois. Il semble s'en être remis, mais je ne veux pas que ça recommence !

Gabriel hocha la tête.

— Promis. Je ne dirai rien, chérie. En tout cas, c'est une belle fille.

— Bien sûr qu'elle est belle ! C'est aussi la maîtresse d'un milliardaire, et c'est ce qu'elle sera toujours. C'est comme ça que ça marche. Elle n'a pas besoin d'un homme comme Théo. Et surtout, lui n'a pas besoin d'une femme comme elle dans sa vie !

— Tu sais, les obsessions ne s'expliquent pas toujours. Je me souviens du portrait qu'il a peint d'elle. Je lui avais conseillé de le mettre dans son exposition parisienne. C'était l'une de ses plus belles pièces. Pour un artiste, l'obsession est parfois une bonne chose.

— Peut-être, mais pas dans la vie…

Maylis voulait que son fils soit heureux, et non tourmenté par une femme inaccessible.

Tandis que Gabriel et Maylis montaient dans un taxi, Natasha prenait place dans le métro, en direction du septième arrondissement. Elle contempla le catalogue de la vente et sourit. Grâce aux gains qu'elle venait de réaliser, elle n'avait plus à se soucier de son avenir pour un bon bout de temps. Sa nouvelle vie s'annonçait sous les meilleurs auspices.

16

Comme elle l'avait fait avec le spacieux duplex de l'avenue Montaigne, Natasha continuait d'embellir son appartement de la rue du Bac, mais à plus petite échelle, appliquant son sens du style à des meubles et objets décoratifs insolites accessibles aux petites bourses. Elle avait ainsi trouvé à l'hôtel Drouot de magnifiques jades à des prix ridiculement bas, qu'elle posa sur les étagères de sa bibliothèque, mais aussi une table et des chaises italiennes pour sa cuisine, et même deux tableaux charmants. Son appartement avait fière allure !

La vente de ses vêtements haute couture s'était bien déroulée. Elle avait dépassé ses espérances, et, avec la vente Hermès, elle avait assez d'argent à la banque pour ne pas s'inquiéter pendant un bon moment. Aussi était-elle plus sereine. Elle pouvait commencer à réfléchir à son avenir professionnel. Dès le début de l'année, elle entamerait des recherches actives.

Elle était enchantée par son cours sur l'histoire de l'art du XXe siècle qui avait débuté cette semaine. Elle allait chaque jour de mieux en mieux. Enfin, elle se sentait vivre ! Elle avait encore honte de son mode de vie passé – avec le recul, elle avait réalisé que cela revenait peu ou prou à se prostituer. Il lui faudrait du temps pour apprendre à se pardonner, même si elle savait bien au fond d'elle-même qu'elle n'aurait jamais pu sortir de Moscou sans Vladimir et qu'elle serait peut-être morte de maladie ou de désespoir là-bas.

Ni ses luxueux vêtements ni ses bijoux de valeur ne lui manquaient, pas plus que sa vie avec Vladimir. Elle n'avait plus jamais entendu parler de lui depuis qu'il l'avait abandonnée sur le quai d'Antibes. Et fort heureusement, elle n'était pas retombée sur Yuri. Il ne savait pas comment la contacter et ne pouvait donc pas renouveler son offre. Elle avait acheté un nouveau téléphone portable, et avait changé de numéro. Pour l'instant, elle n'avait pas encore d'amis et par conséquent personne à appeler, mais depuis quatre mois elle était occupée à construire son nid. Le reste viendrait en temps et en heure.

*

Durant l'automne, Théo peignit avec frénésie. Jean Pasquier le fit venir à Paris en octobre pour discuter de l'exposition qu'il prévoyait d'organiser en février. La première avait été un tel succès qu'il était impatient de présenter les nouvelles œuvres de son poulain.

Ils passèrent la journée ensemble et dînèrent dans un petit restaurant de bord de Seine. Être à Paris… Revoir la galerie… Tout rappelait à Théo le portrait de Natasha. Comment allait la jeune femme ? Était-elle satisfaite de sa vie avec son nouvel amant russe, celui que la concierge de son ancien duplex avait mentionné ? Quelle vie triste... Elle serait à jamais un oiseau enfermé dans une cage dorée. Son monde était à des années-lumière du sien, lequel était centré uniquement sur le travail.

Théo réalisa qu'il avait mis longtemps à se libérer de son obsession pour Natasha. Elle l'avait hanté avec une telle intensité ! Il en avait eu la nausée chaque fois qu'il la voyait avec Stanislas ; et quand il la rencontrait seule, il était perturbé, troublé. Quel idiot ! Elle avait été un fantôme dans sa vie, une sorte de mirage, un fantasme apparu sur la toile, mais pas dans sa vie réelle. Sa mère avait eu raison, son obsession pour Natasha lui avait presque coûté sa santé mentale et son cœur. Mais il s'était ressaisi. Peu lui importait de ne pas avoir eu de petite amie depuis sa rupture avec Inez, neuf mois plus tôt. Il avait vu cette dernière lors d'un événement artistique à Cannes en septembre, et elle lui avait annoncé qu'elle sortait avec un homme déjà père de deux enfants. Elle semblait heureuse.

Le samedi, lendemain de sa rencontre avec Jean Pasquier, il pleuvait sur Paris. Théo n'avait rien à faire avant son vol pour Nice. Sa mère et Gabriel avaient quitté Paris pour se rendre à Venise. Le restaurant était toujours fermé, et Maylis prévoyait d'ouvrir brièvement pour Noël, puis de fermer définitivement l'établissement avant de le transformer en musée. Cette fin d'année marquerait leurs adieux au Da Lorenzo et à leurs fidèles clients. Ce serait le dernier chapitre d'une joyeuse aventure, mais Maylis était désormais prête à tourner la page, avant que cela devienne plus un fardeau qu'une joie. Elle voulait profiter de chaque minute de son temps avec Gabriel. Théo avait reçu un coup de téléphone de sa mère. À l'évidence, leur séjour dans la cité des Doges l'enchantait. Elle lui avait suggéré de se rendre à l'hôtel Drouot lors de sa venue à Paris. Ses excursions là-bas avec Gabriel ressemblaient, à l'en croire, à de véritables chasses au trésor.

N'ayant rien d'autre de prévu avant son départ, le jeune homme décida d'y faire un saut dans l'après-midi. Il déambula de salle en salle, vit de sombres peintures gothiques, de l'art pop, et même des tableaux carrément horribles… La salle suivante ressemblait à un véritable grenier de grand-mère, avec des dizaines de napperons de dentelle, des vieux manteaux de fourrure et de minuscules chaussures à l'ancienne. Plus loin, il y avait d'exquises pièces en porcelaine, dont un majestueux service aux armoiries royales, puis de belles photographies, des statues et des animaux empaillés, et encore des peintures qui, cette fois, lui plurent. Au détour d'un couloir, il faillit bousculer une jeune femme ; il était sur le point de s'excuser, quand il sursauta soudain.

— Oh mon Dieu… Natasha… Tu vas bien ?

Ils avaient parlé tous les deux en même temps. Natasha rit.

— Désolée, je ne regardais pas où j'allais…

— Moi non plus.

Elle était radieuse. Et pourtant, elle ne portait pas de maquillage et ses cheveux étaient mouillés par la pluie.

— Qu'est-ce que tu fais ici ? demanda-t-elle, intriguée.

— Je tue le temps avant mon vol de ce soir. Je suis venu voir mon galeriste. Il prépare une autre exposition de mes tableaux pour février. Mais ne t'inquiète pas : il n'y aura pas de portrait de toi cette fois, plaisanta-t-il.

Elle rit à nouveau.

— Je ne m'inquiète pas... J'ai même accroché ton tableau dans mon nouvel appartement. Il est magnifique au-dessus de la cheminée de mon salon.

— Où habites-tu ?

— Dans le septième arrondissement.

Théo prit soudain un air grave.

— Tu sais, Natasha, j'ai essayé de te retrouver cet été, pour te remercier... Mais j'aidais ma mère au restaurant, et quand je suis monté à Paris, tu avais déjà déménagé. La policière qui enquêtait sur le vol des toiles de mon père m'a raconté comment tu les avais aidés. C'était incroyablement courageux de ta part. Je suis content qu'il ne te soit rien arrivé de mal.

— Un mal pour un bien, comme disent les Français, lâcha-t-elle avec un sourire.

Finalement, sa rupture avec Vladimir s'était révélée être la meilleure chose qui lui soit arrivée depuis bien longtemps.

— Tu n'es plus avec Vladimir ?

— Non, je ne le suis plus.

Théo sourit, intrigué. Elle avait l'air différente, rajeunie et heureuse.

— Tu voyages beaucoup ? demanda-t-il.

— Plus maintenant.

— Tu viens toujours dans le Sud ?

— Non.

— Pas de yacht, cette fois ?

Elle le regarda d'un air perplexe.

— Comment ça, « cette fois » ?

— Je veux dire… tu sais bien… enfin, s'il y a un autre homme dans ta vie.

— Non, il n'y en a pas, répondit-elle. Pourquoi y en aurait-il ?

— Ah… Je pensais que… En fait, quand je suis allé chez toi pour te remercier… tu avais déjà déménagé et… ta concierge m'a dit que tu étais partie avec un Russe… alors j'ai pensé que…

À ces mots, Natasha éclata de rire.

— Je suppose qu'elle parlait de Dimitri, un homme qui m'a aidée à déménager et à monter mes meubles. Non, non. Je vis seule, dans un appartement de la taille d'un timbre-poste. Ton tableau est ce qu'il y a de plus grand dans mon nouveau chez-moi !

Théo était abasourdi.

— Pas de yacht ?

— Pas de yacht, confirma-t-elle.

Ils échangèrent un sourire.

— Je suis désolé, reprit Théo, gêné. J'ai juste pensé que…

— Tu pensais que j'étais passée au suivant. Ça se fait souvent, tu as raison… Et d'ailleurs, un des amis de Vladimir m'a fait une proposition mirifique pour que je devienne sa maîtresse. À peine étais-je arrivée à Paris qu'il me tombait dessus. Mais le yacht de ce monsieur était trop petit. Seulement soixante mètres…

Une lueur taquine traversa son regard. Puis :

— La vérité, c'est que j'ai décidé de ne plus vendre mon âme pour un style de vie, si luxueux soit-il. Même si les choses étaient différentes avec Vladimir. C'était une sorte de coïncidence qu'il soit aussi riche et qu'il m'offre une vie de rêve, comme l'on dit.

— Ah…

Théo allait de surprise en surprise.

— Et comment ça s'est passé avec Vladimir ? demanda-t-il. Il t'a virée ?

— Pas littéralement. Il m'a escortée hors du yacht, puis il a tourné les talons et il est remonté à bord. Mais ne t'inquiète pas pour moi, le rassura-t-elle. Je vais bien. Vraiment. J'ai eu le temps de réfléchir à tout cela. Désormais, plus personne n'établit de règles pour moi, ni ne me dit quoi faire, comment m'habiller, à qui je peux parler ou quand je dois quitter la pièce.

Cela avait été un véritable choc pour elle de réaliser à quel point Vladimir avait contrôlé chaque détail de son quotidien.

— Pourquoi tu ne m'as pas appelé, Natasha ? C'est à cause de nous… du vol des tableaux… qu'il a agi ainsi ?

— Peut-être… qui sait ? Il a pensé que je l'avais trahi. Et il avait raison : c'est ce que j'ai fait. C'était mon devoir. Son comportement a été impardonnable : vous voler douze tableaux, à ta mère et à toi ! De toute façon, il m'aurait plaquée à un moment ou à un autre. C'est dans sa nature de se servir des gens et de s'en débarrasser quand ils ne lui sont plus utiles.

Il allait même plus loin, songea Théo : le soir où il avait refusé de lui vendre le tableau, le jeune homme avait bien vu dans le regard de Stanislas à quel point il pouvait être dangereux quand il n'obtenait pas ce qu'il voulait. Il s'était vengé en volant les douze tableaux.

— Je ne t'ai pas appelé, Théo, parce que j'avais besoin de comprendre pourquoi j'avais accepté de vivre ainsi depuis huit ans, et aussi comment je veux vivre désormais. Cela fait beaucoup de sujets sur lesquels réfléchir, et je ne voulais pas qu'on m'aide. La seule personne qui m'ait aidée, c'est Dimitri.

Elle sourit à Théo.

— Il est formidable. Il a assemblé tous mes meubles Ikea.

— Toi ? Tu as des meubles Ikea ? Je veux absolument voir ça ! lâcha Théo d'un air amusé.

— Tu pourras venir dîner la prochaine fois que tu viendras à Paris… et quand j'aurai appris à cuisiner.

Il lui sourit à son tour.

Ainsi, sa mère s'était trompée à son sujet, et lui aussi. Après sa rupture avec l'homme le plus riche de Russie, Natasha ne s'était pas jetée dans les bras d'un autre milliardaire. Elle avait choisi de se débrouiller toute seule.

— Tu veux prendre une tasse de café quelque part avant que je parte pour l'aéroport ? proposa-t-il.

Elle hésita un instant, puis acquiesça d'un hochement de tête. Ils quittèrent l'hôtel Drouot. Il pleuvait à verse, mais ils réussirent à trouver un taxi rapidement. Théo donna au chauffeur l'adresse du bistrot où il allait parfois avec Gabriel. Une fois sur place, s'abritant comme ils le pouvaient de la pluie et riant comme des gamins, ils coururent se mettre à l'abri à l'intérieur. Ils choisirent une table au fond de la salle et commandèrent un café, ainsi qu'un sandwich pour Théo.

Ils bavardèrent pendant deux heures, évoquant le travail artistique du jeune homme, mais aussi la fermeture prochaine du Da Lorenzo et sa transformation en musée permanent. Théo expliqua à Natasha que sa mère vivait actuellement une véritable lune de miel avec son compagnon. Il était très heureux pour elle ; c'était agréable de voir deux personnes aussi amoureuses l'une de l'autre.

— Certains se réveillent tard. Au moins ma mère a-t-elle enfin pris conscience de son bonheur.

Natasha hocha la tête.

— Ce fameux Gabriel semble être un homme bien.

— Il l'est. Il a toujours été très gentil avec elle. Beaucoup plus que mon père, qui était un génie, mais un génie parfois impossible à vivre. Gabriel, à l'inverse, est le genre de père que tout le monde aimerait avoir. Et il arrive à supporter ma mère, plaisanta Théo. Et toi ? Qu'est-ce que tu vas faire maintenant ?

Natasha resta un instant silencieuse avant de répondre.

— Je suis encore en train d'y réfléchir. J'ai trouvé un appartement. Je prends des cours au Louvre. J'ai vendu tout ce que Vladimir m'a donné, alors j'ai des économies et de quoi vivre un bon moment. Maintenant, je veux trouver un emploi. Mais d'abord, je tiens à terminer mes cours au Louvre.

— Tu veux rester à Paris ?

— Peut-être que… probablement… oui… oui… Je pense que oui.

Elle lui sourit, et à nouveau il eut l'impression d'avoir une toute jeune fille devant lui.

— Si jamais tu as envie de t'installer dans le Sud… Ma mère va chercher quelqu'un pour gérer le musée. Elle prend de l'âge et n'a plus envie de travailler autant qu'avant. Elle veut être libre.

— Moi aussi, je veux être libre. J'ai vécu comme un robot pendant huit ans, presque comme une esclave. Dans une cage dorée, certes, mais je n'étais qu'une poupée que Vladimir habillait et exhibait pour parfaire son image. Je ne pourrai plus jamais faire ça, même si ça m'effraie par moments de ne pas savoir où je vais, ni ce qui m'attend. Mais je sais désormais que je m'en sortirai. Ma situation n'a plus rien à voir avec ce que j'ai connu à l'époque où j'ai rencontré Vladimir. Je n'étais qu'une gamine de dix-neuf ans et j'étais gravement malade. Aujourd'hui, j'ai vingt-sept ans, et je pense que je vais parvenir à gérer ma vie !

— Tu sais, moi, j'ai trente et un ans, et je doute souvent de moi-même. On a toujours l'impression que les autres s'en sortent mieux que soi…

— Ce qui m'importe, c'est de décider ce que je veux vraiment. Il n'est plus question que quelqu'un d'autre me dise quoi faire.

Théo comprenait à quel point ce devait être un grand changement pour elle que de prendre ses propres décisions.

— Tu m'appelleras si tu as besoin d'aide, Natasha ? lui demanda-t-il d'un ton sérieux.

— Peut-être… J'ai gardé ton numéro, au cas où. Mais je ne voulais pas l'utiliser.

Il savait qu'elle était seule ; elle n'avait ni famille ni amis. Et il lui avait fallu du cran pour se lancer dans cette nouvelle vie.

— Au début, reprit-elle, je tenais absolument à m'en sortir seule, sans aucune aide. Je devais faire ça pour moi. Et je pense que je m'en suis bien sortie. Je n'ai pas encore atteint tous mes buts, comme de trouver un travail, mais j'ai le temps.

— Pense à ma proposition de venir travailler au musée. Ça pourrait être intéressant pour toi. En plus, la maison est vide. Il y a six chambres à l'étage, que ma mère louait de temps en temps, avant. Tu pourrais t'y installer n'importe quand, si tu le voulais… Je ne sais pas… si tu as envie de te changer les idées ou… si tu as besoin de temps pour réfléchir. Les chambres ne seront plus utilisées cet hiver, sauf pour entreposer des œuvres de mon père ou pour installer un bureau. Viens quand tu veux. Tu n'auras même pas besoin de me voir. Je vis dans ma propre maison, à quelques kilomètres de là. Je ne te dérangerai pas. Quant à ma mère, elle vit dans l'ancien atelier, et j'ai l'impression qu'elle va passer de plus en plus de temps à Paris, désormais. Bref, tu aurais la maison pour toi toute seule, et même deux vigiles pour te protéger.

Natasha sourit.

— C'est gentil de me proposer tout cela, Théo.

Le jeune homme pressentait que son offre resterait lettre morte, car Natasha donnait pour le moment la priorité à son indépendance retrouvée.

— Tu as un portable sur lequel je peux t'appeler ? s'enquit-il prudemment. Juste au cas où.

Elle inscrivit son numéro sur un morceau de papier, qu'elle lui tendit avec solennité.

— Tu es la seule personne à avoir ce numéro.

— Eh bien merci, quel honneur ! Je t'enverrai un texto si je monte à Paris prochainement. Et toi, j'espère que tu viendras à mon exposition en février.

C'était dans quatre mois, et il espérait bien la revoir avant, mais rien n'était moins sûr.

— En tout cas, je te le répète : cette proposition de te prêter la maison est tout ce qu'il y a de plus sérieux.

— Merci, j'y penserai.

Ils quittèrent le bistrot. Théo prit un taxi pour se rendre à l'aéroport, tandis que Natasha courait vers la bouche de métro la plus proche. Il lui fit un petit signe de la main quand son taxi la dépassa, puis renversa la tête et se cala sur son siège. Incroyable ! Cette fille était extraordinaire ! Et lui, il était à nouveau amoureux d'elle !

Malheureusement, elle était toujours hors d'atteinte. Elle avait juré de ne plus jamais laisser personne lui couper les ailes. Sa liberté était devenue sa priorité. Finalement, aujourd'hui comme hier, Natasha n'était pas une femme pour lui.

17

Théo reprit ses pinceaux avec une énergie renouvelée. Il voulait terminer une nouvelle série d'œuvres pour sa prochaine exposition. Et revoir Natasha avait nourri son imaginaire. Elle était si magique, si éthérée, si envoûtante…

Il résista à la tentation de l'appeler. Si elle voulait lui parler, elle avait son numéro… Il n'eut aucune nouvelle d'elle durant tout le mois de novembre. Son ami Marc passait de temps en temps pour faire une pause dans son propre travail. Il avait une importante commande pour un musée de la région, et il s'en sortait bien.

Maylis et Gabriel étaient retournés à Paris et profitaient des plaisirs de la capitale. Ils rattrapaient le temps perdu et prévoyaient même de se marier au printemps, ce que leurs enfants trouvaient adorable.

Fin novembre, une terrible vague de froid s'abattit dans le Sud. Chaque matin, le sol était gelé. Le dernier jour du mois, il neigea. Cela aurait pu être joli, songea Théo, mais l'absence de chauffage dans son atelier l'empêchait de peindre comme il aurait voulu. Il avait en permanence les doigts gourds.

Ce soir-là, il arrêta de travailler tôt et s'en fut inspecter le restaurant de sa mère, comme il le lui avait promis. Il rentra chez lui juste après le crépuscule. Et là, il la vit. Elle attendait dehors dans l'allée, à côté d'une voiture, les flocons de neige scintillant dans ses cheveux. Elle était vêtue d'un épais manteau et de bottes fourrées. Elle souriait.

Il descendit de sa 2 CV et s'avança jusqu'à elle.

— Je suis venue te demander si tu le pensais vraiment, dit-elle avec douceur.

— Si je pensais quoi, Natasha ?

Il retenait presque son souffle, craignant de l'effrayer comme si elle avait été un oiseau perché sur son doigt, sur le point de s'envoler.

— Que je pourrais rester ici un petit moment.

— Mais bien sûr que je le pense !

Il avait du mal à croire à sa bonne fortune. Leur rencontre à Paris remontait à six semaines et il n'avait eu aucune nouvelle depuis. Pourtant, elle était bel et bien là, face à lui !

— J'ai terminé mes cours au Louvre. Je veux chercher un emploi…

Théo comprit que Natasha, malgré sa détermination, avait peur… À part son travail dans une usine en Russie – ce qui remontait déjà à neuf ans –, elle n'avait aucune expérience professionnelle. Qui allait l'embaucher ? Comment expliquerait-elle qu'à vingt-sept ans elle n'avait jamais vraiment travaillé ?

— J'aurais dû appeler avant de venir, s'excusa-t-elle. Je peux m'installer à l'hôtel si…

— Ne sois pas bête, voyons ! Il y a six chambres vides au Da Lorenzo.

Il voulait lui proposer de s'installer chez lui, mais il n'osa pas.

— Je t'emmène maintenant, si tu veux. Il n'y a rien à manger sur place, mais on peut aller dîner quelque part après que tu auras déposé ton sac. Viens, on prend ta voiture.

Elle lui tendit les clés, et ils s'installèrent dans le véhicule qu'elle avait loué. Elle était venue de Paris pour réfléchir. Le trajet lui avait pris dix heures, mais peu importait. Quelques minutes plus tard, ils arrivèrent au Da Lorenzo.

Deux hommes surgirent alors d'une voiture garée près du restaurant et les interpellèrent.

— Où allez-vous, messieurs dames ? L'établissement est fermé.

— C'est moi, Théo Luca !

— Oh, pardon, monsieur Luca. On ne vous avait pas reconnu avec cette voiture…

— Il n'y a pas de mal. Je vois que les tableaux sont bien gardés !

Les deux vigiles les saluèrent, et Théo les informa que Natasha séjournerait sur place quelque temps. Il ouvrit la porte fermée à clé, éteignit l'alarme, puis mit en route le chauffage.

Dans le salon, Natasha contempla les tableaux accrochés aux murs. Ils étaient plus beaux que dans son souvenir. Elle sourit, songeuse. C'était curieux de se retrouver ici avec Théo, après y être venue dîner avec Vladimir…

— Moi aussi, maintenant, je devrais porter une de ces affichettes « Pas à vendre », plaisanta-t-elle.

— Hum, je ne sais pas. Cela risquerait d'être une horrible tentation pour les milliardaires russes : ils pourraient justement avoir envie de te voler. Je n'aimerais pas ça.

— Moi non plus, je n'aimerais pas. Pas du tout, même, répondit-elle, les yeux rivés aux siens.

Ils restèrent ainsi un instant à se fixer, puis Théo ramassa son sac et le porta à l'étage. Il la laissa visiter les lieux et choisir sa chambre à coucher. Sourire aux lèvres, Natasha déambula de pièce en pièce, puis le suivit jusqu'au rez-de-chaussée.

Théo l'emmena dans un petit restaurant du coin, où ils servaient de la socca, une spécialité locale à laquelle elle n'avait jamais goûté. Pendant tout le dîner, ils discutèrent à bâtons rompus, évoquant le passé, savourant le présent.

— Je me souviens de toutes les questions que tu m'as posées lorsque nous avons déjeuné ensemble la première fois, lui confia-t-elle. J'ai l'impression que c'était il y a mille ans.

— J'essayais de comprendre tes choix. Mais tu ne dois d'explications à personne.

— Je t'ai dit que j'aimais Vladimir, et je pensais que lui aussi m'aimait. En réalité, aucun de nous deux ne savait exactement ce qu'était cette relation. Je ne pense pas aujourd'hui qu'on pourrait parler d'amour véritable.

Théo resta silencieux un moment, pensif : un chapitre de la vie de Natasha se refermait. Au début, son histoire avec Stanislas avait eu un sens. Sans lui, elle n'aurait jamais survécu en Russie. Il ne la jugeait pas. Au contraire, il respectait ses choix. Les décisions qu'elle avait prises étaient compréhensibles, tout comme celles qu'elle prenait maintenant. Personne ne pouvait vraiment savoir ce qu'elle avait vécu à Moscou, à quel point cela avait été terrifiant pour elle, et comment cela avait influencé le chemin qu'elle avait emprunté. Non, il ne la jugeait pas. Comment l'aurait-il pu ?

En outre, elle avait tout risqué, peut-être même sa vie, pour l'aider, lui, Théo. Il ne pouvait oublier cela ; il ne l'oublierait jamais.

Et aujourd'hui, tout était différent. Depuis que Natasha était seule, elle avait enfin fait la paix avec son histoire personnelle. Elle n'était plus la maîtresse de personne, et son passé avait cessé d'être un lourd fardeau ; elle ne pourrait imputer ses erreurs qu'à elle-même.

Elle avait des années devant elle pour vivre enfin comme bon lui semblait, faire les choix justes, rencontrer des amis bienveillants et tomber amoureuse de la bonne personne.

Théo l'observa tandis qu'elle finissait son assiette.

— Qu'est-ce que tu regardes ? demanda-t-elle.

— Toi. Je me dis que tu n'es plus un portrait sur une toile. Tu es réelle.

Pendant des mois, il avait vécu avec une image d'elle, un pur fantasme. Ce soir, c'était la véritable Natasha qui était assise en face de lui.

Ils quittèrent le restaurant et firent quelques pas dans la rue. L'air s'était radouci. Insensiblement, les deux jeunes gens se rapprochèrent l'un de l'autre. Alors, Théo s'arrêta, enlaça Natasha et l'embrassa. Elle sourit, puis ils regagnèrent la voiture, main dans la main. À nouveau, ils échangèrent un baiser.

Le passé était le passé ; l'avenir, lui, était plein de promesses et d'espoirs. Ils avaient parcouru un long chemin pour se trouver. Et la femme qui hantait Théo depuis le premier jour de leur rencontre était enfin dans ses bras.

Découvrez dès maintenant
le premier chapitre de

Quoi qu'il arrive
le nouveau roman de
DANIELLE STEEL

aux Éditions
Presses de la Cité

DANIELLE STEEL

QUOI QU'IL ARRIVE

ROMAN

Traduit de l'anglais (États-Unis)
par Nelly Ganancia

PRESSES
DE LA CITÉ

Titre original :
AGAINST ALL ODDS
L'édition originale de cet ouvrage a paru chez Delacorte Press,
Penguin Random House, New York, en 2017.

Ce livre est une œuvre de fiction. Les noms, les personnages, les lieux et les événements sont le fruit de l'imagination de l'auteur ou sont utilisés fictivement. Toute ressemblance avec des personnes réelles, vivantes ou mortes, serait pure coïncidence.

FSC
www.fsc.org
MIXTE
Papier issu de sources responsables
FSC® C003309

À mes enfants adorés,
Beatie, Trevor, Todd, Nick, Sam,
Victoria, Vanessa, Maxx et Zara.

Puissiez-vous toujours être
touchés par la grâce, guidés par la sagesse
et baignés d'un amour
aussi vaste que le mien !

Avec toute mon affection,
Maman/D.S.

Si jamais demain…

Si jamais demain nous n'étions pas ensemble
Souviens-toi bien :
Tu es plus courageux que tu ne le crois,
Plus fort que tu n'en as l'air,
Et plus intelligent que tu ne le penses.
Mais le plus important : même si nous sommes séparés,
Je serai toujours avec toi.

D'après *Winnie l'Ourson 2 : Le Grand Voyage*,
Walt Disney Pictures

1

Par une journée étouffante du mois de juin, Kate Madison traversait Greenwich, dans le Connecticut, au volant de sa vieille Mercedes. Arrivée dans Mead Point Drive, elle suivit les indications données par ses clients et se retrouva devant un haut portail en fer forgé. Elle pressa le bouton de l'interphone, et une voix masculine lui répondit. Un instant plus tard, les grilles s'ouvrirent ; Kate engagea lentement sa berline dans la superbe propriété, le long d'une allée bordée d'arbres majestueux. Le parc était vraiment spectaculaire. Bien qu'elle ait souvent été amenée à travailler dans le coin, Kate ne connaissait pas cette belle demeure. L'ancienne propriétaire était une grande dame qui avait fréquenté les soirées mondaines de la région pratiquement jusqu'à sa mort, à l'âge de quatre-vingt-douze ans. Plus jeune, elle avait été une figure éminente de la haute société new-yorkaise, une femme au grand cœur, aussi connue pour sa philanthropie que pour son élégance : elle avait figuré pendant des années au palmarès des femmes les mieux habillées de différents magazines. Il faut reconnaître que, même dans son grand âge, elle portait avec beaucoup d'allure son extraordinaire collection de haute couture française.

Comme elle n'avait pas eu d'enfants, ses deux nièces se chargeaient de vendre sa garde-robe. Organiser la succession de leur tante s'était révélé pour elles plus délicat qu'elles ne s'y attendaient, d'autant que les deux femmes avaient maintenant dépassé la soixantaine et vivaient dans des villes différentes. Leurs époux respectifs s'occupaient de la liquidation de la propriété.

La vente aux enchères de la plupart des objets précieux était déjà réglée : les bijoux chez Sotheby's, les meubles chez Christie's. Le reste avait été légué à des musées ou vendu à des particuliers par l'intermédiaire d'un marchand d'art. À présent, il ne leur restait plus qu'à s'atteler aux vêtements, lesquels occupaient trois immenses chambres à coucher. De stature mince, la défunte était toujours restée très svelte, fine et élégante, de sorte que ses nièces se demandaient bien qui pourrait entrer dans ses habits. On aurait dit des vêtements de poupée. Les manteaux se vendraient, à la rigueur, mais que feraient-elles des robes ajustées ?

Kate Madison leur avait été recommandée par une amie new-yorkaise qui avait été ravie de la façon dont Kate avait pris en charge les effets de sa mère. Les deux sœurs avaient donc consulté le site internet de Still Fabulous, la boutique de Kate. Située dans le quartier de Soho, cette véritable caverne d'Ali Baba avait pour réputation d'être le magasin de vêtements de seconde main le plus beau et élégant de toute la ville. Les articles étaient tous dans un état irréprochable, parfois jamais portés. Et si Kate proposait de façon anecdotique quelques pièces anciennes, l'essentiel de sa collection se composait d'articles récents, encore parfaitement au goût du jour. Rien de ridicule, de daté ou de défraîchi n'avait sa place dans la boutique. Les clientes, fidèles depuis de longues années, savaient qu'elles trouveraient là des pièces iconiques qu'elles pourraient porter indéfiniment.

Kate affectionnait Chanel et Yves Saint-Laurent, les créations de Gianfranco Ferré à l'époque où il dessinait pour Dior, dans les années 80 et 90, et celles d'Oscar de la Renta pour Balmain. Sans oublier Christian Lacroix, aussi bien en prêt-à-porter qu'en haute couture – Kate regrettait encore la fermeture de cette belle maison. Givenchy figurait également en bonne place, avec des créations du grand couturier lui-même, mais aussi des modèles plus récents, dessinés par Alexander McQueen et Riccardo Tisci. Elle aimait proposer les œuvres de créateurs oubliés du grand public, décédés pour certains dans les années 70 et 80, et d'autres plus récemment, alors qu'ils étaient au sommet de leur art, comme Patrick Kelly et Stephen Sprouse. Naturellement, cela ne l'empêchait pas de vendre les valeurs sûres du prêt-à-porter américain : Donna Karan, Calvin Klein, Michael Kors, Oscar de la Renta ou encore Carolina Herrera. À l'occasion, il lui arrivait aussi d'avoir un coup de cœur pour des vêtements de marque méconnue, qu'elle n'acquérait pas pour leur étiquette mais tout simplement parce qu'ils avaient du *chien* ! Kate adorait cette expression française un peu désuète, décrivant ce je-ne-sais-quoi qui donne immédiatement de l'allure à la femme qui porte le vêtement en question, pour peu qu'elle en ait l'audace. Kate s'approvisionnait enfin en basiques irréprochables, tels que petits manteaux noirs tout simples, blazers, jupes droites, cardigans et pantalons Prada au tombé impeccable. Un seul mot suffisait à résumer sa collection : intemporelle.

Bien qu'elle se souvienne de presque toutes les pièces exceptionnelles qui transitaient par Still Fabulous, Kate tenait un inventaire méticuleux de ce qu'elle avait acheté ou vendu, à qui et pour quel montant. Certes, ses pièces de grands créateurs n'étaient pas données, mais c'était le juste prix.

Arrivée devant la superbe demeure, Kate descendit de voiture et frappa deux coups vifs contre la porte à l'aide d'un lourd heurtoir en cuivre. Un instant plus tard, un majordome en veste blanche amidonnée apparut sur le seuil. Kate sentit une vague de fraîcheur l'envelopper. Ouf, la maison était climatisée ! Elle ne se voyait pas trier les placards, en particulier les fourrures et les épais vêtements d'hiver, par une telle canicule.

De toute évidence, elle était attendue : le domestique la conduisit avec déférence jusqu'à une bibliothèque lambrissée. Les murs étaient tapissés de livres rares, à reliure de cuir, dont beaucoup devaient être des premières éditions et coûter une fortune. L'ensemble du fonds allait être vendu chez Christie's : les deux héritières ne souhaitaient presque rien garder des biens de leur tante.

Kate, qui avait déjà eu l'occasion de pénétrer dans de semblables demeures dans le cadre de son travail, n'était pas intimidée le moins du monde : elle profitait du décor et de la superbe vue qui s'offrait à elle depuis les portes-fenêtres sur les jardins impeccablement tenus. Quelques minutes plus tard, une discrète secrétaire fit son entrée en s'excusant pour son retard, puis la mena jusqu'aux trois pièces fermées à clé qui servaient de dressing. L'employée fut impressionnée, mais guère surprise, en découvrant le style à la fois sobre et affûté de la visiteuse, que sa réputation précédait. Kate Madison portait un tailleur Chanel en lin noir avec un col et des manches en piqué blanc, et un camélia assorti au revers de sa veste. Elle était grande, mince, avec de longs cheveux blonds et lisses, qu'elle relevait toujours en queue-de-cheval ou, comme ce jour-là, en un chignon parfait. On lui aurait sans problème donné dix ans de moins que ses cinquante-trois ans, notamment en raison de sa silhouette longiligne, qu'elle entretenait par la fréquentation régulière d'une salle de sport.

Kate ouvrit de grands yeux quand la secrétaire alluma la lumière dans la première pièce : c'était encore plus extraordinaire qu'elle ne s'y attendait ! Impeccablement suspendus à leurs cintres, certains dans des housses individuelles, les vêtements emplissaient tout l'espace. À elles seules, les somptueuses fourrures occupaient plusieurs portants. Les murs s'ornaient de placards ouverts avec des étagères spéciales pour les chapeaux, les sacs à main et les chaussures, tandis que la lingerie sur-mesure, les déshabillés en satin, les foulards et les gants étaient soigneusement rangés dans des tiroirs à compartiments.

Une penderie était consacrée aux robes de soirée… dont la plupart ne seraient malheureusement d'aucune utilité à Kate. La majorité de ses clientes, même les plus mondaines, vivaient en effet de façon bien moins formelle que par le passé : plus personne ne s'habillait ainsi pour un simple dîner entre amis. Kate choisirait peut-être une douzaine de ces robes, or il y en avait sans doute près de deux cents, dans toutes les teintes : noires, blanches, couleurs vives ou pastel, chacune avec sa pochette de soirée et ses escarpins assortis.

L'un des placards contenait presque exclusivement des pièces des plus grands noms de la mode française, dont plusieurs issues de prestigieuses maisons de couture qui avaient depuis fermé leurs portes. Cet aspect historique ajoutait au caractère inestimable de la collection. Il y en avait pour une véritable fortune !

Kate demanda à la secrétaire la permission de prendre des photos, ce qui lui fut accordé de bonne grâce. La jeune femme déclara en outre qu'elle pouvait rester aussi longtemps qu'elle le souhaitait. Kate sourit. Si cela ne tenait qu'à elle, elle aurait volontiers passé une semaine entière à tout examiner ! Mais elle ne pouvait s'accorder que quelques heures pour faire sa sélection, entre les articles destinés à ses clientes privées et ceux qu'elle exposerait dans sa boutique.

La collection de Still Fabulous avait acquis le statut de pièces d'archives pour plusieurs couturiers célèbres, qui venaient parfois y jeter un coup d'œil quand ils cherchaient l'inspiration pour leur prochaine collection. Une autre branche de l'activité de la boutique consistait à louer des vêtements à l'industrie cinématographique, que ce soit pour des tournages ou, dans le cas des robes de soirée, pour des avant-premières et remises de prix. Certaines robes de Still Fabulous avaient même été portées à la cérémonie des Oscars ! Au quotidien, Kate conseillait ses clientes, dont quelques-unes rencontrées il y a fort longtemps, à l'époque où elle était employée chez Bergdorf-Goodman, le célèbre grand magasin de la Cinquième Avenue.

Lorsque la secrétaire revint pour s'assurer que tout se passait bien, Kate finissait de prendre des photos dans la première salle. À quinze heures, son inventaire était terminé. Après avoir remercié l'employée, Kate lui promit de lui soumettre une liste de prix d'ici quelques jours. La prochaine étape de son travail consistait à estimer la valeur originale des pièces, ce qui lui posait rarement de problème, au vu de sa parfaite connaissance du marché. Chez Still Fabulous, la règle de base du dépôt-vente était simple : le prix affiché équivalait généralement à la moitié de la valeur de l'article neuf, une somme que Kate partageait ensuite à parts égales avec la personne qui lui cédait l'article. Bien sûr, elle appliquait parfois des tarifs un peu plus élevés pour les vêtements vraiment exceptionnels. Mais dans ce secteur très souple de la vente d'occasion, le tarif en boutique était toujours négociable. De toute façon, Kate ne recherchait pas le profit à tout prix : pour les pièces les plus rares, il lui arrivait même de recommander au vendeur d'en faire don à un musée, ce qui permettait à la personne de bénéficier de réductions d'impôts.

Pour constituer son stock, Kate recourait à des moyens aussi divers qu'inattendus. Toutefois, une visite comme celle qu'elle venait d'effectuer dans la propriété de Greenwich restait exceptionnelle. Les pièces qu'elle avait choisies dans cette extraordinaire collection se vendraient comme des petits pains. Ainsi, elle savait déjà que l'une de ses clientes, journaliste à *Harper's Bazaar* et amatrice de belles fourrures, ne manquerait pas d'en acheter une ou deux. Quant à la douzaine de sacs en croco qu'elle venait de sélectionner, ils ne resteraient pas longtemps en boutique.

Les trésors de l'élégante douairière du Connecticut allaient faire des heureuses !

Alors qu'elle remontait dans sa voiture, un sourire aux lèvres, Kate se remémora le chemin parcouru : à vrai dire, rien ne la prédestinait au commerce de luxe. Elle avait abandonné ses études au milieu de la troisième année pour épouser Tom Madison, un étudiant en droit de vingt-six ans. Ses parents désapprouvaient ce choix, mais Kate était têtue, et follement amoureuse de Tom. Ils n'avaient pas un sou en poche, aussi Kate avait-elle pris à cette époque son premier poste de vendeuse chez Bergdorf-Goodman. La législation américaine étant particulièrement peu clémente avec les jeunes mamans, Kate y avait travaillé jusqu'au jour même de la naissance d'Isabelle, leur fille aînée, un an plus tard. Et le bébé était à peine âgé de quatre semaines quand elle avait repris son poste dans les rayons du grand magasin. Son salaire subvenait tout juste aux besoins élémentaires de la petite famille : alimentation, loyer, frais de crèche. Et c'est pour se procurer à petits prix les tailleurs noirs qu'elle devait porter au travail qu'elle s'était immergée pour la première fois avec émerveillement dans l'univers des vêtements d'occasion.

Deux ans après la naissance d'Izzie, Kate avait mis au monde des jumeaux, Justin et Julie. Tom venait de décrocher son diplôme et il avait obtenu une bonne place dans un grand cabinet d'avocats, prenant ainsi le relais de sa jeune épouse dans le soutien de la famille. Kate, en effet, avait démissionné pour devenir consultante indépendante auprès des clientes rencontrées chez Bergdorf. Cette activité plus précaire, mais aux horaires plus souples, lui permit de se consacrer à l'éducation des enfants, tout en leur apportant un revenu complémentaire appréciable. Ils n'étaient pas riches, mais Kate était une ménagère économe et inventive, et ils parvenaient à joindre les deux bouts. Dans leur minuscule appartement de Greenwich Village, où les trois enfants se partageaient la seconde chambre à coucher, ils étaient heureux, tout simplement.

Les jumeaux avaient six ans quand Kate tomba à nouveau enceinte, une nouvelle que son mari et elle accueillirent avec d'autant plus de joie que leurs conditions de vie commençaient à s'améliorer. Hélas, vers le milieu de la grossesse, Tom développa des symptômes mystérieux et des douleurs inexpliquées. Une semaine avant la naissance du bébé, on diagnostiqua chez le jeune père une forme rare de cancer du pancréas. Après avoir traversé un véritable calvaire, Tom mourut alors que le petit William n'avait que trois mois, les jumeaux six ans, et Izzie huit.

Kate fut dévastée : elle avait gardé espoir jusqu'au bout… L'assurance qu'ils avaient contractée leur permit de survivre pendant un an après le drame, après quoi Kate dut reprendre un emploi à plein temps chez Bergdorf. À force d'heures supplémentaires – et grâce à l'aide de sa mère, qui gardait les enfants le soir –, elle ne tarda pas à être promue acheteuse et entreprit de mettre quelques sous de côté.

En effet, son travail de conseil personnalisé auprès des clientes lui manquait ; c'était devenu une véritable passion. Ainsi germa l'idée d'un dépôt-vente. Cinq plus tard, elle ouvrait Still Fabulous. Liam, son meilleur ami et conseiller financier de son état, l'avait aidée à décrocher les prêts bancaires. Elle avait trente-cinq ans et du courage à revendre.

Alors qu'elle était engluée dans les embouteillages de l'agglomération new-yorkaise au volant de sa vieille voiture, Kate se demanda comment elle avait trouvé la force, au vu des circonstances de l'époque, de se lancer dans une aventure aussi audacieuse. Par chance, elle s'en était sortie, et ses enfants n'avaient manqué de rien. Elle avait bénéficié du soutien de sa mère, Louise : en tant que professeur d'anglais et de littérature, mamie Lou, comme ils l'appelaient, avait toujours surveillé leurs devoirs de près. À présent, tous les quatre étaient adultes, menaient de brillantes carrières et étaient encore très proches les uns des autres. Ils faisaient la plus grande fierté de Kate.

En suivant un cursus de droit, Izzie avait marché dans les traces de son père : premier cycle à New York University, puis spécialisation à la Columbia Law School. Sa bourse couvrait tous ses frais de scolarité et, faute de pouvoir se payer une chambre en cité universitaire, elle avait dû continuer à vivre à la maison. Mais elle avait brillamment réussi et officiait désormais dans un grand cabinet d'avocats de Wall Street.

Justin avait lui aussi fréquenté un établissement prestigieux : l'université Brown, dans l'État de Rhode Island, à quatre heures de route de Soho. Il y avait étudié la littérature. À l'instar de sa sœur aînée, il avait fait toutes sortes de petits boulots au cours de ses études. Pigiste pour différents magazines, il vivait maintenant dans le Vermont et travaillait à l'écriture de son premier roman ! Julie, sa jumelle, affectée par une dyslexie persistante, avait eu plus de difficultés à l'école que les trois autres, et sa grand-mère l'avait soutenue et suivie tout au long de sa scolarité. La jeune femme, douée d'un extraordinaire sens artistique et baignée dès son plus jeune âge dans le monde de la mode, avait intégré à New York la Parsons School of Design. Elle avait ensuite été embauchée comme styliste par un jeune couturier émergent. Elle ne tirait pour le moment aucune gloire de ses créations, mais elle gagnait très correctement sa vie. À trente ans, après avoir longtemps partagé un appartement avec quatre colocataires, elle possédait son propre loft et s'y sentait merveilleusement bien.

Willie, le petit dernier, était le scientifique de la famille. Tout le monde le traitait de geek pour le taquiner. Après des études à l'université de Californie à Los Angeles, il ne s'était pas laissé happer par les sirènes de la Silicon Valley et était revenu travailler dans sa ville natale, pour une start-up des plus prometteuses.

Si, sur le plan professionnel, Kate ne se faisait aucun souci pour ses enfants, elle n'était pas tout à fait aussi sereine en ce qui concernait leur vie personnelle. Aucun d'entre eux n'était encore marié, et elle se demandait bien ce que leur réservait l'avenir. Deux ans plus tôt, Izzie avait essuyé une terrible déception : son fiancé l'avait quittée pour une autre, une jeune fille de la haute société new-yorkaise, qu'il venait d'épouser. Depuis, Izzie n'était plus vraiment la même, toujours un peu à cran, et Kate espérait que cela s'estomperait avec le temps. En attendant, la jeune femme se réfugiait dans son travail ; elle souhaitait devenir partenaire à part entière de son cabinet d'avocats.

Justin était gay et vivait en couple avec son compagnon, professeur d'histoire et de latin dans un lycée de la petite ville où ils habitaient. Richard avait trente-six ans ; ils s'étaient rencontrés lors d'un atelier d'écriture quatre ans plus tôt. Kate avait soupçonné l'homosexualité de son fils assez tôt, alors qu'il n'avait que onze ans. Et tandis qu'elle lui avait témoigné tout son soutien au moment de son coming out, à l'âge de seize ans, les parents de Richard – une famille conservatrice du vieux Sud – étaient encore dans le déni le plus complet.

Julie avait déjà eu plusieurs relations, quoique rien de vraiment sérieux. À l'en croire, il n'était pas facile de trouver l'âme sœur dans le milieu de la mode, car la plupart des hommes qu'elle rencontrait étaient gays – et de toute façon, elle travaillait trop pour avoir le temps de sortir. Julie était une personne réservée, que la solitude n'effrayait pas, et qui ne se mettait jamais en avant en dépit de son immense talent. À trente ans, elle n'était pas pressée de se marier.

Quant à Willie, le « bébé », il était souvent chahuté par ses sœurs au sujet de sa frivolité : il sortait avec une fille après l'autre – voire plusieurs en même temps si possible. À vingt-quatre ans, il ne songeait qu'à s'amuser et ne le cachait pas à ses partenaires.

En dépit des efforts de Kate pour jouer le rôle des deux parents à la fois, grandir sans papa avait semblé plus difficile pour Justin et Willie. Quand ses fils étaient plus jeunes, leurs professeurs lui rapportaient parfois qu'ils inventaient des histoires à leurs camarades : à les en croire, Tom travaillait dans une autre ville ou était parti pour un long voyage… Justin, en particulier, avait souffert de ne pas être comme les autres ; chaque année, il insistait pour que Kate l'accompagne au dîner père-fils du lycée catholique où il était boursier. Contrairement à Willie, il se souvenait encore de Tom, même si ce souvenir s'estompait avec le temps. Les quatre enfants avaient des portraits de leur père dans leur chambre et Kate entretenait sa mémoire en leur parlant de lui aussi souvent que possible.

Au fil des ans, Kate avait fini par faire son deuil. Elle avait même eu quelques relations amoureuses, mais l'éducation de ses enfants l'avait trop accaparée pour qu'elle puisse construire quelque chose sur le long terme. D'ailleurs, la plupart des hommes qu'elle rencontrait ne souhaitaient pas s'encombrer de quatre rejetons qui n'étaient pas les leurs, et les rares qui ne semblaient pas rebutés par cette idée ne plaisaient jamais à Kate. Aussi avait-elle toujours affirmé à qui voulait l'entendre qu'ils étaient parfaitement heureux tous les cinq – et la plupart du temps, c'était vrai.

À présent, ses quatre poussins avaient quitté le nid et il arrivait que le célibat lui pèse. Les relations occasionnelles ne suffisaient pas à combler sa solitude. Souvent, elle se disait que la vie s'amusait à lui jouer des tours : maintenant qu'elle était disponible et que ses enfants volaient de leurs propres ailes, elle ne rencontrait plus personne… Ou alors c'était des hommes soit mariés, soit allergiques à toute forme d'engagement ! Une chance qu'elle se sente toujours aussi comblée par son travail.

Une journée comme celle-ci, passée à découvrir des trésors dans une belle demeure, avait le don de la mettre en joie. Elle avait hâte de rentrer au magasin pour dresser la liste des articles qu'elle accepterait de vendre pour le compte des deux dames, et de ceux qu'elle achèterait immédiatement pour les réserver à certaines clientes.

Isabelle Madison quitta son bureau en toute hâte. Il lui fallait réorganiser ses rendez-vous de l'après-midi pour caler l'entretien *pro bono* qui lui avait été assigné. C'était la loi : tous les avocats du cabinet étaient ponctuellement commis d'office à titre gratuit. Or, au début de sa carrière, lors d'un stage dans le bureau du procureur de district, Izzie avait eu l'occasion de découvrir à quel point elle détestait le droit pénal… Après tout, elle était avocate d'affaires, spécialisée dans les fusions et les acquisitions ! Néanmoins, elle était consciencieuse et ferait de son mieux pour défendre son client. Pour le moment, elle ne connaissait que les grandes lignes du dossier. Le prévenu, un dénommé Zach Holbrook, était accusé d'avoir détenu d'importantes quantités de cannabis et de cocaïne, dans l'intention de les vendre. Son casier judiciaire était vierge et son nom était celui d'une grande famille new-yorkaise, mais Izzie ignorait encore s'il en était réellement issu ou non. Ce qui était sûr, c'est que sa conduite laissait à désirer : alors qu'il perturbait l'ordre public, en état d'ivresse, il s'était débattu lors de son interpellation. Il était hors de question par conséquent qu'elle le voie au cabinet, où ils recevaient la clientèle d'affaires !

Tout en descendant de taxi devant la porte du bar miteux où elle avait accepté de le rencontrer, elle s'exhorta à garder l'esprit ouvert. Avant qu'elle ne soit assignée, c'est un de ses confrères qui avait assisté à l'énoncé de l'acte d'accusation. Elle avait donc prévu de demander un report du jugement afin de faire des recherches plus approfondies. Cependant, dans la mesure où le rapport de police stipulait que l'homme avait été pris en flagrant délit, mettre sur pied une ligne de défense crédible ne serait pas chose facile.

Izzie avait cinq minutes d'avance… et son client une demi-heure de retard. Qui plus est, il ne correspondait pas du tout à l'image qu'elle s'était faite de lui ! En dépit de son nom prestigieux, elle s'était attendue à voir un toxicomane dépenaillé. Or Zach était vêtu d'un tee-shirt blanc immaculé, d'un jean noir, d'un superbe perfecto et de bottes motardes. Il était sexy et stylé, âgé de trente-cinq ans environ, et d'une beauté renversante. Des tatouages couraient jusque dans son cou et sur le dos de ses mains. Ses cheveux, mi-longs mais parfaitement propres, lui descendaient aux épaules, et il arborait une barbe de quelques jours.

Dès son entrée, il identifia Izzie comme son avocate parmi les clients du bar et se dirigea vers elle pour lui serrer la main. Au grand soulagement de la jeune femme, il ne se montra pas agressif, mais plutôt aimable – et même tout à fait charmant –, tandis qu'il s'asseyait face à elle et s'excusait pour son retard : il rentrait tout juste de Miami, où il avait passé le week-end.

Voilà qui ne sembla guère raisonnable à Izzie. Avait-il seulement le droit de quitter l'État de New York ? Que se serait-il passé si son vol avait été retardé ou annulé ? L'avocate en vint aux faits : alors que la détention de cannabis ne devrait pas poser trop de problèmes, la grande quantité de cocaïne que l'on avait trouvée sur lui risquait fort de lui coûter un séjour en prison. Très détendu, Zach commanda une bière – Izzie se contentant pour sa part d'eau minérale –, et déclara en s'affaissant contre le dossier de sa chaise qu'il n'était pas inquiet dans la mesure où son casier judiciaire était vierge et où son nom jouerait à son avantage.

Izzie le détrompa sans ménagement : le juge ne lui accorderait aucun traitement de faveur… La jeune femme, insensible aux blagues que Zach ne cessa de lancer tout au long de l'entretien, le regardait d'un air sévère. Elle se demandait si elle parviendrait à lui faire porter un costume le jour de l'audience, ou au moins une veste, plutôt que cet accoutrement de Hells Angels de cinéma, de fils à papa qui joue les mauvais garçons.

Dans le cadre du secret professionnel, Zach lui avoua qu'il vendait effectivement du cannabis et de la cocaïne, que ce n'était pas la première fois, mais qu'il n'avait encore jamais été pris sur le fait. Izzie était de plus en plus contrariée de devoir le représenter. Quelle perte de temps ! Elle avait mieux à faire que de défendre l'enfant terrible d'une famille riche.

— Pourquoi avez-vous demandé un avocat *pro bono*, plutôt que de payer vous-même ? voulut-elle savoir, surprise qu'il remplisse les critères sociaux nécessaires à l'attribution d'un avocat commis d'office.

— Je suis fauché comme les blés, déclara-t-il tranquillement. Ma famille m'a coupé les vivres le jour de mes trente ans. Ils désapprouvent mon style de vie.

Il expliqua qu'il n'avait jamais travaillé et n'en avait pas l'intention. Pourquoi se fatiguerait-il, puisque toute sa famille vivait de ses rentes ? Ayant été exclu successivement de tous les meilleurs pensionnats de la côte Est, il avait quitté le lycée sans diplôme.

» Alors quand je suis à sec, il m'arrive de dealer de la coke, conclut-il comme s'il s'agissait d'un job à temps partiel tout ce qu'il y a de plus acceptable.

Visiblement, il se moquait bien que l'affaire risque d'entacher le prestige de sa famille : ils n'avaient qu'à continuer à le soutenir ! Isabelle se demanda de quoi il vivait, si son trafic de drogue n'était qu'occasionnel. Il précisa alors que les amis qui l'hébergeaient d'habitude à New York l'avaient jeté dehors. Lui restait certes l'option d'aller dans la maison de plage de sa grand-mère, dans les Hamptons, mais il préférait repartir en Floride. Izzie le mit en garde : il n'avait certainement pas le droit de quitter l'État. Et comment faisait-il donc pour payer tous ces billets d'avion ? Elle n'osa pas lui poser la question. De toute évidence, ce garçon vivait d'expédients, mais il avait de la ressource…

Holbrook raconta aussi que ses parents avaient divorcé alors qu'il n'était âgé que de cinq ans. Depuis, son père en était à sa cinquième épouse, âgée de vingt-deux ans, et gérait les investissements de la famille depuis ses différentes résidences à Aspen, Los Angeles et Palm Beach. Il y a plusieurs années de cela, il avait durci les clauses du fonds fiduciaire, de manière à ce que Zach n'ait plus accès à son argent. Et le jeune homme n'avait presque plus aucun contact avec sa mère, laquelle vivait à Monte-Carlo avec son quatrième mari.

— Je suis une vraie brebis galeuse ! annonça-t-il non sans une certaine fierté.

Il avait une sœur qui vivait au Mexique et séjournait régulièrement en cure de désintoxication, ainsi que toute une ribambelle de demi-frères et demi-sœurs qu'il ne fréquentait pas, et dont Izzie ne jugea pas utile de prendre les noms. Zach était l'archétype du gosse de riches élevé par des domestiques, livré à lui-même dans une famille qui jouissait de beaucoup d'argent, mais n'offrait aucune stabilité. Toutefois, ce qui ennuyait son avocate, bien plus que sa totale irresponsabilité, c'était son charme et son humour… À un moment, elle dut réprimer un sourire furtif : pas question qu'elle lui laisse entrevoir l'attirance qu'il exerçait sur elle !

Elle se concentra donc sur la ligne de défense qu'elle adopterait devant le juge : leur seul espoir, c'était de demander un aménagement de peine, ou bien de réussir à prouver que l'arrestation ou la mise en examen comportait des irrégularités invalidant l'accusation.

— Pour mettre toutes les chances de votre côté, monsieur Holbrook, je vous déconseille de porter ce blouson en cuir au tribunal, le sermonna-t-elle. Vous feriez mieux de mettre une chemise blanche, de vous couper les cheveux et de vous raser de près.

Alors qu'il éclatait de rire, elle s'efforça de ne pas laisser son regard s'attarder sur ses larges épaules et les muscles affûtés de son torse, qu'elle apercevait sous son tee-shirt par l'encolure du blouson…

— Vous voulez me civiliser ? ironisa-t-il, amusé par le ton autoritaire et le regard noir de son avocate.

— J'essaie. Car votre look actuel ne plaira pas du tout au juge. Je vois que l'audience a déjà été reportée de trois mois, le temps que l'on vous affecte à mes bons soins, puisque tous mes confrères sont débordés. Je vais tenter de prolonger encore ce délai pour approfondir mes recherches. Pour aujourd'hui, j'ai tout ce qu'il me faut, conclut Izzie en rassemblant ses notes.

Ils prirent congé. Le sourire de Zach l'énerva plus que jamais alors qu'il la saluait à la sortie du bar. D'un autre côté, elle avait un peu pitié de lui. Il y avait des gens, comme ça, dont la vie partait de travers dès le début… Ce garçon était certes inconséquent et immature, mais il ne semblait pas méchant.

Il dut sentir qu'elle s'attendrissait.

— Pourrais-je vous inviter à dîner un soir ?

— Certainement pas ! répliqua-t-elle. Vous encourez une très lourde peine, monsieur Holbrook, et je vous conseille de ne pas faire de faux pas.

— Je suis sûr que vous trouverez quelque chose pour me sortir de là, affirma-t-il. Je vous appellerai dès mon retour à New York.

— Non, c'est moi qui vous contacterai pour vous tenir au courant de l'avancée de mes recherches, répliqua-t-elle. Et cette fois, nous nous verrons à mon cabinet.

Elle n'était pas enchantée à l'idée de faire venir un criminel dans son bureau, mais au moins était-il propre sur lui.

— Je vous emmènerai déjeuner ! lança-t-il en hélant un taxi.

Ça alors ! Ce type voulait vraiment avoir le dernier mot ! Izzie n'avait jamais rencontré quelqu'un d'aussi désinvolte. Mais le parcours chaotique d'enfant à la fois gâté et négligé qu'il venait de lui dépeindre expliquait bien des choses. Zach ne survivrait pas longtemps en prison… De toute évidence, il avait l'habitude de s'en remettre à son joli minois pour obtenir ce qu'il voulait, mais serait-ce suffisant cette fois ? Pendant tout l'entretien, il l'avait déshabillée du regard… et en même temps, il y avait en lui quelque chose de tellement ingénu ! En tout cas, il n'était pas question qu'elle déjeune avec lui, ni qu'elle succombe à son charme, songea-t-elle dans le taxi qui la ramenait à son bureau. Elle était heureuse de retourner à son travail, au monde réel. Le monde de Zach Holbrook, tout en vains artifices, la dégoûtait. Un monde de vies gâchées.

Deux heures plus tard, Izzie était assise à sa table de travail quand son assistante juridique entra, les bras chargés d'un énorme vase de trois douzaines de roses roses.

Elle lut la carte : *Merci pour tout. À bientôt. Je vous embrasse, Zach.*

— Un nouvel admirateur ? demanda l'assistante, un grand sourire aux lèvres.

— Non, un nouveau client, grommela Izzie sans autre explication.

Respectant sa volonté de discrétion, la jeune femme se contenta de poser le vase sur le bureau, et Izzie se remit au travail sans un regard pour les fleurs. Elle voulait se débarrasser de cette affaire au plus vite. Avec un peu de chance, elle parviendrait à obtenir un aménagement ou un non-lieu, de sorte qu'elle ne serait pas obligée de revoir Zach Holbrook dans les prochains mois. Dans sa vie bien réglée, il n'y avait pas de place pour un tel trublion… aussi charmant fût-il.

Cet ouvrage a été composé et mis en page
par Nord Compo à Villeneuve-d'Ascq

Imprimé en France par CPI
en mai 2020
N° d'impression : 3038425

S29971/01